HIGHWAY TO *us*

Collection New Romance® créée par Hugues de Saint Vincent
et dirigée par Arthur de Saint Vincent
Ouvrage dirigé par Alice Serverin
Couverture : Camille Decoster
Image de couverture : © GettyImages/g-stockstudio

Pour la présente édition

34-36 rue La Pérouse
75116 Paris
www.hugopublishing.fr

ISBN : 9782755664720
Dépôt légal : octobre 2023
Imprimé en Espagne par CPI Black Print en décembre 2023

DELINDA DANE

HIGHWAY TO US

Hugo Poche

NEW ROMANCE®

« Il faut laisser le passé derrière soi
si on veut avancer. »

Forrest Gump

Je dédie ce roman à ma merveilleuse famille sans qui j'aurais terminé ce livre dans les temps et respecté ma deadline.

PLAYLIST

(Disponible gratuitement sur Spotify :
Highway to Us)

I Hate U, I Love U – Olivia O'Brien
Bored – Billie Eilish
Dandelions – Ruth B.
Nothing – Bruno Major
I'll Be Good – Jaymes Young
Be Still – The Fray
Exile – Taylor Swift feat. Bon Iver
Cold Water – Conor Maynard
Liability – Lorde
The Night We Met – Lord Huron
A Million Dreams – P!nk
I Don't Love Anyone – Peter Doherty
Highway to Hell – AC/DC
Stairway to Heaven – Led Zeppelin

CHAPITRE 1

OLLIS

J'aime le bruit.

Alors que certains trouvent la sérénité dans le silence, moi, c'est quand ça déménage. Un riff de rock poussé à plein volume couplé au bourdonnement de la bécane qui vibre entre mes doigts est le cocktail qui m'apaise, écrasant le vacarme intempestif dans ma tête.

– On y est presque, champion ! dis-je pour encourager mon client fébrile. Ne me claque pas dans les pattes, hein ?

Il a beau mesurer deux mètres de haut et jouer en NHL, ça ne l'a pas empêché de tressaillir à plusieurs reprises depuis le début de son tatouage.

Personnellement, je compatis. Le portrait de Marilyn Monroe sur mon flanc droit m'a bien arraché quelques larmes. Oui, oui, je suis sensible, je n'ai aucun problème à l'avouer.

Concentré sur son omoplate tel un chirurgien opérant à cœur ouvert, je peaufine les derniers ombrés d'une Sainte Morte, si bien que je réagis à peine au tintement de la porte qui s'ouvre en grand. En revanche, quand le titre *Californication* est stoppé en plein milieu d'un couplet, je grommèle dans ma barbe.

– Hé… c'était mon passage préféré ! C'est pas cool, les gars !

Je parie que c'est un coup de Moses qui va nous balancer de la pop bien colorée et bien commerciale. En dehors de ses goûts discutables en matière de musique, il adore me faire chier. Je n'ai rien contre Ariana Grande ou Cardi B. en tant qu'êtres humains, seulement, leurs sons ne me font pas triper.

Mais c'est une voix mélodieuse qui envahit le Stairway to Heaven, le salon de tatouage dans lequel j'officie depuis cinq ans.

– Bonjour, chéri ! Bonjour, les garçons !

Pas besoin de lever la tête par-dessus la paroi de protection pour savoir à qui appartient ce timbre particulier. Un sourire de gamin s'épanouit sur mon visage comme si c'était le matin de Noël.

Aaah… la visite de Heaven, le moment que je préfère dans la semaine !

Je nettoie les débordements d'encre de mon œuvre, puis jette un coup d'œil vers elle. Si j'affiche une gueule de crétin, ce n'est rien en comparaison de celle du mari de Heaven, Tristan Jaymes. En plus d'être mon meilleur ami, il est également l'heureux proprio du Stairway et le mec le plus chanceux de la planète.

Tristan et Heaven sont mariés et vivent un véritable conte de fées depuis deux ans. Le genre qui donne envie de croire aux miracles, même si je sais que ces deux-là sont l'exception qui confirme la règle.

Mon pote quitte son bureau et se dirige illico vers Heaven pour la prendre dans ses bras.

– Bonjour, bébé, murmure-t-il contre ses lèvres.

Aussitôt, Moses et moi répétons de concert sur un ton niais à souhait :

– *Bonjour, bébé.*

Ça le gonfle à chaque fois, mais faire chier le boss, c'est la vie que nous avons décidé de mener.

– Arrêtez avec ça, et regardez ailleurs si j'y suis, grogne-t-il à notre intention.

Une main sur la nuque de sa femme, l'autre levée dans notre direction, il ne se prive pas du plaisir de nous adresser un doigt d'honneur dans son dos.

Je ne peux m'empêcher d'éclater de rire.

Pour ceux qui ne le connaissent pas, Tristan donne l'impression d'être quelqu'un de sauvage, bourru et un peu grizzly sur les bords. Alors qu'en réalité, sa carapace de mec antipathique cache un cœur tendre.

– Si tu ne veux pas qu'on mate le peep show, prenez une chambre ! déclaré-je en lançant un clin d'œil amusé à Mo.

Au fond, Mo se réjouit autant que moi pour notre meilleur ami. Nous savons tous les deux que Tristan revient de loin et s'il y a bien quelqu'un qui mérite d'être heureux, c'est lui.

Nous avons vu Tristan renaître de ses cendres ces dernières années, c'est le phénix de notre bande et l'exemple à suivre. Pour ma part, je suis le boute-en-train de notre trio, le mec qui a toujours le mot pour rire. En apparence seulement.

Quant à Moses Malone, c'est le plus candide de nous trois. Hypersensible, il est du genre à trouver que certains Disney sont les pires films de notre enfance. Ne cherchez pas, il ne s'est toujours pas remis pour la mère de Bambi et le père de Simba.

Mon client me fait savoir qu'il a besoin d'une pause pour aller se soulager. J'opine immédiatement. Il a mérité de souffler cinq minutes, le pauvre en bave depuis bientôt quatre heures. J'en profite pour aller déranger les amoureux transis dans l'entrée du salon. Ils se bécotent encore comme si le monde avait disparu autour d'eux.

À mon arrivée, Heaven s'écarte légèrement de son mec et m'offre une accolade amicale.

– J'ai pensé à toi.

– Tu me flattes. Ça t'arrive souvent ?

Heaven lève les yeux au ciel, tandis qu'un sourire amusé naît sur ses lèvres. Elle sort ensuite de son sac un Tupperware qu'elle me glisse dans les mains.

– Je les ai apportés exprès pour toi.

Le ravissement doit se lire sur mon visage.

– Merci d'exister, Heaven.

Je profite de l'absence de mon client pour ouvrir le couvercle et humer la douce odeur qui s'échappe de la boîte avec un sourire gourmand.

– Triple chocolat et beurre de cacahuètes, mes préférés !

Je chope un muffin et mords dedans à pleines dents, au grand dam de mon boss qui me lance des coups d'œil envieux.

– Fais pas la gueule, Tris. T'en a tous les jours au petit déjeuner, toi ! Dis-lui, madame Jaymes !

Heaven acquiesce sans cesser de regarder son mari avec les yeux de l'amour.

– Désolé mon cœur, mais Ollis a raison.

– Bordel ! C'est presque aussi bon qu'un orgasme.

– C'est toi qui dis ça ? se marre Mo depuis son spot, d'où il gratte quelques essais pour une manchette sur un calepin.

Moses est de la vieille école, les tablettes graphiques, ce n'est pas son délire. Ses tatouages, il les dessine à l'ancienne avec du papier et un crayon.

– Comparer un petit gâteau à une baise, ça ne te ressemble pas. Si je ne te connaissais pas aussi bien, je pourrais croire que tu n'as pas trempé ton biscuit depuis un bail.

Je mâche lentement en essayant de rester impassible. Il n'a pas totalement tort, d'ailleurs il serait peut-être temps de remédier à la situation avant que ça ne paraisse trop suspect aux yeux de mes potes.

Je balaie mentalement la liste des candidates potentielles tout en enfournant le reste du muffin dans ma bouche. Je pourrais envisager de remettre le couvert avec Randall, la meilleure amie de Heaven ? C'était un super coup, et le feeling est bien passé entre nous, mais je crois me rappeler qu'elle fréquente une fille depuis quelque temps.

Je pique un autre gâteau, perdu dans la multitude de portraits de meufs qui défilent dans ma tête, en vain. Aucune ne suscite en moi suffisamment d'intérêt.

Soudain, mes yeux s'égarent vers la beauté assise sur les genoux du boss. Son sourire est si lumineux qu'il ferait pâlir le soleil de Californie. Ouais, il n'y a pas de doute, mon patron a décroché le jackpot avec elle. Tris a bien fait de ne pas la laisser partir et de lui glisser la bague au doigt.

Sans ça, je crois que je ne me serais pas privé de le faire à sa place.

– Madame Jaymes, je t'ai déjà dit que tu étais une déesse de la pâtisserie ?

– Presque chaque fois que je t'apporte quelque chose à manger.

Un sourire à tomber flotte sur son visage aux traits délicats.

Bordel, qu'elle est belle !

Bien qu'elle s'adresse à moi, son regard est complètement happé par Tristan. C'est simple, même après deux années de mariage, la présence de son mari éclipse celle tous les autres êtres humains dans la pièce. Je suppose que c'est ce qui arrive quand on a trouvé son âme sœur et l'amour de sa vie.

J'envie un peu mon meilleur ami, et m'imagine ce que ça fait de vivre avec une femme comme Heaven. Douce, attentionnée, drôle et… parfaite.

Je ne craque pas pour elle, je ne craque pas pour elle, je ne craque pas…

Je m'oblige à me détourner et à fixer mon regard sur le contenu de la boîte que j'ai en main. Il y a des moments où la nature de mes pensées les plus profondes me fout sérieusement les jetons. Heureusement que ça ne m'arrive pas souvent. Seulement quand Heaven est là.

– Tiens, file-m'en un, me lance Mo qui apparaît devant moi.

– Tu ne suis pas un régime strict, toi ?

Moses s'est mis en tête le mois dernier de participer à son premier marathon. Une sorte d'accomplissement personnel avant la trentaine.

– Je gère. J'ajouterai quinze minutes à mon entraînement de demain.

Je tends la boîte à mon pote qui pioche un gâteau, retire délicatement le papier qui entoure le muffin et l'enfourne dans sa bouche.

– Mo, Ollis, je vous confie la baraque, lance un Tristan impatient de rentrer chez lui avec sa femme à son bras.

Je me réjouis pour mon meilleur ami. Ce bonheur dans lequel il flotte à présent, il l'a mérité et j'en suis heureux pour lui. Vraiment. C'est juste que je ne peux m'empêcher de désirer la même chose. Une relation de couple idyllique, qui n'en rêve pas, sérieux ?

Le reste de la journée passe à un rythme soutenu, Moses et moi enchaînons les tatouages.

La seule différence entre nous deux est que mon pote n'est pas obligé de composer avec son attirance pour la femme de son meilleur ami et un terrifiant sentiment de culpabilité.

Mais bordel, quel genre de connard je suis ?

CHAPITRE 2

OLLIS

Dès le lendemain, je me pointe au salon avec un grand sourire imprimé sur le visage – mon masque habituel –, résolu à passer une bonne journée.

Après la soirée arrosée de la veille, il n'y a pas de raison pour que ce ne soit pas le cas ! M'envoyer en l'air avec une charmante inconnue m'a mis d'excellente humeur. OK, physiquement elle se rapprochait un peu de l'objet de mon obsession : mêmes cheveux blonds, des yeux verts presque identiques, mais la ressemblance s'arrête là, car autant me rendre à l'évidence : Heaven est unique.

À la seconde où je passe la porte du Stairway, Tristan lève le nez de son carnet de commandes et m'avise longuement depuis son bureau.

Plus longuement que d'habitude.

Je le connais assez pour savoir qu'à la façon dont il me mate, il a forcément remarqué un truc louche dans mon comportement de ces derniers jours. Qu'est-ce que j'imaginais ? Tris est loin d'être stupide, et encore moins aveugle !

– Ollis, ça tombe bien que tu sois là.

– Ah ouais ?

Je retire mon casque et le salue d'un check.

Il sort une enveloppe couleur lilas et la dépose en évidence sur le coin de son bureau.

– Tu nous écris des petits mots d'amour, maintenant ?

– C'est pour toi, crétin, c'est arrivé ce matin.

Je mate le pli. S'agit-il d'un courrier venant d'une de mes clientes ?

– C'est tout ?

– Tu t'attendais à quoi d'autre ? Un câlin de bienvenue ?

– Les effusions de tendresse en public, ce n'est pas ma came, mais puisque tu proposes, je peux faire une exception pour toi. T'es plutôt canon dans ton genre.

– Va bosser, Ollis.

Mon regard parcourt le salon vide.

– À moins que tu ne veuilles que je tatoue l'air, j'ai le temps pour un câlin.

– Pas vraiment. Une de tes clientes a appelé ce matin. Une certaine Mara Williams. Elle attend l'ébauche de son projet depuis des semaines. Ça te dit quelque chose ?

Je fais mine de réfléchir.

– Hmm, c'est possible. Je vais voir ce que j'ai noté dans mon agenda.

– D'après elle, tu ignores ses relances.

– Vraiment ? Quelle mytho, celle-là.

– Je ne sais pas ce qui se passe entre vous, mais tu connais ma politique. Fais ce que tu veux tant que ça n'impacte pas le travail.

Son ton est ferme, et je le comprends. Le Stairway, c'est son bébé, et rien ne doit entacher la réputation de son salon.

Je lève les mains en signe de reddition. C'est ma faute, je le reconnais, je n'aurais pas dû céder à mes pulsions.

– T'inquiète, boss, je gère Miss Williams.

Je m'apprête à m'éloigner et suis aussitôt arrêté par Tristan.

– N'oublie pas ta lettre.

Je la récupère et tout en me rendant à ma place, je la triture entre mes doigts. Sur le recto est inscrit mon nom dans une belle écriture fine et élégante.

Mon nom complet.

Celui que peu connaissent et que je ne donne jamais à mes rencards.

« Ollister Shannon Fingal MacDonnell ».

C'est quoi, ce bordel ?

Cette écriture… Je l'ai reconnue immédiatement.

Mon sourire s'estompe en même temps que ma bonne humeur, parce que je devine qui est l'expéditrice.

Une personne qui appartient au passé.

Jenna…

Pourquoi maintenant ?

Déboussolé, je plie l'enveloppe et la glisse dans la poche de ma veste en prétendant que tout est sous contrôle. Une chance pour moi, Tris ne remarque rien. Je serais de toute façon incapable d'articuler la moindre explication.

Assis à mon poste, je défais le premier bouton de ma chemise et remonte les manches sur mes avant-bras, le souffle court.

Malgré les années, sa voix résonne encore dans ma tête. Je me souviens de sa tonalité douce et sensuelle.

Je m'appelle Jenna, Jenna Harrington...

Ce nom.

Je croyais naïvement que j'étais parvenu à le noyer sous des litres d'alcool. Que j'avais réussi à l'oublier entre les jambes d'un nombre incalculable de femmes.

La frontière entre le passé et le présent est aussi mince que du papier à cigarette.

La créature la plus délicieuse que j'aie jamais vue passe devant mon casier avant de faire halte à quelques mètres de moi, et le temps s'arrête.

Tandis que je la suis des yeux, un parfum sucré envahit mes narines. Je crois que même si je le voulais, il me serait impossible de me détourner.

Fixer quelqu'un de la sorte, c'est méga impoli, mais bon sang, je n'y peux rien. Je suis irrémédiablement attiré par elle et par son profil, de son nez parfait à la courbe sensuelle de ses lèvres couleur pêche.

Lorsqu'elle tourne son visage dans ma direction, mon cœur se décroche et dégringole. C'est la première fois qu'un truc pareil m'arrive. Ma respiration s'accélère, mes mains deviennent moites et j'ai l'impression d'avoir les jambes en coton. J'ignore ce que j'ai, mais je ne veux pas me poser de questions auxquelles je n'ai aucune réponse.

Elle m'adresse un sourire lumineux.

Je tombe immédiatement amoureux de ce sourire, et de ces yeux, et de cette bouche, et même de ces dents blanches qui mordillent avec insistance le coin inférieur de sa lèvre.

– Salut.

Ses joues s'empourprent,

– Salut, me répond-elle.

– Tu es nouvelle ici, non ?

Elle opine lentement.

– Je m'appelle Jenna Harrington.

– Enchanté, Jenna. Moi, c'est Ollister Shannon Fingal MacDonnell, énuméré-je, parce que je suis un abruti et que je suis totalement sous son charme.

Je veux l'impressionner et qu'elle ne m'oublie pas, jamais. Je veux qu'elle se rappelle toujours ces quelques secondes entre nous et qu'un jour, elle raconte ce moment à nos enfants.

– Waouh, tout ça ? s'exclame-t-elle. Et par lequel de tes prénoms je dois t'appeler ?

– Celui que tu préfères.

Tant qu'elle m'appelle, ça me va.

– J'aime bien Shannon.

Merde. Celui que je déteste.

– Dans ce cas, va pour Shannon.

– D'accord. Alors à plus tard, Shannon.

Avant qu'elle ne s'éloigne, je l'arrête.

– Au fait, Jenna. Un conseil, ne t'attache pas trop à ton nom de famille.

– Ah bon, et pourquoi ça ?

– Parce qu'un jour, tu porteras le mien.

– Je te demande pardon ?

– Jenna MacDonnell. Tu t'appelleras Jenna MacDonnell.

Je referme la boîte à souvenirs. Jenna est partout dans ma tête. Elle est là, sa présence m'obsède et, dans les moments de fatigue intense, je me laisse aller à la nostalgie, comme maintenant. Je me déteste d'être aussi faible.

– Ça va, vieux ?

La voix grave de Mo me sort de ma torpeur, mais comme je ne réagis pas immédiatement, il me flanque une petite tape sur l'épaule.

J'acquiesce rapidement et me rends compte que j'ai dû être à l'ouest pendant plus de temps que ce que j'ai cru. Face à moi, Moses a le front plissé et me mate comme si je venais de lui annoncer que j'avais décidé de rentrer dans les ordres.

Je force un rictus amusé.

– Détends-toi, je vais on ne peut mieux.

– Tu es sûr ? Loin de moi l'idée de te faire flipper, mais tu tires une tronche qui pourrait rivaliser avec celle de Casper le fantôme.

– Ne te bile pas, j'étais seulement concentré sur mon tirage au sort, plaisanté-je.

Ne jamais dévoiler ses faiblesses.

– Il est temps de savoir qui est la petite chanceuse qui pourra se taper ma super queue ce soir.

– Elle a quoi de super ? Elle porte une cape ? lance le boss depuis son bureau.

– Absolument ! Une cape aux arômes de fraise, confirmé-je, au grand désespoir de Tristan qui se contente de lever les yeux au ciel.

Mo, quant à lui, éclate de rire.

Mon petit numéro du mec cool et détaché fonctionne comme sur des roulettes. Planquer mes états d'âme sous des couches de vernis est devenu ma spécialité. J'aurais dû m'orienter dans une carrière au théâtre plutôt que dans un salon de tatouage, j'imagine que j'aurais fait sensation à Broadway.

C'est le moment que choisit Tristan pour balancer sa playlist. Histoire qu'on la boucle et qu'on se remette au travail, je parie.

Aussitôt, AC/DC résonne dans le salon, et tandis que les riffs de guitare saturent l'air, je chope mon téléphone et fais défiler la liste de mes contacts pour continuer à jouer mon rôle de composition.

OK, donc ma mission est de sortir et de trouver celle qui aura le privilège de se délecter de mon corps d'athlète pour la nuit. Baiser pour ne pas penser. Une manière d'agir qui m'aurait fait mourir de honte, il y a quelques années de cela.

Peu avant la fermeture, la porte s'ouvre et laisse apparaître un groupe de jeunes femmes dont les gloussements résonnent autour de nous.

Les mecs sont occupés, ça tombe à pic ! On dirait que je peux laisser tomber les recherches car mon futur rencard vient de m'être livré sur un plateau. Je range mon portable dans la poche de mon jean, lisse les plis de ma chemise déjà impeccable et ouvre les boutons de mon veston.

Aujourd'hui, j'ai misé sur une tenue classe. Ma sœur Olivia serait fière de moi si elle me voyait, un vrai hipster chic. Elle trouve souvent que mon style craint. Déformation professionnelle ! Ce n'est pas sa faute, elle bosse dans la mode.

Mo arrête ce qu'il fait, vient vers moi et me donne un coup dans l'épaule.

– J'ai l'impression que le Père Noël est passé en avance, me murmure-t-il.

J'affiche un large sourire.

– Et devine qui a été très sage, cette année ? lui réponds-je sur le ton de la confidence.

Avant de me lever, je lui envoie un clin d'œil équivoque qui veut dire « je gère ». J'avance vers le groupe d'un pas assuré, tout en me demandant qui, parmi toutes ces belles femmes, sera l'heureuse élue.

Peu m'importe, tant que l'une d'entre elles me permet d'oublier celle dont je ne veux plus me souvenir, et qui, pourtant, ne cesse de hanter mes pensées.

CHAPITRE 3

OLLIS

Je m'approche du groupe d'amies qui ne cessent de glousser et de chuchoter entre elles.

– Mesdemoiselles, bienvenue au Stairway ! annoncé-je en accompagnant mes propos d'un geste théâtral.

Je sais que mes manières pompeuses agacent mes potes, mais, désolé pour eux, ce n'est pas un rôle de composition. Je suis à moitié laird par mon paternel. Chassez le naturel, il revient au galop.

– Je suis Ollister MacDonnell, meilleur tatoueur du Stairway to Heaven, à votre service. Que puis-je faire pour vous ?

Sous le charme, elles se regardent les unes les autres avant d'éclater de rire en chœur. À en juger par leurs moues séductrices, je semble être à leur goût. Un bon point pour moi.

L'une des filles prend la parole. D'une tête de moins que moi, elle est obligée de lever dans ma direction sa jolie frimousse.

– Je suis ici parce que je souhaite me faire tatouer, déclare-t-elle en jetant un coup d'œil par-dessus son épaule, comme si elle cherchait du courage auprès de ses amies.

– Ça tombe bien, chérie. Tu es dans le meilleur salon de la ville.

Son regard brillant est tout de suite captivé par mon piercing à l'arcade sourcilière, puis dévie lentement vers mon écarteur à l'oreille. Si elle tient à faire l'inventaire de mes joujoux, elle en a pour un moment. Chaque fois que Paige, notre pierceuse, fait un saut chez nous, elle laisse un petit souvenir sur la partie de mon corps de son choix.

Alors que les yeux bleus de ma future cliente/potentielle compagne d'une nuit poursuivent leur examen, les miens s'arrêtent sur l'écharpe qu'elle arbore en travers de la poitrine. Les mots « *bride to be* » y sont inscrits en lettres d'or et m'informent qu'elle est sur le point de se marier.

Bordel…

Même si l'information fait capoter mes projets à court terme, je reste professionnel et l'invite à me suivre, ce qu'elle fait sous les encouragements de ses accompagnatrices.

– OK, je t'écoute. Parle-moi de ton idée. Tu penses à quel motif et à quel emplacement ?

l'interrogé-je, une fois que nous sommes installés à mon poste.

J'ouvre ma tablette pour prendre des notes. Elle commence par m'expliquer qu'elle souhaite offrir un cadeau original à son cher et tendre. Quelque chose qui le surprendra durant leur nuit de noces.

Nous avons au moins une fois par semaine ce genre de demande. Voyons voir, je table sur la nuque… Ou la hanche, peut-être ?

– J'aimerais avoir nos initiales au centre d'un cœur dans le creux de ma hanche.

Comme c'est original…

La difficulté, avec ce genre de tatouage, c'est de définir à quel point le projet est mûrement réfléchi. Dans plus de la moitié des cas, le couple viendra à se séparer et la personne tatouée regrettera alors son tatouage et devra passer par des séances de laser ou du recouvrement, technique qui vise à camoufler le dessin par une autre pièce plus importante et forcément plus onéreuse.

– Bien, on partirait donc sur deux lettres ?

– Trois. Mon fiancé a un prénom composé.

– D'accord, lesquelles ?

– Moi c'est Molly, et mon fiancé s'appelle Andrew Christopher.

– Donc si je comprends bien, tu voudrais un « M », un « A » et un « C » ? Mais du coup, dans cet ordre-là, tu es sûre ?

– Absolument, les femmes d'abord !

– Et… tout ça au milieu d'un cœur ?

Elle acquiesce à nouveau, tandis qu'un large sourire s'épanouit sur son visage. Sa joie est palpable, et ça me fait presque de la peine de lui annoncer qu'elle s'apprête à commettre une erreur monumentale.

Je griffonne un brouillon de son projet et le lui présente, histoire qu'elle se rende compte à quel point c'est ridicule.

– Oh, ce serait parfait !

Apparemment, elle ne remarque rien…

Ce n'est pas que je sois casse-burnes, mais se faire tatouer le nom de l'ordinateur le plus vendu dans le monde ou celui d'un type qui exploite les prostituées, ce n'est pas l'idée du siècle.

– Je peux l'avoir maintenant ? insiste-t-elle en vérifiant l'heure à son poignet, comme si elle était impatiente.

Je sais que de nombreux salons n'hésiteraient pas une seule seconde. Dès qu'il est question de blé, l'éthique est reléguée au fond d'un tiroir. Mais pas au Stairway. Ici, nous mettons un point d'honneur à respecter la déontologie. Tristan est intransigeant sur ce principe. C'est aussi ce qui m'a fait rester ici, au-delà du fait qu'il est devenu un frère pour moi.

– Chérie, pourquoi tu ne t'accorderais pas un jour ou deux… ou même dix, de réflexion ? Et une fois que tu es sûre et certaine de ton projet, et que tu te sens prête à te faire encrer sur la peau les lettres « MAC », je te cale un rendez-vous, qu'en dis-tu ?

– J'en dis que…

Elle semble hésitante, ce qui me confirme qu'elle agit sur un coup de tête.

– Que ?

– Je ne veux pas attendre ! C'est maintenant ou jamais, j'ai peur de ne plus avoir le courage de le faire si je suis sobre.

Minute, papillon !

– Attends une seconde, ça signifie que tu ne l'es pas en ce moment ?

Elle fait non de la tête en gloussant légèrement.

– Mes meilleures amies et moi, nous avons déjà commencé à faire la tournée des bars, avoue-t-elle en se tournant vers le groupe qui l'attend dans l'entrée. Pas vrai, les filles ?

Ces dernières l'applaudissent et sifflent pour l'acclamer.

– D'accord, Molly. Je peux t'appeler par ton prénom, n'est-ce pas ?

Elle opine lentement.

– Molly, je suis désolé, mais nous allons devoir reprogrammer ton tatouage.

– Pourquoi ?

– Chérie, se faire tatouer alors que tu as de l'alcool dans le sang est à éviter absolument, et pour plusieurs raisons. Je pense que tu seras d'accord avec moi sur le fait que tu souhaites un tatouage qui cicatrise proprement, n'est-ce pas ?

Malgré sa déception évidente, elle finit par se résigner, puis nous calons un autre rendez-vous. Toutefois, quelque chose me dit qu'elle ne reviendra pas. Pire encore, j'ai l'intuition qu'elle ira ailleurs pour obtenir son fameux tatouage.

Molly se lève, me remercie et rejoint ses amies, puis, toutes ensemble, elles quittent le salon.

Je les suis du regard depuis la vitrine alors qu'elles traversent la rue pour se rendre directement chez l'un de nos confrères, situé à quelques mètres de chez nous. Et quand je dis confrère, je veux surtout dire qu'il est plus « con » que « frère ». Ce mec-là n'aura aucun problème à lui donner ce qu'elle veut.

Dommage pour Molly qui risque de regretter sa première expérience de tatouage. Bon sang, il y a vraiment une catégorie de personnes que le mariage rend débiles.

Forcément, je ne peux m'empêcher de repenser à ce satané courrier qui vient foutre un bordel monstre dans mes sentiments.

Jenna, qu'est-ce que tu me veux ?

Aujourd'hui, c'est Tristan qui gère la fermeture, alors une fois que j'en ai fini avec ma dernière cliente, j'attrape ma veste, salue mes potes et me tire, toujours aussi confus quant à ce que je vais faire de cette maudite lettre. La lire ou m'en débarrasser sans l'ouvrir ? Je veux dire, suis-je vraiment prêt à faire face à la réalité ou est-ce que j'aime mieux rester dans le déni ?

Le déni, c'est bien.

Au lieu de grimper dans ma caisse, je décide de marcher sans but précis. Je sais exactement ce que je cherche à faire : repousser le moment de me confronter au passé.

Les rues de Pasadena sont toujours animées, le centre-ville bourdonne de passants, mais je ne vois rien de tout cela parce que j'ai la tête ailleurs. Des centaines de questions apparaissent à mesure que je repousse les souvenirs qui m'envahissent. Le passé se mêle au présent, la frustration que je ressens enfle jusqu'à m'aveugler et finit par exploser.

Bam !

Sans m'en rendre compte, j'envoie mon poing gauche sur la première chose face à moi que je ne suis pas susceptible de blesser. L'heureux élu est donc un poteau électrique.

J'ouvre et ferme mes doigts afin de vérifier l'étendue des dégâts, et même si j'ai mal, je n'ai apparemment rien de cassé.

Bravo, champion ! Tu as failli bousiller ton outil de travail. Je suis sûr que Tristan serait ravi, tiens !

Dommage que la douleur dans mon poing n'estompe pas celle qui m'enserre le cœur.

Au bout de je ne sais combien de temps à déambuler au hasard, je remarque que je ne suis pas loin de chez moi. Cependant je n'ai aucune envie de rentrer, d'autant plus que je dois aller récupérer ma caisse au salon. Au lieu de faire demi-tour, je continue d'avancer.

Une part de moi crève d'envie de grimper dans un taxi afin de me rendre chez Jenna pour retourner sa lettre à l'envoyeur. Une autre propose de la foutre à la poubelle, d'oublier son existence et de continuer à jouer la comédie.

Que suis-je censé faire ?

Que ferait Orion à ma place ?

Pour commencer, mon frère aîné ne ferait pas les mêmes choix, trouverait les bons mots. J'étais jeune, je nous croyais invincibles, notre couple, indestructible.

Tout ce à quoi j'aspirais, tout ce que j'ai toujours voulu, c'était connaître le même bonheur que mes parents. Sans le savoir, ces deux-là ont implanté dans mon esprit un idéal de la vie de couple. Je rêvais d'avoir le même parcours qu'eux : une rencontre la première année de fac qui changerait ma vie tout entière et quarante ans plus tard, être toujours épris de la même femme.

J'ai cru que ce serait le cas avec Jenna, qu'elle serait mon éternité, qu'à deux, nous pourrions tout surmonter.

La blague !

Quand mon esprit se libère des réminiscences du passé qui l'obscurcissent depuis près d'une heure, je me sens lessivé, moralement et physiquement. La faute à toutes les nuits blanches que j'encaisse.

Je lève les yeux, mate autour de moi et repère un *diner* qui fait l'angle, un peu plus loin. Je suis loin des quartiers où je traîne habituellement avec les gars, donc pas de risque de croiser qui que ce soit.

Je ne réfléchis pas plus longtemps. Je pousse la porte, entre et m'installe à la première table libre en lâchant un soupir las. Si je craque, au moins j'aurai la garantie de ne pas avoir de témoins.

Mec, il est temps de rassembler ton courage et de découvrir ce que Jenna a à dire.

CHAPITRE 4

SAWYER

Je hais mon uniforme ! Et je déteste Tomer de nous imposer cette espèce de robe moulante ridicule et beaucoup trop courte qui, paraît-il, attire les clients.

Ouais, c'est sûr, un tas de clients, mais le genre dont je me passerais bien.

Pourquoi est-ce que je continue à travailler ici, déjà ?

Parce que t'es fauchée et que tu as besoin de fric, ma vieille !

Logique.

Pendant que je me passe le tablier autour du cou, je m'adonne à mes exercices de respiration tout en dressant mentalement la liste de tout ce qu'il me reste encore à boucler cette semaine. Ne pas respecter mon planning me donne de l'urticaire.

Et des nœuds à l'estomac.

Et un début de TOC.

Je sens déjà que je n'aurai pas assez d'une semaine pour tout boucler.

Mais si les réactions de mon corps n'étaient pas dues au stress ? Je me retiens de lancer une recherche Google sur mes symptômes et dresse un rapide inventaire de la situation.

Je dois faire mon esquisse pour le projet d'art architectural, rédiger ma dissertation en histoire de l'art, passer à la librairie pour acheter ce fichu bouquin sur la géométrie de l'espace qui coûte une petite fortune, oh, et dessiner un peu, si je parviens à ne pas m'écrouler de fatigue avant.

Le dessin passe toujours au dernier plan. Pourtant, c'est ma passion, ce qui me permet de garder la tête hors de l'eau. Si, officiellement, j'ambitionne de devenir architecte dans un grand cabinet, je nourris secrètement l'espoir de sortir de ma coquille et de vivre un jour de mon art. Mais le milieu de l'illustration est un secteur aussi fermé que Fort Knox.

Bon, où en étais-je… Ah, bien sûr, faire quelques courses aussi, vérifier avec maman qu'elle a bien payé les factures, penser à…

– Sawyer ! Sawyer Bennett ? Mais où est-elle, bon sang ?

La voix aux tonalités chantantes de mon patron iranien m'extirpe de ma *to-do list* mentale. Quand il est sur les dents avant que j'aie commencé mon service, ça ne présage rien de bon.

– Je suis là ! crié-je depuis les vestiaires.

Il n'est que dix-sept heures et mon cerveau sature déjà. Je jette un coup d'œil sur les mocassins réglementaires, grimace et décide de garder aux pieds mes vieilles Converse, plus confortables. Je balance mon sac de cours à la hâte dans mon casier et compte à rebours à toute vitesse à partir de trente.

Quand j'arrive à zéro, ça va tout de suite mieux. Je vérifie une dernière fois ma queue-de-cheval dans le miroir suspendu au mur, remarque mes cernes et me rends compte que je ne me suis pas octroyé une bonne nuit de sommeil depuis… depuis bien trop longtemps.

Vis ma vie d'insomniaque.

En général, je gère ce rythme infernal que je m'impose, mais il y a des jours où je serais prête à tuer pour une petite sieste.

Allez, Sawyer ! Tu peux le faire... Et puis, dormir, c'est surfait.

– Dépêche-toi ! La salle est déjà pleine à craquer.

Comme chaque fois qu'il y a un match au stade du coin.

Tomer sait bien qu'il doit recruter plus de personnel, mais ce grippe-sou ne trouve personne d'assez « motivé » pour le poste, et surtout pas pour le salaire de misère qu'il propose.

Moi, ce n'est pas pareil, je suis désespérée et j'ai besoin de cet argent. Heureusement, deux de ses enfants viennent en renfort après la fac plusieurs soirs par semaine.

Je prends une profonde inspiration pour me donner du courage, car je sais déjà ce qui m'attend de l'autre côté : la pire clientèle de toute la semaine, celle du vendredi de match.

Généralement, les mufles… je veux dire, les gars qui viennent ici s'arrêtent pour manger un morceau avant de se rendre au stade à quelques centaines de mètres du *diner*. Déjà en condition et le sang chaud, ils sont bien trop excités par la rencontre sportive qui les attend.

– Finalement, prends ton temps. Après tout, les clients peuvent bien attendre toute la soirée !

L'ironie lui va si mal au teint.

Je ravale une réplique piquante. J'ai intérêt à la jouer fine dans les prochains jours, surtout après mon esclandre de la veille.

Pour ma défense, j'ai été obligée de vider le contenu de son verre à la face d'un client pour tenter de refroidir ses ardeurs, avant de le prier de gentiment aller se faire foutre.

Je devrais faire broder un tee-shirt avec une ligne sur le consentement afin de rappeler à tous les porcs qu'il ne faut jamais pincer les fesses d'une fille – ou d'un gars, du reste – sans son accord.

– Me voilà, Tomer.

Il m'attend aux portes de la cuisine, entouré par un halo de fumée provenant de sa gigantesque poêle à frire. Tomer est sur le qui-vive, sa toque sur la tête et sa spatule en main, cliché ambulant du cuistot des dessins animés. Sauf qu'ici, il est également le patron du *diner*, le barista et accessoirement le comptable.

Il lance un coup d'œil à mes pompes, l'air contrarié.

– Ça, ça ne fait pas partie de l'uniforme réglementaire. Tu m'expliques ?

– Rien n'échappe à ton œil de lynx. Figure-toi que j'ai forcé sur le jogging cette semaine et que j'ai des ampoules aux pieds.

– Depuis quand tu cours, toi ?

Je ne cours pas. Pas à moins d'être poursuivie par un animal sauvage.

– Alors, là, je suis vexée. Je travaille pour toi depuis bientôt un an et tu ne sais toujours rien de ma passion pour la course à pied ?

– Tu m'en diras tant, rétorque-t-il, blasé.

Je lui adresse un grand sourire qu'il ne me rend pas. Ce n'est pas qu'il soit méchant, c'est juste qu'avec son épaisse barbe, c'est à peine si l'on distingue sa bouche s'étirer. Il m'arrive parfois de me demander s'il n'est pas sujet aux aphtes tant ses lèvres semblent immobiles quand il parle.

– T'inquiète ! Je te pardonne, lui glissé-je en passant devant lui, histoire qu'il se déride.

J'ai conscience qu'il est méga anxieux en ce moment. C'est bientôt la fin du mois, en d'autres termes, il doit sortir nos salaires de ses poches pleines d'oursins.

Il faut dire aussi qu'une de nos serveuses est en cloque jusqu'aux yeux, et que l'autre vient de lui donner sa démission parce qu'elle part vivre la grande vie à New York.

Et puis il y a moi, qui cumule deux jobs, qui passe tout mon temps libre à réviser et qui ne mâche pas mes mots face aux clients irrespectueux. Je jette un regard circulaire à la salle pleine et me demande lequel de ces blaireaux je vais devoir éduquer à coups de jet de bière aujourd'hui.

Comme s'il devinait le fil de mes pensées, Tomer ajoute :

– Sawyer, une dernière chose. Fais-moi le plaisir d'être gentille avec les clients.

– Ça tombe bien, gentille est mon deuxième prénom.

– Je ne plaisante pas. À la moindre incartade, c'est la porte. Nous avons encore eu une mauvaise note sur Google. Si ça continue, plus personne ne voudra venir manger chez moi et je devrai mettre la clé sous la porte.

Il est si mélodramatique, par moments.

– À moins que ce ne soit ce que tu souhaites, Sawyer Bennett ?

– Ne m'en veux pas, mais je préfère que tu n'utilises que mon prénom, lui rappelé-je, et bien sûr que non, patron. Pourquoi tu dis ça ?

– Parce que je te connais.

Bon d'accord, le mois dernier, j'ai dû reprendre pas moins de six clients. Mais ce n'est pas ma faute si chez certains hommes, le respect est mort.

– Et sinon, je peux aller bosser ? À moins que tu ne préfères que je reste t'écouter me livrer tes pensées les plus intimes ? Non pas que ça me dérange, mais je te préviens tout de suite, je vais devoir te facturer mes services psy.

– Hors de ma vue, Sawyer Bennett.

– Hum… C'est Sawyer, patron.

En réalité, je me fiche qu'il persiste à utiliser mon nom de famille, même si c'est bizarre de s'entendre appeler ainsi.

– File ou je te vire tout de suite !

– Ça va, ça va… Sawyer Bennett, c'est bien aussi.

Tomer m'adresse un regard agacé. J'éclate de rire, visse ma casquette sur ma tête, saisis un carnet de commandes près de la caisse ainsi qu'un stylo, puis me dirige vers mon secteur.

Première table, ça commence fort.

Ils sont trois mecs. À en juger par leurs blousons, ce sont des amateurs de sport.

Football, je dirais. Ou peut-être hockey.

Je m'arme de mon plus beau sourire et récite la phrase de présentation que nous sommes tenus de servir aux clients.

– Bonsoir ! Bienvenue chez Tomer, le roi du burger. Vous n'en trouverez pas de meilleur ! Je suis Sawyer, qu'est-ce qui vous ferait plaisir ?

– Sawyer ? C'est original comme prénom pour une fille.

Je fais fi de sa remarque et, mon stylo en main, prête à prendre leur commande, je répète :

– Donc, qu'est-ce qui vous ferait plaisir ?

– Ça dépend, qu'est-ce que tu nous proposes, *Sawyer* ? répond-il en insistant sur mon prénom.

Le regard lubrique que me lance l'un d'entre eux me fait grincer des dents. Je prends sur moi, alors que j'ai envie de lui lever le menton d'une pichenette histoire qu'il fixe autre chose que mes seins. Je remonte le carnet sur ma poitrine.

– Eh bien, tout ce qu'il y a sur le menu.

– Et si on en veut plus ?

– Dans ce cas, tu peux aller te faire…

Soudain, mes yeux rencontrent ceux de Tomer qui me prient de me détendre, comme s'il se doutait que je crève d'envie d'envoyer bouler ces abrutis. Ou de leur mettre une droite.

Je me racle la gorge et affiche un sourire hypocrite.

J'ai saisi le message Tomer, tu peux retourner à tes steaks...

– Dans ce cas, je peux repasser dans un instant, le temps que vous fassiez votre choix ? articulé-je sur un ton doucereux.

Voilà ! Tomer ne pourra pas me reprocher de ne pas faire d'efforts.

– Tu as l'air à cran, Sawyer. On peut te proposer de te joindre à nous ? ajoute celui qui louche sur ma paire de seins.

– On serait ravis de te payer un coup à boire, poursuit son voisin.

– Ça aurait été avec plaisir, mais c'est interdit par le règlement et en plus de ça, je suis un régime hypocons.

C'est comme hypocalorique, mais pour les cons...

– Je vous laisse choisir et reviens dans une minute, ajouté-je avant de m'éclipser vers la table suivante.

Je griffonne sur mon carnet la commande d'un père et de sa fille, puis récupère les cartes.

Je me dirige ensuite vers le cuistot pour lui transmettre la commande.

– Tu vois que tu peux être sympa, déclare ce dernier tandis que je lève les yeux au ciel.

– Ça va, n'exagère pas non plus. À t'entendre, on croirait que je suis un pitbull.

– Un pitbull, c'est affectueux.

Ah, d'accord.

Je réajuste ma queue-de-cheval et continue mon service.

Li Ann et moi nous partageons les dix-huit tables du *diner*, un ballet incessant d'inconnus dont nous prenons les commandes et que nous servons à un rythme soutenu. Au bout de deux heures, je me tape une migraine de folie, j'ai mal aux pieds et j'ai compté à rebours près d'une dizaine de fois. Quant à ma collègue, elle présente aussi des signes de fatigue. Normal, elle doit accoucher dans quelques semaines. Elle persiste à dire qu'elle n'attend qu'un enfant alors que son ventre énorme me laisse penser qu'il y a au moins deux mioches en gestation à l'intérieur. Ou carrément le rejeton d'une autre espèce, un T-Rex, par exemple ?

– Li Ann, tu devrais vraiment faire une pause.

– Je ne vois pas pourquoi, rétorque-t-elle, complètement essoufflée.

– Parce que je fais des études d'architecture et non d'obstétrique.

– Je ne vois pas le rapport.

– Le rapport est que si tu accouches ici, le mieux que je peux faire pour toi, hormis tomber dans les pommes, c'est de te dessiner une maison écologique.

– Mais, et toi ? Je ne veux pas t'abandonner.

Mes clients sont tous servis et j'attends d'encaisser trois tables, alors j'insiste.

– Je peux gérer cinq minutes toute seule, ne t'inquiète pas. Et puis Arshad et Alina ne devraient plus tarder à arriver pour prendre le relais.

Elle finit par accepter. Satisfaite, je me dirige vers une des tables de son secteur. Je suis soulagée de constater que c'est un homme seul. J'ai eu ma dose de spécimens en groupe pour la soirée. Au moins, lorsqu'ils sont isolés de leurs congénères, ils ont le mérite de faire moins les malins.

Est-ce que j'ai une idée arrêtée sur la gent masculine ? Absolument. Par mon métier de serveuse, j'ai tout le loisir de me confronter quotidiennement à la dure réalité du terrain. Et plus je côtoie les hommes, plus je préfère les hamsters.

Mais celui-là, je ne suis pas mécontente de le servir, il est plutôt beau gosse.

Il semblerait qu'il ait également du style.

Ses épaules larges sont moulées dans une chemise d'un blanc immaculé dont les manches sont relevées jusqu'aux coudes, le tout surmonté d'un veston anthracite.

Le détail qui attire mon attention, en plus de la ribambelle de tatouages qui recouvrent son cou, ses avant-bras et ses mains, est le vernis noir qu'il porte sur les ongles. Une montre qui semble hors de prix orne son poignet gauche, et si je me fie à la qualité de ses fringues ainsi qu'à sa posture élégante, j'ai affaire au combo parfait du mauvais garçon pété de thunes.

Qu'est-ce qu'un homme dans son genre vient faire dans un boui-boui qui embaume la friture comme le nôtre ?

Je m'arrête devant lui et prononce la phrase d'accueil à laquelle le patron tient absolument.

– Bonsoir, bienvenue chez Tomer, le roi du burger. Vous n'en trouverez pas de meilleur ! Que puis-je vous servir ?

Aucune réaction.

Pas même un frémissement de sa part.

De plus près, sa carrure est encore plus imposante, et les dessins sur le dos de ses mains, des roses rouges dont les tiges recouvertes de feuilles et d'épines remontent le long de ses avant-bras, sont impressionnants de réalisme.

Je devrais faire demi-tour en attendant qu'il se décide. Au lieu de ça, je ne bouge pas, fascinée par cet homme dont je ne connais rien et qui m'intrigue tant.

Je m'éclaircis la voix et répète mon petit laïus, un poil plus fort.

– Hmm… Bonjour, bienvenue chez Tomer, le roi du burger. Est-ce que vous avez fait votre choix ?

Il possède également plusieurs piercings, dont un à l'arcade sourcilière, ainsi qu'un écarteur à l'oreille. Il a tout d'un Mr. Darcy dans une version sombre et ténébreuse. Comme ça, à vue d'œil, je dirais que *Dark Darcy* doit avoir une petite trentaine d'années, peut-être moins. Une barbe de plusieurs jours ombre légèrement ses joues et souligne la crispation de sa mâchoire carrée. Quelques boucles sombres caressent son front et me donneraient presque envie de glisser mes doigts dans ses cheveux pour les remettre en place. Ou les ébouriffer.

Quoi ? *N'importe quoi !*

Je remarque seulement à l'instant qu'il n'est pas du tout concentré sur la carte du *diner* mais sur l'enveloppe entre ses mains, comme si elle contenait de l'anthrax. Des mains puissantes, dont l'une a les phalanges légèrement abîmées. Est-ce qu'il s'est battu ? *Je déteste les hommes qui se battent.*

OK, donc ce brave gars n'est pas du tout en train d'hésiter entre un hamburger et une salade coleslaw.

– Alors, je ne veux pas avoir l'air de vous mettre dehors, mais vous ne pouvez pas rester ici sans commander.

J'aurais pu tout aussi bien être invisible car il m'ignore complètement. Et ça, c'est une première dans ma carrière de serveuse !

– Euh, monsieur ?

Comme s'il venait tout juste de me remarquer, il lève lentement le menton vers moi et me transperce du regard.

Un regard d'un gris intense, pénétrant, redoutable, déstabilisant.

Je n'ai jamais vu quelqu'un avec des yeux pareils.

Face à moi, l'homme arque un sourcil épais et bien dessiné, comme s'il était surpris par ma présence. Est-ce qu'il s'aperçoit qu'il est dans un *diner* et que les places sont limitées ?

– Je suis désolée, mais il faut prendre quelque chose sinon je vais devoir vous demander de partir.

Il lance un coup d'œil à la carte, puis revient à moi.

– Donc… qu'est-ce que ce sera pour vous ?

– Peu importe.

Évidemment, sa voix est aussi sexy que lui. Pourquoi ne suis-je pas étonnée ? À croire que la génétique a fait un package spécial « bombe sexuelle » pour lui.

– Euh…

Devant mon hésitation, il glisse ses doigts dans ses cheveux pour les ramener en arrière, tandis que je suis suspendue à son geste.

Merde, ressaisis-toi !

– Ce que vous voulez, lâche-t-il sans détourner le regard.

Ce que je veux, c'est finir de servir tout le monde pour rentrer chez moi afin d'avancer dans ma liste de tâches. Et puis, si j'ai encore suffisamment d'énergie, dessiner quelques planches avant de sombrer dans le coma.

– Je peux vous laisser réfléchir et revenir plus tard si vous préférez ?

Il m'observe attentivement et je dois me concentrer de toutes mes forces pour ne pas me noyer dans son regard gris piqué d'éclats dorés.

– Non, vous savez quoi, apportez-moi la carte des vins.

Par je ne sais quel miracle, je parviens à recouvrer mes moyens. Mes synapses se reconnectent entre elles et donnent l'ordre à ma bouche de répondre.

– Une carte des vins ?

Il acquiesce, puis retourne à la contemplation du courrier dans ses mains, m'ignorant à nouveau tandis que je ris sous cape.

Où se croit-il ? Au bar du Hilton ?

– OK, je vous apporte une bière tout de suite.

Je m'éloigne donc le plus rapidement possible en me maudissant d'avoir été aussi affectée par… lui. Pendant un instant, je ne me suis pas reconnue. C'est comme si mon cerveau était détraqué et ne répondait plus, affichant un bug système.

Tandis que je retourne près du comptoir pour glisser ma commande à Tomer, je prends quelques secondes pour souffler.

Et m'éventer.

Merde, il s'est passé quoi là ?

Li Ann, que je n'ai pas vue revenir, me file un léger coup de coude pour attirer mon attention.

– On dirait qu'il t'a tapé dans l'œil.

– Quoi ? De qui tu parles ? dis-je, feignant l'ignorance.

– Pas à moi. Ça crève les yeux qu'il est à ton goût. Je serais toi, je lui glisserais mon numéro avec sa note.

Je lance un regard lourd de sens à ma collègue au ventre rond.

– Heureusement, Dieu nous en préserve, tu n'es pas moi.

– Je te préviens, si tu passes à côté de l'homme de ta vie, ce sera tant pis pour toi.

– Je pense que je m'en remettrai.

– Si tu ne le fais pas pour toi, fais-le au moins pour ton vagin. Ce que tu lui fais subir est inhumain. Tu me remercieras plus tard.

Je ne le connais pas. Ce type pourrait tout aussi bien être un détraqué de passage dans la région ou pire encore…

Je me tourne vers elle.

– Ça ne me ressemble pas, de me jeter sur un inconnu.

– Raison de plus ! Arrête de réfléchir et laisse-toi aller.

– C'est ce qu'a fait ma mère. Résultat, elle s'est retrouvée enceinte de moi à tout juste vingt ans et elle a été obligée d'abandonner ses rêves pour s'occuper d'un bébé. Pas question que ça m'arrive !

– Je comprends, mais tu n'es pas ta mère. Et puis, prendre un peu de bon temps ne signifie pas que tu vas te retrouver en cloque dès le premier rendez-vous. Tu sais ma belle, à force de planifier ta vie à la minute près, tu risques de passer à côté d'un tas d'expériences géniales.

– Ne t'en fais pas pour moi, je sais ce que je fais.

– Je sais surtout ce que tu ne fais pas.

– C'est-à-dire ?

– T'envoyer en l'air.

– Je n'ai pas le temps pour ce genre de plaisirs futiles.

– Plaisirs futiles ? Ne le prends pas mal, Sawyer, mais depuis que je te connais, je ne t'ai jamais vue faire autre chose que travailler et étudier. Tu passes à côté de plein de choses. À ton âge, tu devrais profiter de la vie, sortir avec des amis, t'éclater, quoi ! Et permettre à ton vagin de déployer ses lèvres et jouir.

Pourquoi je lui ai parlé de mon absence de vie sexuelle ?

Li Ann fabule. Li Ann a les hormones en ébullition. Et Li Ann ne sait pas garder un secret.

Je balaie ses fantasmes d'un geste vague de la main. De toute façon, je n'ai ni l'envie ni le temps pour des frivolités. Si je me tue presque à la tâche en excluant toute distraction de mon emploi du temps, ce n'est pas pour fricoter avec le premier venu. Car oui, je tiens un planning très serré et organisé de ma vie sur les trois prochaines années pour parvenir à mon but : d'abord devenir architecte – un bon job alimentaire – ce qui me permettra de réaliser mon rêve en parallèle. J'ambitionne secrètement de devenir la meilleure illustratrice de bandes dessinées de l'État.

Et pour y arriver, j'évite les sorties, mais également, les hommes.

Et tout particulièrement ceux dans *son* genre… le genre à briser des cœurs.

– Je m'amuserai quand j'aurai suffisamment de dollars sur mon compte en banque.

Au même moment, Tomer me tend une bière fraîche.

– Ta commande.

Je le remercie, récupère mon plateau et lance un bref sourire à Li Ann pour la rassurer, avant de m'écarter pour rejoindre mon client.

Quelque part, je me rends compte qu'elle n'a pas tort, que la vie est trop courte pour ne pas la vivre pleinement.

Qu'à tout moment, un coup du destin peut tout faire basculer.

Qu'un jour, un chauffard peut griller un feu et faucher la personne la plus importante de votre existence en un instant et vous faire basculer dans les ténèbres.

Que la perte peut être tellement atroce qu'elle vous laisse dans le noir, bouleversée, perdue, rongée par le regret, et les yeux baignés de larmes.

Les souvenirs refont surface à mesure que la mélancolie m'envahit et qu'une boule d'émotion se loge dans ma gorge, puis enfle…

J'arpente l'allée centrale en pressant le pas afin de ne pas craquer en public.

Surtout, ne pas craquer !

Je compte à rebours, mais les pensées dans ma tête se bousculent, si bien que je m'emmêle les pinceaux dans mon décompte, puis recommence tout en marchant vite, très vite, trop vite.

Et pile au moment où j'arrive enfin à ma table pour servir sa bière à mon client, il se passe quelque chose de si surprenant que j'étouffe un cri.

CHAPITRE 5

OLLIS

C'est un putain de faire-part de mariage !

Cinq longues années sans un seul signe de vie et c'est de cette façon qu'elle me donne des nouvelles ? À quel moment s'imagine-t-elle que m'inviter à son mariage est une bonne idée ?

Pire encore, elle espère que je viendrai !

« Shannon, j'espère que tu répondras favorablement à cette invitation. »

M'arracher le cœur ne lui a donc pas suffi ? Il faut en plus qu'elle me saigne à blanc en me plantant son bonheur sous le nez.

Mes mâchoires se crispent, ce fichu bout de carton a tellement ravivé ma colère que j'en tremble de tous mes membres.

Dans ma tête, c'est l'implosion. Je dois me tirer d'ici, rentrer chez moi et boire jusqu'à oublier qu'elle a refait sa vie alors que la mienne n'a pas avancé d'un iota depuis notre séparation. Je froisse sa foutue invitation de mes deux dans mon poing et, dans un élan de rage, je me lève d'un bond sans regarder autour de moi. Dans le mouvement, je ne peux éviter la serveuse qui fonce droit vers moi à toute vitesse.

Et c'est le choc.

Les discussions autour de nous sont aussitôt éteintes par le fracas assourdissant du verre explosant sur la céramique. Dans ma précipitation, je viens de lui faire renverser son plateau.

Les éclats de verre à mes pieds me signalent qu'une bière gît désormais telle une mare d'ambre et d'écume sur le sol en damier, non sans avoir imbibé mes vêtements au passage.

La chemise et le veston, je m'en tape, mais si mon jean de créateur est foutu, ma sœur risque d'en faire une syncope. C'est elle qui me l'a offert pour mon anniversaire, et Olivia est super susceptible quand il s'agit de fringues.

Si la serveuse avait regardé où elle allait, nous aurions évité la collision. Bien sûr, je reste un gentleman, donc je garde pour moi mon opinion et c'est tout naturellement que je m'arme de mon fameux sourire en coin, celui-là même qui me rend irrésistible auprès de la gent féminine, et m'enquiers de son état.

– Ça va, ma belle ? Rien de cassé ?

Je peux sentir courir sur moi les prunelles étincelantes de colère de la serveuse. Ce n'est pas tout à fait la réaction que j'attendais.

Non seulement elle est hermétique à mon charme naturel, mais je note aussi qu'elle ne s'excuse pas. Pire encore, elle semble m'insulter en silence si j'en crois ses lèvres qui bougent alors qu'aucun son ne s'en échappe.

Qu'est-ce qui ne tourne pas rond chez elle ?

Alors que les clients retournent à leurs plats, une douce rumeur de conversations s'élève à nouveau au sein du *diner*.

Stupéfait par son attitude désobligeante, je penche la tête sur le côté et lève un sourcil interrogateur. J'ai un doute : ce n'est pas plutôt à moi d'être énervé ?

Avant que je puisse lui demander si elle est en train de maudire ma famille sur plusieurs générations, une grosse voix à l'accent oriental nous parvient depuis le comptoir en formica.

– Que se passe-t-il en salle ?

La serveuse affiche une moue légèrement paniquée et ne lui répond pas, si bien qu'il continue.

– Sawyer ? Sawyer Bennett, je jure que si c'est encore elle qui a fait des siennes…

Sawyer Bennett ?

– Manquait plus que ça ! Merci champion, tu viens de me mettre dans la mouise, soupire la serveuse en levant les yeux au ciel, avant de me fusiller de ses splendides iris.

– Bébé, dois-je vraiment te rafraîchir la mémoire ?

– Sans façon, et je t'interdis de m'appeler *bébé*.

Elle mime un haut-le-cœur qui me décontenance dans la mesure où je pourrais citer des dizaines de femmes qui vendraient père et mère pour que je les gratifie de ce petit nom.

– Je vais le faire quand même : c'est toi qui m'as percuté. Je peux comprendre que servir un homme avec un tel physique t'ait envoûtée, mais…

– Et humble avec ça…

Puis de marmonner dans sa barbe :

– Il va me virer, c'est sûr.

– Oh, allez ! Pour un verre cassé et un peu de bière bon marché ?

OK, nous nous sommes rentrés dedans, mais ce n'est qu'un simple accident. Pas de quoi en faire toute une montagne, si ? Sauf si elle s'est cogné la tête un peu trop fort contre mes abdos en béton et craint une commotion, je ne vois pas ce qui mérite qu'elle se mette dans un état pareil.

– Pfff… T'es à côté de la plaque.

Non, mais vraiment, selon mes calculs nous sommes sur une perte sèche de moins de trois dollars, donc relax !

En grand seigneur, je propose de payer pour la casse, histoire que la dénommée Sawyer Bennett cesse de me dévisager comme si j'avais liquidé sa mère.

– Ça ne changera rien, c'est trop tard… Tout ça, c'est ma faute. Et un peu celle de Li Ann aussi. Si je ne l'avais pas laissée m'embrouiller les neurones avec ses idées débiles, je n'en serais pas là…

Je crois que la serveuse est cinglée.

Je n'ai qu'une envie, régler cette histoire rapidement et rentrer chez moi. Je tends la main vers mon portefeuille, histoire d'allonger quelques billets plus un généreux pourboire quand soudain, un type aux cheveux clairsemés et à la barbe épaisse déboule devant nous et se prend la tête dans les mains.

– Tomer ! Ce n'est pas ce que tu crois… commence-t-elle avant que ce dernier n'ouvre la bouche.

C'est donc le roi du burger *himself* qui dévisage alternativement la serveuse, puis moi.

– Oh bon sang ! Sawyer, qu'est-ce que tu as encore fait ? Je pensais que nous nous étions mis d'accord, toi et moi ?

Il regarde autour de nous comme s'il essayait de percer les secrets de l'univers.

– Attends une minute, ce n'est même pas ton secteur, en plus ! Qu'est-ce qui te prend de t'attaquer aux clients qui ne sont même pas à toi ?

– Figure-toi qu'en fait, j'avais terminé de servir mes tables quand Li Ann…

Il lui laisse à peine le temps d'en placer une qu'il la coupe aussi sec.

– Laisse Li Ann en dehors de ça et raconte-moi quel est le problème avec celui-là. Tu as intérêt à me fournir une explication solide parce que le coup de « il a eu un comportement inapproprié » ne passera pas cette fois.

Même si ce ne sont pas mes oignons, j'avance d'un pas entre eux afin d'intervenir, les débris de verre crissant sous les semelles de mes boots. Mais le cuistot m'arrête, horrifié.

– Vous, ne bougez surtout pas !

– Pardon ?

– S'il vous plaît, monsieur. Quelqu'un va venir nettoyer tout ça, je ne veux pas que vous vous blessiez davantage.

– Je ne suis pas ble…

– Il a raison, riposte la brune à mon intention, avant de se tourner vers son supérieur. Tomer, cette fois, je n'y suis pour rien. Ou presque.

Le type lance un regard désolé à mes fringues et pousse un profond soupir.

– Dommage que tu te fiches de ma réputation et de la retombée de tes actes sur le *diner*.

– Elle a raison, c'est entièrement ma faute, argué-je à mon tour.

Je sais que c'est faux, mais je suis prêt à endosser la responsabilité de ce minuscule incident si ça peut lui permettre de garder son job.

– Vous, inutile de la couvrir. Quant à toi, Sawyer, tu es virée.

Attendez, quoi ?

– Mais…

– Il n'y a pas de mais qui tienne. Tu ne pourras pas dire que je ne t'avais pas prévenue, continue-t-il sans même écouter son explication.

– Tu fais erreur, patron ! Je t'assure que c'est un malentendu.

La scène sous mes yeux est ubuesque. Est-ce qu'elle vient de perdre son emploi à cause d'un verre renversé ? Dans quel monde vire-t-on les gens pour ça ?

La dénommée Sawyer finit par pousser un profond soupir, puis me lance un regard lourd de reproches avant de s'éclipser en direction de la porte du fond.

OK, ce n'est donc pas une caméra cachée.

Le patron m'adresse un vague signe de tête.

– C'est très noble à vous d'avoir cherché à endosser la responsabilité de ce désastre.

Puis il s'adresse à quelqu'un derrière moi.

– Li Ann, s'il te plaît, tu peux venir nettoyer tout ce bazar ?

Son attention se reporte ensuite à nouveau sur moi :

– Vous pouvez retourner vous asseoir, je m'occupe de vous apporter une nouvelle bière.

Retourner m'asseoir et siroter une bière comme si de rien n'était alors qu'une jeune femme vient de perdre son emploi à cause de moi n'est pas dans ma nature.

– Sachez bien que je suis désolé. Et si vous me promettez de ne pas nous mettre une évaluation négative sur Google, je vous offre également notre spécialité : le giant Tomer burger, ajoute-t-il pour me manipuler comme si j'étais un gosse à qui l'on promet une sucrerie.

– Combien ? lâché-je, sentant que je commence à perdre patience.

– Je vous demande pardon ?

– Combien pour qu'elle récupère son job dans votre usine à cholestérol ?

Franchement, si ça peut lui permettre de retrouver son taf, je me fous de devoir allonger quelques billets à ce guignol. Son prix sera le mien.

Son regard s'arrête sur mes fringues trempées avant de revenir à moi.

– Gardez votre argent. En revanche, je vous prierais de boire votre bière et de ne plus remettre les pieds chez moi.

Je crois bien que je l'ai vexé.

– Et pour la serveuse ?

– Je ne sais pas ce que vous lui avez fait pour l'énerver, mais son comportement a dépassé les limites de ce que je peux tolérer. Ce n'est pas la première fois que ça arrive et elle savait ce qui lui pendait au nez.

– Vous êtes une sacrée pourriture.

– Et vous, vous n'êtes plus le bienvenu chez Tomer. Prenez votre bière avec vous et que je ne vous revoie plus ici !

Au même instant, la serveuse réapparaît, un tote-bag sur l'épaule et sans son tablier. Le visage impassible, elle marche d'un pas volontaire. Quand elle arrive à ma hauteur, elle me gratifie d'un regard noir, puis quitte l'endroit, laissant la cloche tinter derrière elle.

OK, elle est vénère, je peux l'entendre, mais que sa colère me soit destinée me semble un brin exagéré.

Sans attendre, j'abandonne le roi de la friture qui menace d'appeler les flics et me dirige vers la sortie. Qu'il se la garde, sa bière offerte !

La rue grouille de monde, des passants pressés de rentrer chez eux aux étudiants nonchalants. Je scanne la foule à la recherche de la serveuse. Je me tords le cou à force de zieuter à gauche et à droite, puis la repère enfin. C'est bien elle ! Je la reconnais à sa longue queue-de-cheval rebondissant à chacun de ses pas. Je me dépêche de la rattraper avant de risquer de la perdre de vue.

Je dois lui parler !

Pour lui dire quoi ? Ça, je n'en ai pas la moindre foutue idée. Mais agir avant de réfléchir, c'est ma spécialité.

Je peux toujours commencer par m'excuser, puisqu'il semblerait qu'elle vienne de perdre son job et que je sois indirectement impliqué.

Alors que je suis encore en pleine réflexion, Sawyer ralentit le pas avant de s'arrêter devant la devanture d'une boutique.

Je suis toujours à bonne distance, et m'immobilise à mon tour.

A-t-elle remarqué que je la suivais ? Ça craint parce que je ne sais toujours pas comment entamer la discussion sans avoir l'air d'envahir son espace.

Je sors mon téléphone et envoie un message à ma sauveuse attitrée.

Ollis : 911.

La réponse de ma sœur arrive dans la seconde. Heureusement qu'elle est constamment greffée à son téléphone.

Olivia : La nature de l'urgence ?

Je lui explique en quelques mots le topo. Pendant ce temps, l'objet de mon attention lorgne la vitrine d'un Dunkin' Donuts.

Ollis : Selon toi, la meilleure façon
d'aborder une femme sans paraître
louche, c'est quoi ?

Trois points de suspension font leur apparition puis disparaissent avant de clignoter à nouveau. Bon sang, elle en met du temps… J'attends ses conseils comme le Messie, le regard rivé sur Sawyer qui fouille dans son tote-bag pour récupérer son porte-monnaie qu'elle vide dans le creux de sa main.

Mais au lieu d'entrer dans la boutique, elle se remet en marche comme si de rien n'était.

La scène me met profondément mal à l'aise.

Pourquoi n'est-elle pas entrée dans cette boutique s'acheter un foutu donut à trois dollars alors qu'elle avait l'air d'en avoir très envie ?

Merde ! Je me sens tout à coup minable d'être impliqué dans son licenciement. Et savoir qu'elle ne peut même pas s'offrir une pâtisserie me tord le bide.

Olivia : Si tu recherches des conseils
de drague auprès de moi, c'est que
tu dois être vachement désespéré…
Je te propose de… l'inviter à dîner ?

Ma sœur n'a pas tort, l'inviter à dîner ? Pourquoi pas ! Je la remercie et rattrape la serveuse.

– Sawyer Bennett ?

Je n'obtiens aucune réaction de sa part, alors je répète, un peu plus fort afin de couvrir le bruit de la circulation. Cette fois, elle m'entend, opère un demi-tour et affiche un air horrifié à la seconde où elle m'aperçoit.

C'est donc ça que l'on ressent quand on est rejeté ? Je ne sais pas comment fait mon pote Mo – clairement celui de la bande qui se prend le plus de râteaux – pour survivre à ce sentiment de rejet de la part du sexe opposé.

– Toi ?

Passé la surprise, ses prunelles sombres brillent d'un voile de colère.

J'approche doucement, les mains en l'air comme si je m'apprêtais à pénétrer dans l'espace vital d'une femelle guépard.

– Je suis là en ami, l'informé-je avant qu'elle ne décide de sauter sur moi pour me déchiqueter la gorge.

Elle penche légèrement la tête sur le côté et laisse échapper un souffle agacé qui fait voleter une mèche folle autour de son visage.

– Qu'est-ce que tu me veux ?

Ouais, qu'est-ce que tu lui veux ?

– Ça peut paraître étrange, je l'admets, mais je voulais juste m'assurer que tu allais bien après ce qui s'est passé.

– Je vais on ne peut mieux. Salut.

– Attends, s'il te plaît ! Ça vaut ce que ça vaut, mais je te présente mes excuses pour tout à l'heure.

– OK.

Quoi, c'est tout ?

Je ne peux pas la laisser partir comme ça, pas après l'avoir vue baver devant la vitrine du Dunkin' Donuts, mais je me garde de lui avouer ce détail.

Pendant que je réfléchis à la meilleure manière de l'inviter à manger, je me perds une seconde dans ses grands yeux, fasciné par les derniers rayons du soleil qui s'y reflètent et caressent sa peau dorée. Sans les néons agressifs du *diner*, j'ai l'impression de la redécouvrir et le tableau qu'elle offre capte mon attention.

Toute mon attention.

Sawyer pince ses lèvres délicates. Si je me fie aux minuscules éclats qui crépitent dans ses yeux noisette, elle aimerait mieux se trouver n'importe où ailleurs qu'en face de moi.

– Ton patron est un peu ravagé, non ? Je veux dire, on ne vire pas les gens à cause d'un malheureux incident de rien du tout. En plus, je suis certain que c'est illégal.

J'ai soudain une idée… mais oui !

– Je connais un bon avocat, balancé-je tout de go.

Gabe Wallace ! Ce type est l'avocat le plus réputé de la ville, pour ne pas dire de la Californie. Lui, il pourra faire quelque chose.

– Tu en as, de la chance, dis-moi.

Est-elle obligée d'être aussi sarcastique ?

– Ce que j'essaie de dire, c'est qu'il peut t'aider. Son agenda est blindé pour les deux prochaines années, mais il y a moyen de t'arranger un rencard. Il me suffit de passer un coup de fil, si tu es partante pour faire payer le roi de la saucisse.

Il va de soi que je prendrai en charge les honoraires, mais voilà, je suis quasiment certain qu'elle prendrait mal que je mentionne ce détail.

– C'est le roi du burger. Et pourquoi tu ferais ça ?

– Pour t'aider.

C'est pourtant évident, non ?

Je sens l'impatience la gagner.

– Je ne comprends pas un truc. Explique-moi en quoi ça te concerne ?

– Parce que j'ai une part de responsabilité dans ce qui t'est arrivé.

Elle émet un petit rire forcé, tandis qu'elle secoue la tête en faisant balancer sa queue-de-cheval de gauche à droite. Je ne la quitte pas des yeux, sans vraiment comprendre pourquoi je m'arrête sur un détail aussi futile que le mouvement de ses cheveux.

– Une part seulement ? Toi, tu n'as aucun problème avec ta conscience à ce que je vois. Tout est entièrement ta faute, reprend-elle en arborant un air furibond et en me pointant de l'index.

– D'accord, mais j'essaie de faire amende honorable, là. Laisse-moi au moins t'inviter à dîner et après on sera quittes.

J'affiche un sourire en coin charmeur, celui-là même qui ne laisse aucune fille indifférente. C'est ma marque de fabrique, Mo l'appelle l'attrape-meuf.

– Je te demande pardon ?

– Un dîner, toi et moi. On peut aller où tu veux, ou même à mon appartement. Je pourrais cuisiner pour toi ? Je fais les tagliatelles à l'arrabiata comme personne et je ne vis pas très loin d'ici, ajouté-je afin de finir de la convaincre. Alors, qu'en dis-tu, Sawyer ?

– J'en dis que t'as un grain. Je suis sérieuse, qui propose ce genre de plan à quelqu'un qu'il a rencontré depuis moins de dix minutes ?

Pourtant, dix minutes, c'est le temps qu'il me faut habituellement pour conclure une affaire.

– Un conseil, laisse tomber la drague. Ce n'est apparemment pas ton truc.

Ma mère ferait une syncope d'apprendre que l'un de ses fils est incapable de faire la cour à une femme. Elle qui nous a fait suivre des cours de galanterie à mes frères et moi…

La serveuse prend mon silence pour un assentiment.

– Alors adieu, connard, lance-t-elle avant de faire volte-face.

– Connard ? T'es dure, tu ne trouves pas ? Tu me juges alors que tu ne me connais pas.

Sawyer se fige, puis opère un demi-tour au ralenti jusqu'à se retrouver face à moi.

– Justement ! Tu me proposes de venir chez toi au bout de trois secondes et demie… pour prétendument manger des tagliatelles ? C'est quoi, ça ? Un nom de code stupide pour me proposer de coucher avec toi ? Pour qui tu me prends ? Dois-je te rappeler qu'on ne se connaît pas, toi et moi ?

– Tu as raison.

– Excuse-moi ? fait-elle, décontenancée.

– Tu as raison, on ne se connaît pas. Je suis Ollis MacDonnell. Enchanté, et tu es ?

– Pas intéressée.

– Attends, Sawyer.

– Je connais par cœur la chanson, *Ollis*. La Californie regorge d'hommes comme toi.

– D'hommes comme moi ? Intéressant. Vas-y, je t'en prie, développe. Qu'est-ce que ça veut dire ? Je serais ravi que tu éclaires ma lanterne.

– Le genre de dieu grec à la personnalité creuse, dont le but est de mettre un max de filles dans son lit, pensant que l'on va toutes succomber à son charme sous prétexte qu'il possède un physique avantageux. C'est assez clair pour toi ?

Mes mâchoires se crispent. Je ne suis pas étonné qu'elle s'imagine que je suis le plus grand queutard que la Californie ait porté.

Elle a raison.

Toutefois, là, tout de suite, ma seule intention était de l'aider.

– Tu penses que j'essaie de te mettre dans mon lit ?

– Alors quoi d'autre ?

– Mes intentions sont bonnes. Laisse-moi te le prouver, et tu verras que je ne suis pas aussi répugnant que tu sembles le croire.

– On verra.

Sur ces derniers mots, elle se retourne, puis s'en va.

– On verra ? Attends Sawyer, qu'est-ce que tu veux dire ?

Je reste planté là quelques secondes, à assimiler ses dernières paroles.

Vient-elle de me lancer un défi ? Pile ce qu'il ne fallait pas faire, car désormais, elle a aiguisé mon intérêt.

CHAPITRE 6

OLLIS

On est déjà vendredi, ce qui signifie qu'une nouvelle semaine s'est écoulée sans que je l'aie vu passer. Si les journées défilent, c'est loin d'être le cas des longues soirées que je passe à l'appart, et malgré les distractions, mon esprit ne cesse de cogiter sur le mariage à venir de Jenna.

– Hmm, c'est quand tu veux pour un second round, ronronne la jeune femme à moitié à poil à mes côtés.

J'avais presque oublié qu'elle était là !

Un verre à la main, je suis affalé sur mon canapé, le regard fixé sur un point invisible devant moi. Je fais un effort pour me rappeler le prénom de la rouquine qui vient de m'offrir une petite gâterie, sans succès.

Tout ce dont je me souviens, c'est qu'elle est repassée aujourd'hui pour que je vérifie si la cicatrisation de son tatouage était clean – elle l'était.

Quand j'ai quitté le salon, je l'ai trouvée qui m'attendait devant le Stairway et en moins de temps qu'il n'en faut pour le dire, elle était dans ma caisse, la main en action dans mon jean.

Je lance un coup d'œil à mon invitée. Sur le dos de sa main qui caresse mon torse, les lettres « Karma » tatouées sur sa peau me narguent.

– C'est quoi, la signification de ton tatouage ?

Elle lève les yeux vers moi.

– Ah, ça… C'est pour ne jamais oublier que la roue tourne, elle tourne toujours, et un jour ou l'autre, le karma se charge de ceux qui le méritent.

Finalement, ça a du sens.

Mon petit Ollis, qu'as-tu fait pour améliorer ton karma ces derniers jours ?

Rien, nada, que dalle !

Pire, j'ai même réussi à faire virer de son emploi une serveuse qui ne m'avait rien fait !

La vérité, c'est que depuis l'autre jour, j'ai beau essayer de passer à autre chose et de l'oublier, je n'y arrive pas. Le sentiment de culpabilité qui m'assaille chaque fois que je pense à elle m'empêche d'aller de l'avant. Je ne parviens pas à m'ôter de la tête que je m'y suis mal pris pour l'aider.

D'ailleurs, ça recommence… Que devient-elle ? Est-ce qu'elle va bien ? A-t-elle réussi à récupérer son job ? Est-ce qu'elle a des ennuis financiers ?

Je n'y peux rien, je me sens impliqué par ce qui lui arrive.

Cette nana a beau m'avoir envoyé sur les roses, elle ne mérite pas de coucher sous un pont sous prétexte qu'elle a mal interprété ma tentative pour l'aider.

Si je m'écoutais, j'irais ratisser les rues de Pasadena sur-le-champ histoire de la retrouver et de m'assurer qu'elle va bien.

Je porte le verre à mes lèvres, avale d'un trait ce qu'il en reste et décide qu'il est temps de renvoyer mon amie.

Elle n'est pas ravie, mais je me fous qu'elle soit vexée. Elle finit par se rhabiller et rejoint la sortie sans que j'aie besoin de la raccompagner.

Dès qu'elle se casse, je me lève pour prendre une douche, et une fois propre, je me glisse à poil dans mes draps froids. Malgré la fatigue, je demeure là, allongé sur le dos, ignorant les messages qui fusent sur notre conversation de groupe, celle avec les gars du Stairway.

Moses continue de s'entraîner pour son marathon, Tristan vit sa meilleure vie, et il y a moi, qui fais du surplace depuis Jenna.

Jenna... Je refuse catégoriquement de la laisser envahir mon esprit. À la place, pour me distraire, j'invoque le souvenir d'une fille à la peau mate et dorée.

Je revois ses grands yeux fixés sur moi, le dégoût que je provoque chez elle mêlé à une pointe de fascination, la courbe sensuelle de ses lèvres roses, charnues et pulpeuses. J'imagine la sensation que j'éprouverais si elles entouraient mon sexe.

Il n'en faut pas plus pour que le drap se soulève au niveau de mon entrejambe.

Mec, t'as un vrai problème !

Le lendemain, une pensée ne quitte pas mon esprit : je dois m'assurer qu'elle va bien, histoire de la sortir de ma tête et de continuer à broyer du noir en paix. Aussitôt ma journée de travail terminée, j'esquive une sortie avec Moses et notre groupe de potes et me laisse tomber derrière le volant de ma caisse, puis entre dans le GPS l'adresse du boui-boui dans lequel travaillait Sawyer. Vu que je ne sais rien d'elle, le mieux est de commencer par le seul endroit que je connais.

Vingt minutes plus tard, je me gare devant l'enseigne du roi des burgers, visse une casquette sur ma tête afin de ne pas me faire griller et descends de ma voiture. Je n'ai pas oublié la menace de Tomer, qui souhaitait ne plus jamais voir mes miches dans son établissement. J'ose espérer qu'en une semaine, il a oublié qui j'étais.

Je parcours les quelques pas jusqu'à l'entrée et l'odeur de la friture m'assaille à la seconde où je pousse la porte.

Je scanne la salle. Pas de cuistot en vue, parfait.

La serveuse dont le nom, Li Ann, est épinglé au niveau de la poitrine me sourit, puis me propose d'aller m'asseoir.

– Merci, mais je ne suis pas là pour manger. En fait, je cherche Sawyer Bennett.

– Elle n'est pas ici.

– Je suis au courant.

Le visage de mon interlocutrice devient grave.

– Oh, mais attendez, je vous reconnais, vous ! Vous êtes le beau mec de l'autre jour ! Qu'est-ce que vous faites là ?

– Je me demandais si vous pouviez m'aider.

– Vous aider ? Vous plaisantez, j'espère ! Alors que c'est votre faute si elle a été renvoyée ? Je connais bien Sawyer, et elle n'aurait pas réagi de la sorte si vous n'aviez rien fait. Vous lui avez collé une main aux fesses, c'est ça ?

– Absolument pas ! Je n'y suis pour rien, vous pouvez me croire.

La jeune femme face à moi lâche un long soupir résigné. Mon regard s'arrête une seconde sur son ventre proéminent, et je me demande comment elle fait pour travailler encore alors qu'elle semble sur le point d'accoucher.

– Écoutez, Li Ann, ce n'était qu'un malheureux malentendu. Je n'ai rien fait d'inconvenant à *Sawyer*, je vous le promets.

J'ai piqué son attention, je le sens.

– Je trouve que ce qui lui est arrivé est injuste. C'est précisément la raison de ma présence ici. Je souhaite savoir comment elle va et si je peux lui venir en aide de quelque manière que ce soit. J'ai un ami avocat que j'aimerais qu'elle rencontre, alors si vous savez où je peux la trouver, ça m'arrangerait. Je ne lui veux aucun mal, je le jure.

Je lève la main en signe d'innocence et lui sers mon sourire le plus sincère.

Après quelques secondes de réticence, Li Ann semble déceler un détail chez moi qui la met en confiance, car elle penche la tête sur le côté et me scrute comme si elle essayait de décrypter mes pensées.

– Elle m'a prévenue que vous repasseriez sûrement.

– Est-ce qu'elle a laissé un message à mon intention ?

Elle fait non de la tête.

– OK, ça ne m'aide pas beaucoup.

– Li Ann, j'ai besoin de toi, lance une voix grave depuis les cuisines.

– Je dois y aller.

– Je comprends. Merci du temps que vous m'avez consacré.

Li Ann s'écarte, puis revient sur ses pas et, la main en coupe devant sa bouche, elle me glisse sur le ton de la confidence :

– Essayez à la grande bibliothèque de South Pasadena.

– La bibliothèque ? Vous êtes sûre ?

– Parfaitement. Elle travaille là-bas également.

– D'accord, merci de votre aide.

Si je comprends bien, Sawyer cumule… pardon, cumulait deux jobs.

Une fois de retour dans ma voiture, la culpabilité m'assaille à nouveau.

Mais qu'est-ce que j'ai fait ?

Cette fois, j'en ai la certitude, je dois faire ce qui est en mon pouvoir pour m'assurer qu'elle va bien. Et me racheter.

CHAPITRE 7

SAWYER

Cet après-midi, il règne un silence de mort dans l'immense bibliothèque. Je porte une pile de bouquins que je range au fur et à mesure sur les étagères, l'esprit accaparé par la tonne de choses qu'il me reste encore à faire.

Et puis l'addiction de ma mère au télé-achat me rend dingue. Cette semaine, elle s'est encore lâchée sur les commandes de gadgets en tout genre. Chaque fois, c'est la croix et la bannière pour renvoyer les articles et parvenir à nous faire rembourser.

Ça la contrarie que je doive refréner ses ardeurs, mais nous sommes obligées de faire attention à nos finances. Ce n'était pas le meilleur timing pour perdre mon job chez Tomer.

Aussitôt, les montants des factures en attente défilent dans ma tête comme sur un catwalk.

Dans ces moments, j'aimerais pouvoir éteindre mon cerveau, mais faire disparaître mon anxiété est mission impossible. Je peux au mieux essayer de la contrôler en comptant à rebours.

Le plus fou, c'est que je n'étais pas comme ça avant, mais l'accident de mon père a tout changé, si bien que désormais, j'alterne entre pics de stress et crises d'anxiété.

Une fois, une psy m'a suggéré des séances de sophrologie pour m'aider à me reconnecter avec mes émotions. La blague ! Elle n'avait visiblement pas la moindre idée du coût d'un tel traitement.

Quant au médecin de famille, il s'est contenté de me proposer des médicaments pour m'aider à soulager mon anxiété profonde. Mais je refuse de prendre quoi que ce soit, pas alors que ma mère est accro aux antidépresseurs.

Je trottine d'une allée à l'autre en veillant à être la plus discrète possible de façon à ne pas perturber la tranquillité des quelques lecteurs installés dans la grande salle.

Walter se trouve non loin de moi. Ce jeune retraité vient tous les après-midi pour relire encore et toujours le même ouvrage, une vieille édition d'*Autant en emporte le vent* de Margaret Mitchell, dont la couverture est usée jusqu'à la corde par des années de manipulation. Je me souviens d'être allée le trouver la première fois pour lui proposer une version plus récente, et surtout en meilleur état. Il m'a expliqué qu'il tenait entre ses mains l'exemplaire de sa défunte femme, que c'était son livre préféré et qu'il prenait surtout du plaisir à relire toutes ses annotations dans la marge. Il n'est pas là pour les livres, seulement pour se sentir moins seul.

Trois rangées derrière lui, nous retrouvons Justin et Becky. Ils ont tout juste treize ans et sont le couple le plus adorable qu'il m'ait été donné de croiser. Ils vivent chacun à une extrémité de la ville et une fois par semaine, leurs mères les déposent ici afin qu'ils puissent se retrouver. Pendant que Justin lit des BD, Becky le dessine sur son carnet.

Beaucoup trop *cute* !

Aujourd'hui, il n'y a pas grand monde en dehors de ces trois-là, quelques anonymes installés ici et là. Quant au personnel, nous sommes une petite dizaine, mais les seuls avec qui je m'entends sont Lisbeth, la doyenne qui est aussi un peu ma cheffe, et Roman qui s'occupe de la section romans historiques et fantastiques.

Quand on y pense, c'est triste qu'il n'y ait pas plus de monde ici.

Les jeunes de mon âge préfèrent de loin se donner rendez-vous dans les lieux plus *hype* où le prix moyen d'une boisson frise l'équivalent de ma journée de salaire. Je ne les envie pas du tout, je suis mieux seule. J'ai toujours été un loup solitaire. Les amis sont une distraction, et les distractions m'écartent de mon objectif.

Une fois que j'ai terminé de répartir ma pile de livres, je passe par le rayon des classiques de la littérature anglaise, m'arrête un instant, puis ferme les paupières et pioche un livre au hasard sur les étagères.

Avant que je n'aie le temps de découvrir l'œuvre qui va m'accompagner pour le reste de la journée, une voix au timbre suave m'interpelle.

– *Jane Eyre*. Excellent choix !

Je repose mon livre, fais volte-face et me retrouve nez à nez, ou devrais-je dire nez à torse avec… avec…

– Qu'est-ce que tu fais là ?

Un sourire canaille flotte à la commissure de ses lèvres, mais au lieu de répondre à ma question, il se contente de tendre la main devant lui et de choper le livre que je viens de reposer. Je remarque que les égratignures sur ses phalanges ont complètement disparu.

– Tu l'as déjà lu ? me demande-t-il, son regard posé sur moi.

– *Jane Eyre* ? C'est une vraie question ?

Il repose le livre à sa place.

– C'est vrai, question stupide. Excuse-moi.

– Et toi ?

– « L'amour le plus ardent que nul cœur eût jamais senti en son sein s'enflammer coulait dans mes vaisseaux et se faisait connaître en envahissant tout mon être », récite-t-il dans un murmure.

Dès les premiers mots, je reconnais l'extrait de Brontë. Cette citation de l'une de mes œuvres préférées m'arrache un frisson d'excitation. Jamais je n'aurais cru qu'il était du genre à aimer les classiques de la littérature anglaise du XIXe siècle.

– Bravo. Et sinon, que me vaut le déplaisir de ta visite ? Comment as-tu su où me trouver ?

– Sawyer, crois-tu aux coïncidences ?

– Ça dépend. Est-ce que la coïncidence s'appellerait Li Ann ?

– OK, je suis grillé. Je suis passé au restaurant l'autre jour, et ta collègue m'a dit où te trouver.

Elle m'a effectivement envoyé un texto pour me prévenir de sa visite au *diner*. D'après ce qu'elle m'a dit, il semblait réellement animé par l'envie de m'aider.

Jusqu'à quel point est-il sincère ?

– Je vois, tu t'es dit que la dernière fois ne suffisait pas et donc tu es venu me faire virer de mon second job ?

Il se rembrunit presque imperceptiblement.

– À propos de ça…

Je l'interromps sans ménagement.

– Ce qui est fait est fait. Je te pardonne, si c'est ce que tu attends de moi et si ça te permet de mieux dormir la nuit. Sur ce, je ne te raccompagne pas, je suppose que tu connais la sortie.

Légèrement déstabilisée par son regard, je me détourne et m'apprête à rejoindre la grande salle de sorte à mettre autant de distance que possible entre lui et moi.

À peine ai-je esquissé trois pas que je sens ses doigts s'enrouler autour de mon poignet. Ce contact déclenche une envolée de papillons dans mon ventre, réaction que je m'empresse de mettre sur le compte du déjeuner que j'ai sauté.

– Sawyer, attends.

Mon prénom roule sur sa langue et son timbre est grave et rocailleux, identique à celui d'un type qui passerait son temps à fumer et à boire du whisky.

– Quoi ?

– J'étais sérieux, tu sais. J'aimerais vraiment te filer un coup de main si tu me le permets.

Mon regard navigue entre ses yeux gris et ses doigts. Ollis s'en rend compte car il ôte aussitôt sa main.

Je repère Roman, au bout de l'allée, qui nous lance un regard interrogateur. Je lui fais signe que tout va bien et pivote vers Ollis.

– Écoute, pas maintenant. Si ça continue, je vais finir par avoir des ennuis.

Je mens. Roman est aussi doux qu'un agneau, mais je crois que j'ai besoin d'espace.

– Bien sûr. Tu m'autorises à rester ici en attendant que tu finisses de travailler ?

Je hausse une épaule.

– C'est un lieu public à ce que je sache.

Je m'éclipse en direction de l'accueil et me glisse derrière mon bureau.

Un quart de seconde plus tard, Ollis apparaît dans mon champ de vision, loge son corps massif dans l'un des fauteuils qui se trouvent en face de moi et ouvre un bouquin qu'il a dû attraper en passant.

Je me demande ce qu'il a choisi. De ma place, je suis trop loin pour pouvoir déchiffrer le titre.

Mais ? Je me fous de ce qu'il lit !

J'approche la pile des retours qui trône à ma droite, et scanne les livres un par un. Heureusement que ça ne me demande pas un effort de concentration surhumain parce que son regard sur moi me trouble. Bien plus que je ne veux l'admettre.

En réalité, sa beauté me coupe le souffle. Un mètre quatre-vingt-dix, peut-être plus, de sex appeal brut a raison de mon bon sens. Mes joues s'échauffent et une douce chaleur s'invite dans mon organisme.

OK, il est attirant, mais en dépit de ce détail, je ne dois pas oublier qu'il n'en reste pas moins un illustre inconnu.

Alors pourquoi n'a-t-il pas quitté tes pensées ? Et puis, il s'appelle Ollis. Si tu connais son prénom, ce n'est plus un inconnu !

Un point pour la voix dans ma tête.

J'observe Ollis à la dérobée et remarque qu'il fait semblant de lire car il n'a toujours pas changé de page.

Au lieu de m'agacer, ce détail m'amuse. On dirait que je suis plus sensible aux idiots que je le croyais.

Au bout de quelques minutes, je me risque à jeter un nouveau coup d'œil dans sa direction et à l'observer avec plus d'attention.

Mauvaise idée. Très mauvaise idée.

J'ai besoin de prendre l'air.

Ça tombe bien, c'est l'heure de ma pause de l'après-midi. Je me lève, fais le tour de mon bureau et m'arrête devant Ollis.

La couverture indique qu'il lit – ou fait semblant de lire – *Les Aventures de Huckleberry Finn.* Excellent choix de sa part, j'adore Mark Twain.

– Tu dis vouloir m'aider, c'est bien ça ? le questionné-je en prenant garde à ne pas élever la voix.

Ses yeux quittent les pages pour se poser sur moi.

– En effet.

Je me rends compte que malgré ma discrétion, Ollis et moi avons un public. Pire encore, nous sommes devenus le centre de toutes les attentions. Même Roman nous observe depuis son rayon, avide du moindre détail croustillant qui lui permettra d'égayer sa vie monotone.

– OK, suis-moi.

Je m'empresse de gagner la sortie, Ollis sur mes talons. Une fois à l'extérieur, je fais quelques pas vers la balustrade donnant droit sur l'esplanade et sa large fontaine. Je la regarde fixement, et malgré la distance, je ressens une vague de sérénité parce qu'elle me rappelle mon père et son amour des fontaines.

Dans mon champ de vision périphérique, j'aperçois Ollis près de moi. Il suit mon regard tout en glissant sa main dans ses cheveux afin de replacer ses mèches en arrière. Dans le mouvement, l'étoffe en coton de son tee-shirt s'étire sur son torse ciselé, dévoilant au passage une musculature puissante, celle d'un homme qui entretient son corps.

Je me reproche aussitôt de remarquer ce genre de détails.

– Tu es certain de vouloir m'aider ?

Il hausse les épaules.

– Ça peut te sembler étrange, mais depuis l'autre jour, ma conscience me fait des misères. J'ai le sentiment qu'un truc horrible risque de m'arriver si je ne fais pas ce qu'il faut pour améliorer mon karma.

Il a besoin de ne plus se sentir coupable, et moi de plus d'inscriptions afin que la bibliothèque ne perde pas ses subventions.

– Je vois. Si ça te permet de te sentir mieux, alors OK.

– OK ?

– J'ai besoin que tu racoles pour moi.

– Racoler ? Chérie, je crois qu'on ne s'est pas bien compris sur la nature de l'aide que j'entendais t'apporter.

– Mais non, idiot. Laisse-moi t'expliquer.

Je lui expose la situation, le fait que je risque de perdre ma place à la bibliothèque pour cause de coupe budgétaire. Nous avons besoin de nouveaux inscrits, et ce, le plus vite possible.

CHAPITRE 8

OLLIS

Elle se tient à un souffle de moi, si bien qu'il m'est impossible d'ignorer combien elle est superbe. Elle n'est pas ce genre de beauté artificielle que l'on rencontre à tous les coins de rue de la Californie.

Sawyer ne porte pas un gramme de maquillage. Simple, naturelle et apparemment beaucoup trop attirante à mon goût.

Ses yeux en amande sont surmontés de cils épais, et ses lèvres charnues sont une invitation à… plus.

Beaucoup plus. Tellement plus.

Je me demande si elles sont douces. Cette question n'a pas quitté mon esprit depuis qu'elle m'a qualifié de « connard ». Apparemment, l'insulte a marqué mon esprit, puisque je suis là.

En plus d'une paire de Converse montantes rouges légèrement usées aux pieds, elle porte des fringues basiques mais qui lui vont à merveille.

Le col de son tee-shirt tombe sur une épaule et dévoile un grain de peau d'une belle couleur mate.

Je l'écoute attentivement m'expliquer comment je peux me rendre utile. Peu importe sa requête, je sais déjà que je ferai ce qu'il faudra pour l'aider.

– Si tu es partant, je m'occupe de tout préparer et tu n'auras qu'à repasser la semaine prochaine pour retirer les formulaires d'inscription. Samedi, ça t'irait ?

Sa voix est douce, mais cette douceur cache une maturité qui m'intrigue. Comme si elle avait traversé pas mal d'épreuves dans la vie.

Évidemment, je suis d'accord. Mais une question me perturbe.

– Tu as quel âge ?

– Seize ans, pourquoi ?

Quoi ? Pas possible...

Aussitôt, un mince sourire étire ses lèvres. Elle me baratine sur toute la ligne.

– Menteuse.

Sawyer me prend au dépourvu quand elle éclate de rire, et ce son me va droit au cœur.

– Bien que ça ne te regarde pas, j'en ai vingt-trois. Avoue, tu as chié dans ton froc, monsieur le *sugar daddy* ?

Je secoue la tête, un sourire amusé aux lèvres.

– Tu es toujours comme ça ?

– Tu veux dire, drôle et intelligente ? Oui, c'est inné. J'aurais pu être seulement belle, mais heureusement Dame Nature m'a aussi dotée d'un cerveau.

Bon sang, d'où sort cette fille ?

Au-delà de son caractère piquant, elle m'impressionne. Cumuler deux jobs à l'âge où la plupart des étudiants s'amusent à dilapider le blé de leurs parents, ce n'est pas courant. Surtout pas de ce côté de la ville.

Quelle est ton histoire, Sawyer ?

Je remarque qu'elle jette un rapide coup d'œil à sa montre.

– Ce n'est pas que je m'ennuie, mais je dois y retourner, dit-elle.

Sawyer passe devant moi pour se diriger vers la porte, laissant flotter dans son sillage les notes fruitées de son parfum.

J'ai envie de l'arrêter, de lui demander ce que je peux faire en plus de ces formulaires. Mais je n'en fais rien et la regarde disparaître à l'intérieur.

Adossé à la balustrade, j'inspire à fond, tandis que mon téléphone sonne dans ma poche. Le son de *Run the World* de Beyoncé se fait entendre. Je récupère l'appareil et décroche sans regarder l'écran, parce qu'il y a une seule personne dans mon entourage qui prend un malin plaisir à personnaliser les sonneries des autres sans leur accord, en dehors de moi.

– Allô ?

– Salut Ollis, c'est moi. Ta sœur, Olivia.

La voix aiguë de ma frangine m'arrache une grimace.

– Liv, sérieusement ? Même sans l'affichage du numéro, je sais que c'est toi. D'ailleurs, je ne te remercie pas d'avoir encore touché à mon téléphone.

– Je t'en prie. Tout le monde devrait écouter Beyoncé au moins une fois par jour.

– C'est ça. Je suppose que ce n'est pas la raison de ton appel ?

– Non. Je voulais juste m'assurer que tu seras là au dîner. Orion et Owen seront aussi de la partie.

Si mes frères font le déplacement, c'est qu'il y a une raison spéciale.

Je pense immédiatement à…

– C'est papa ? Il va mal, c'est ça ?

– Non, pas du tout ! Qu'est-ce que tu vas imaginer ?

Je relâche un souffle que je n'avais pas conscience de retenir.

– OK.

J'évite de lui avouer que, l'espace d'une seconde, je me suis imaginé le pire. Mon père est robuste, mais je sais aussi que ses poumons ne tiendront pas éternellement.

– Ollis, je suis désolée de t'avoir fait peur. Ça n'a rien à voir avec lui. J'ai quelque chose d'important à vous annoncer et j'aimerais que la famille soit là au complet pour le faire.

– Bien, j'arrive immédiatement.

Je raccroche, glisse mon téléphone dans ma poche et jette un coup d'œil sur ma montre. Si je veux être là à temps pour le dîner, je dois partir tout de suite.

Je me décolle de la balustrade, et, comme chaque semaine quand je vais les voir, je mets sur mon visage le masque du grand frère pour qui tout va bien.

J'arrive sur les hauteurs de Calabasas au volant de ma caisse, et roule au pas à travers les allées bordées de villas toutes plus imposantes les unes que les autres. La ville est connue pour être le fief des plus grandes stars du cinéma et de la musique, mais pour moi, c'est seulement l'endroit où j'ai grandi avec mes frères et ma sœur. Il faut savoir que notre propriété appartient à ma famille depuis des décennies, et plusieurs générations de MacDonnell se sont succédé à la tête de l'empire du whisky. Empire géré aujourd'hui par mon frère aîné, Orion, qui a repris le flambeau après que la maladie de mon père s'est déclarée.

Après ça, tout le monde attendait de moi que je m'investisse à mon tour et seconde mon frère à la direction de la société. C'était la suite logique, mais je n'étais pas attiré par les affaires familiales ni fait pour porter un costard-cravate toute la journée. J'ai préféré mener ma barque de mon côté et exprimer ma créativité dans un autre domaine. J'ai tout naturellement choisi le tatouage, ou plutôt c'est le tatouage qui m'a choisi.

J'ai toujours aimé dessiner, et la première fois que j'ai tenu un dermographe, j'ai su d'instinct que j'avais trouvé ma vocation. Par un heureux concours de circonstances, j'ai atterri dans le salon de Tristan. Depuis, je n'en suis plus jamais parti et surtout j'y ai trouvé plus qu'une bande de potes, une famille.

Entre-temps mes parents ont pu reporter leurs espoirs sur Owen qui a rejoint la société familiale sous la coupe de notre frère aîné.

J'aime trop ma liberté et ma vie comme elle est, sans pression et sans comptes à rendre à mes proches, pour me laisser diriger par Orion.

Parvenu à l'extrémité de l'artère principale, je bifurque vers l'une des allées adjacentes. Vue du ciel, la ville ressemble à un labyrinthe géant dont les entrailles n'ont plus de secrets pour moi.

En chemin, mon regard s'arrête sur les différentes caméras nichées à tous les coins de rue. Depuis le temps, je sais où elles se trouvent toutes, ou presque. Bien que de nouveaux dispositifs rejoignent ceux déjà en place, c'est un jeu d'enfant de les repérer. Quand nous étions plus jeunes, mes frères et moi, c'était devenu un de nos passe-temps favoris. Je ne compte pas le nombre de fois où des agents de sécurité nous ont couru après parce qu'Owen avait la fâcheuse habitude de baisser son futal et d'offrir aux types derrière leurs moniteurs une vue imprenable sur son cul.

Nous étions jeunes et bêtes. Cela dit, bien qu'il soit adulte et marié à présent, il garde encore des restes de cet ado qui n'avait pas froid aux yeux ni aux fesses.

Après quelques minutes, je m'arrête devant le haut portail qui borde la propriété de mes parents.

J'actionne la télécommande et aussitôt, le mur de métal coulisse lentement vers la droite pour me laisser passer. Face à moi, un chemin bordé d'un parterre fleuri mène jusqu'au manoir de style colonial de ma famille, un édifice datant du XIXe siècle.

À l'horizon, le soleil décline progressivement et tisse dans le ciel un camaïeu de jaune et d'orange, tandis que je me gare entre le SUV d'Orion et la petite citadine de ma sœur. Aussitôt que je descends de ma caisse, Olivia apparaît en haut des marches dans une robe de cocktail, des stilettos Manolo Blahnik aux pieds. Un peu excessif pour un simple repas de famille, je trouve… m'enfin, c'est Olivia. Ça ne m'étonnerait pas qu'elle s'habille avec la même classe uniquement pour sortir ses poubelles.

– Tu es en retard, me lance-t-elle sans préambule alors que je m'approche d'elle.

– Moi aussi, je suis heureux de te voir, microbe.

Elle roule des yeux, agacée comme toujours par le surnom dont mes frères et moi l'avons affublée depuis sa naissance parce qu'elle était si minuscule. Je m'arrête un instant et la détaille de haut en bas.

Elle est vraiment superbe. Si mes frères et moi avons hérité du charisme de mon père, ma petite sœur a tout pris de la beauté sicilienne de ma mère. Je la regarde avec nostalgie devenir une belle jeune femme… Il est loin, le temps où j'aimais taquiner la gamine portant un appareil dentaire et des lunettes trop grandes pour son visage !

À présent, un maquillage qui met en valeur ses yeux gris et un brushing impeccable complètent sa tenue élégante.

– On célèbre quelque chose ou bien tu t'es mise sur ton trente-et-un pour faire la fête à ton grand frère ?

– Pour qui tu me prends ? Un animal de compagnie ? grimace-t-elle. Ah non c'est vrai, tu dois confondre avec les idiotes avec qui tu sors.

Quand j'arrive face à elle, elle me saute au cou et me claque une bise sonore sur la joue.

– Sérieux, Olive, si tu m'as caché un truc, du genre que les tantes Hocus Pocus sont présentes également…

Je ne supporte pas d'être dans la même pièce que les tantes Hocus Pocus. Comme leur nom l'indique, ce sont trois sorcières, euh pardon, les trois sœurs de ma mère. Et leur activité préférée, en dehors de poser des questions indiscrètes, est de faire des remarques déplacées qui appuient là où ça fait mal. Depuis ma rupture avec Jenna, je les fuis comme la peste.

– Je jure que si tu m'as fait ce sale coup, tu pourras toujours courir pour avoir ton cadeau de Noël.

Elle rêve de se faire faire son tout premier tatouage.

– D'une, c'est moche le chantage. Et de deux, c'est trop tard, j'ai déjà bloqué mon rendez-vous avec Moses. Bon allez, grouille-toi, tout le monde t'attend.

Ma sœur ramène sa chevelure soyeuse aux reflets châtains sur une épaule et glisse son bras sous le mien tout en m'entraînant à l'intérieur, en bonne petite cheftaine. Ensemble, nous traversons le vestibule d'un pas pressé. Mon regard balaie rapidement les murs recouverts d'une tapisserie raffinée dans les tons vert olive piquée de motifs bleus que ma mère a fait poser peu de temps avant le mariage d'Owen. Des dizaines de portraits de nous à différents âges sont accrochés ici et là.

– Au fait, qu'est-ce qui t'a pris autant de temps pour arriver ?

Je botte en touche.

– Un incident sur la route.

Elle n'a pas besoin de savoir que j'ai fait un crochet pour boire un verre.

À peine pénétrons-nous dans le séjour qu'un fumet délicieux et familier nous parvient et me met déjà l'eau à la bouche.

Hmmm... Linguine alle vongole ! La spécialité de ma mère.

Je me penche vers ma sœur.

– Bon, et toi ? Quoi de neuf à raconter, microbe ? Tu fais toujours la pluie et le beau temps du style dans les pages de ton magazine ?

Olivia a la charge d'une rubrique mode dans un petit bimensuel californien.

– On peut dire ça, si tu mets de côté les coups en douce des garces avec lesquelles je suis obligée de travailler.

Elle me lance un coup d'œil par-dessus son épaule.

– À toi, elles te plairaient, j'en suis sûre.

– Ouch. C'était un coup bas, ça, frangine.

– Arrête, ne fais pas l'étonné, tu sais que j'ai raison. Cite-moi une seule de tes ex qui ne correspond pas à la description ?

– Je ne dirais pas que ce sont des « ex »…

Olivia secoue la tête, blasée par ma vie amoureuse. Nous partons retrouver notre mère qui s'affaire derrière les fourneaux, secondée par Sacha, le mari d'Owen. Ce dernier est profondément concentré sur sa tâche, qui consiste à tailler des légumes en fines lamelles. On pourrait jurer que derrière ses lunettes à grosses montures, il est en train d'opérer un patient à cœur ouvert.

Je lève mon poing et le salue d'un check.

– Hé frangin, t'es sûr que ça va ?

Sacha lâche son couteau, s'essuie le front du dos de la main et vient cogner ses phalanges aux miennes.

– Tout baigne. Pourquoi ?

– Oh, trois fois rien. Tu es juste tout pâle et tes oreilles éclipseraient un feu rouge.

– C'est parce que ta mère m'a confié une mission primordiale, chuchote-t-il.

Ses yeux naviguent entre ses légumes et moi.

– D'accord, mais détends-toi. Ce n'est qu'une julienne, pas une opération de déminage, OK ? Elle ne t'en voudra pas si tu te foires sur une courgette ou deux.

– Tu connais ta mère. Elle aime que tout soit parfait, et moi j'aime lui faire plaisir.

J'apprécie Sacha. Bien qu'il lui arrive d'être un peu trop tendu quand il est à la maison, c'est quelqu'un de gentil et le plus important est qu'il rend mon frère heureux.

Aussitôt que ma mère se détourne de sa grosse marmite et m'aperçoit, son visage s'éclaire.

– Ah, te voilà ! Dans mes bras, mon garçon !

Elle lâche sa cuillère en bois, essuie rapidement ses mains sur son tablier et me donne une étreinte chaleureuse. Elle sent bon le lilas et les souvenirs d'une enfance heureuse.

– Maman, on s'est vus hier ! renâclé-je pour la forme, alors qu'elle m'embrasse sur les deux joues.

– Oui, et alors ?

Ma mère est proche des siens. Mais avec ses enfants, son amour est multiplié par dix, par cent même. C'est simple, Giuliana MacDonnell est le point d'ancrage de notre famille.

– Je peux t'aider à faire quelque chose ?

Malgré le sourire immense qu'elle affiche, ses traits sont tirés. C'est comme ça depuis la découverte du mal qui ronge mon paternel.

– Ça ira, *sciocchino*, je n'ai surtout pas besoin que tu déconcentres ton beau-frère avec tes blagues sous la ceinture.

– Qui ça, moi ? Tu plaisantes, j'espère ! Dis plutôt ça à Sach. C'est lui qui passe son temps à raconter que mon frère est une bête de sexe, je n'avais pas besoin de le savoir.

– Ah tu vois ! Ça suffit, sors de cette cuisine ! Tu es grossier, et en plus tu es en retard. *Vai fuori !*

Ma mère claque sa langue contre son palais et me pousse vers la porte.

CHAPITRE 9

OLLIS

Je vais retrouver mes frères et mon père dans le salon d'hiver aménagé en salle à manger. Ma sœur, qui s'est éclipsée entre-temps, les a sûrement déjà rejoints.

Dès que je pénètre dans la pièce baignée de lumière, mon regard s'arrête sur mon père. La première chose qui me saute aux yeux, c'est qu'il flotte dans sa chemise. L'espace d'une seconde, j'ai peur. Je suis à deux doigts de chialer car je refuse de perdre mon père.

– Mon grand, tout va bien ?

Je plaque un sourire sur mon visage comme je sais si bien le faire.

– Au poil, et toi papa ?

– Comme un chef ! déclare-t-il.

Je m'approche et lui donne une accolade en m'attardant un peu plus que d'habitude, puis finis par me détacher de lui.

Alors que je m'apprête à faire de même avec Orion, celui-ci, habillé d'un costume de créateur qui lui donne tout de suite une allure guindée, lève la main pour m'arrêter.

– Minute papillon. De quand date ton dernier dépistage ? J'aimerais autant éviter de choper une MST.

Je lui flanque une petite tape sur l'épaule en guise de réponse, tandis qu'il s'esclaffe, fier de sa blague.

– Je sais que de ton temps ça n'existait pas encore, et qu'à cause de ça tu as dû te préserver jusqu'au mariage, mais figure-toi qu'il existe une invention géniale qu'on appelle « la capote ». Un conseil, mets-toi à la page.

Owen, assis près de lui, pouffe de rire dans sa main, tandis qu'Orion me rend ma caresse. Autrement dit : je me prends un uppercut dans le flanc.

– Les garçons ! nous sermonne mon père.

Je suis prêt à parier qu'il nous doit la plupart des cheveux blancs qui éclairent sa tignasse poivre et sel. Je me laisse tomber à côté de lui et jette un regard circulaire autour de la table.

– Ta femme n'est pas venue, Orion ?

– Elle est partie un peu avant que tu arrives. Je crois qu'elle ne peut pas supporter d'être dans la même pièce que toi, déclare-t-il en souriant.

Je sais pertinemment qu'en tant qu'urgentiste, elle peut être appelée à tout moment. Je prends un air compatissant.

– T'inquiète, je comprends tout à fait. Je pensais seulement qu'avec le temps, elle dépasserait son attirance pour moi.

– Enflure.

Touché !

Bon public, Owen se fend la poire. Tout le contraire de notre aîné, qui me pointe du doigt et articule : « Tu me le paieras. »

Entre Orion et moi, c'est l'amour vache. En vrai, on s'aime, mais j'ai l'impression qu'il y a toujours eu une sorte de compétition entre nous. C'était à celui qui serait le plus doué au football, ou qui ferait les plus longues études, ou encore qui se marierait le premier.

Force est d'admettre que mon frère me bat sur tous les tableaux. Et malgré son impressionnant parcours, la petite rivalité qui nous oppose naturellement n'a jamais disparu totalement. Un peu comme si, au fond de lui, Orion avait toujours craint qu'un jour je lui pique sa place de fils prodige.

Une demi-heure plus tard, nous sommes tous réunis dans la salle à manger, autour de la grande table en chêne brut, et ma mère nous sert ses délicieuses *linguine alle vongole*. Je meurs d'impatience d'y goûter et, je dois bien l'avouer, je crève de faim.

Quand vient mon tour, je récupère mon assiette et, sans attendre que tout le monde soit servi, j'attrape ma fourchette et en prends une plâtrée que j'enfourne dans ma bouche.

Oh, bordel !

Que c'est bon !

Ma sœur me remarque et me file une petite tape sur la main.

– Hé ! C'est super impoli.

– M'enveuxpasmicrobe, réponds-je, la bouche pleine.

J'avale avant d'ajouter :

– Je n'ai rien bouffé qui ne vienne pas d'un traiteur depuis la semaine dernière. D'ailleurs, les gars au salon me charrient souvent à propos de ça. D'après eux, mon salaire entier passe là-dedans. Et dans mes vestons.

Critiquer mes costumes… Des jaloux, oui ! Heureusement, depuis que Heaven a déclaré qu'ils m'allaient très bien et que j'avais énormément de classe, Tristan la ramène moins à ce sujet.

– Ton ami Tristan a de la chance d'être tombé sur une femme aussi charmante que Heaven, ajoute ma mère.

Elle a raison.

– J'espère que tu trouveras quelqu'un d'aussi génial qu'elle, me glisse ma sœur sur le ton de la confidence.

Quelqu'un d'aussi génial que Heaven ? À mon avis, c'est impossible. Personne ne lui arrive à la cheville…

– Et justement, à propos de trouver l'amour de sa vie, reprend Olivia, j'ai quelque chose à vous annoncer.

Alors que je m'apprête à me servir une nouvelle assiette, ma sœur arrête ma main en plein vol et se lève, lisse sa robe, puis fait tinter sa fourchette contre sa coupe de prosecco.

Je mate les linguine en espérant que quoi qu'elle ait à dire, personne ne termine le plat entre-temps.

– Je ne vais pas vous faire attendre plus longtemps, d'autant que certains d'entre nous n'ont aucune patience, n'est-ce pas Ollis ?

Sa sortie déclenche un éclat de rire général.

– Ça va, hein, tout le monde ne souffre pas comme moi de dénutrition.

Après quelques secondes de silence, je mets ma main en coupe et chuchote à ma voisine :

– Microbe, tu penses lâcher le morceau avant que je chope un an de plus ou bien ?

Elle me file un coup de talon en traître sous la table et s'éclaircit la voix. Je profite de sa distraction pour me servir et avaler une bouchée tandis qu'elle déclare :

– Je vais me marier.

Pardon, quoi ?

Qu'est-ce qu'elle raconte ? Elle est avec son copain depuis peu de temps. J'attends qu'elle précise que c'est une blague, sauf que tout le monde autour de la table s'affaire déjà à applaudir la nouvelle et à la féliciter.

Je suis tellement pris au dépourvu que j'avale de travers.

– Je te demande pardon ? articulé-je avec peine entre deux quintes de toux.

Olivia se tourne vers moi, un grand sourire aux lèvres, et elle me répète lentement :

– Je vais me marier. C'est quoi le problème, tu ne peux pas tout simplement te réjouir pour moi ?

Je ne suis pas un hypocrite, je ne vais pas me réjouir alors que j'apprends que ma petite sœur compte épouser un parfait inconnu. Ce type, on ne le connaît même pas !

– C'est quoi ces conneries ? Tu sors avec ton idiot de petit ami depuis quoi, trois semaines ? Tu ne peux pas déjà l'épouser. Qui fait ça, sérieux ?

Un froid se répand autour de la table, je m'en veux immédiatement d'avoir démarré au quart de tour. C'est trop tard, ma sœur, ma précieuse petite sœur, celle que j'ai vue grandir trop vite, se tourne vers moi, m'offre un sourire tremblant, puis quitte précipitamment la pièce.

Et voilà, bien joué, champion !

J'avale d'un trait mon verre de prosecco et avise Owen face à moi.

– Frérot, si jamais tu avais envie de nous montrer ton cul, je crois que ce serait le moment idéal pour le faire…

– J'espère que tu es fier de toi, me lance Orion qui s'apprête à se lever.

Ma mère l'arrête d'un geste tendre.

– Tu connais ta sœur, laisse-lui un moment, le prie-t-elle.

Pendant ce temps, je tends la main vers la bouteille devant moi, me ressers généreusement un verre que je porte à ma bouche, puis bascule la tête en arrière et l'avale d'un trait. Boire n'améliore pas mon humeur, mais ça a le mérite de détourner mon attention de la porte qu'a empruntée Olivia.

– T'as vraiment un problème, mec, reprend Orion. À croire que depuis que tu t'es…

Il s'interrompt à la seconde où ma mère recouvre sa main de la sienne.

– Depuis que je me suis quoi ? demandé-je à mon grand frère, sans le quitter des yeux.

Des yeux de la même teinte grise que les miens. C'est étrange, parce qu'encore aujourd'hui, malgré notre différence d'âge et la distance qui s'est lentement creusée entre nous, j'ai l'impression de voir mon reflet dans un miroir, les tatouages en moins. Pendant longtemps, la plupart des gens qui croisaient notre chemin pensaient que nous étions jumeaux, tant nous nous ressemblons physiquement lui et moi.

– À croire que quoi ? répété-je. Vas-y frangin, lâche-toi ! Quoi que tu aies à me dire, je peux encaisser.

Mais il garde le silence. Il est trop bien élevé pour répondre, et malgré la colère qu'il éprouve envers moi, il ne me déteste pas, pas assez pour me faire du mal gratuitement. Toutefois, je devine sans mal ce qu'il s'apprêtait à me balancer. Ma main à couper que ça concerne le sujet dont on ne doit pas parler.

Jenna...

Ne voyant toujours pas ma sœur revenir, je prie toute la tablée de m'excuser et me lève sous le regard bienveillant et compatissant de mes parents et d'Owen. Quant à Orion, je me contente de l'ignorer.

Je passe la porte de la cuisine et découvre ma petite sœur assise sur le bord du plan de travail. Elle balance ses jambes, son attention entièrement accaparée par les arbres qui se meuvent dans le jardin, si bien qu'elle ne m'entend pas arriver près d'elle.

Elle sursaute légèrement au moment où elle m'aperçoit enfin.

– Hé.

– Hé, répond-elle sans grande conviction.

– Tu m'en veux, microbe ?

Elle se tourne vers moi, puis hausse une épaule.

– Pas vraiment.

– Euh, OK... Mais ça penche plus vers le oui ou vers le non ?

– Ni l'un ni l'autre.

– Je t'ai connue plus bavarde...

Là où Orion irait à la confrontation, Olivia est tout le contraire. Elle va l'éviter tant que faire se peut et toujours choisir le chemin de traverse.

– Tu as le droit de me détester. Tu aurais raison... J'ai été indélicat.

– Écoute, Ollis. Je ne te déteste pas si c'est ce que tu veux savoir. Je ne peux pas t'en vouloir, pas alors que tu es tout simplement... toi.

– C’est marrant parce que dans ta bouche, ça ne sonne pas du tout comme un compliment. Enfin, ça vaut ce que ça vaut, mais je tiens à ce que tu saches que je ne voulais pas te blesser, petite sœur. Toutefois, si je suis honnête avec toi, je ne pige pas bien comment tu peux envisager de te marier. La dernière fois que tu m’as parlé de ton mec… Peter, c’est bien ça ?

Elle acquiesce, tandis que je poursuis.

– Ce n’était pas le grand amour avec Peter, je me trompe ?

Olivia fait non de la tête.

– Attends une seconde. Ne me dis pas qu’il te met la pression ? Si c’est le cas, je te jure que je fonce le retrouver pour lui refaire le portrait.

– Du calme, Cobra Kai. Ce n’est pas ça.

Ma sœur se laisse glisser du plan de travail, prend une profonde inspiration, puis lève vers moi des prunelles voilées de larmes.

Je prends son visage en coupe et murmure :

– Hé, tu peux tout me dire… qu’est-ce qui ne va pas, Liv ?

– Je vais te le dire : nous ne savons pas combien de temps il lui reste… Et je veux qu’il me voie en robe de mariée.

– Je te demande pardon ?

Son regard appuyé en direction de la salle à manger répond à ma question.

– D’accord.

C’est tout ce que je trouve à dire.

Je comprends ma sœur, et je me sens plus coupable encore de ma réaction.

– Viens par là.

Olivia ne se fait pas prier et se blottit dans mes bras, tandis que je lui répète combien je suis désolé.

– Ce n'est pas ta faute, tu ne pouvais pas savoir, Ollis, renifle-t-elle.

Elle s'écarte légèrement.

– En revanche, je compte sur toi pour ne rien dire à la famille.

Bien que je ne sois pas d'accord avec sa décision, je me contente d'opiner.

– Promets-le-moi.

– Je te le promets.

Olivia semble satisfaite de ma réponse. Elle tapote ses joues et lisse sa jolie robe de cocktail, avant de glisser son bras sous le mien pour m'entraîner avec elle.

– Parfait, allons retrouver les autres et fêter mes fiançailles.

– J'ai une dernière question avant que nous y retournions.

– Je t'écoute ?

– Je peux savoir pourquoi ton cher et tendre n'est pas là pour nous annoncer la nouvelle avec toi ?

Olivia se tapote la lèvre de l'index, l'air songeur.

– Ah, tout simplement parce que Peter n'est pas encore au courant.

Sur ces mots, elle ramène sa chevelure brune aux boucles soyeuses sur une épaule et me dépasse d'un pas décidé. Il me faut une seconde pour comprendre.

– Ah. Euh… OK.

Orion se calme en voyant notre sœur avec le sourire, et le reste du repas se déroule dans une ambiance plus légère. Chacun y va de son avis quant à la date des futures noces d'Olivia. Tout le monde sauf moi, accaparé par un flot de pensées éparses.

Forcément, mon esprit me renvoie à l'invitation froissée qui traîne quelque part dans mon appart et qui attend une réponse.

CHAPITRE 10

OLLIS

La semaine suivante est-elle d'une longueur infinie, ou bien est-ce moi qui suis dans le mauvais état d'esprit ? Orion ne m'a pas adressé la parole depuis le déjeuner de l'autre fois. Ce n'est pas faute d'avoir écrit dans notre conversation de groupe entre frangins. Olivia n'a toujours pas annoncé à son mec qu'ils allaient se marier, et les résultats du dernier examen de mon père ne sont pas très encourageants.

Je suis sur les dents et ne vois que le négatif autour de moi. Ma vie est merdique en ce moment, mais heureusement, s'il y a bien quelque chose qui ne me décevra jamais, ce sont les muffins de Heaven. Ils ont le don d'égayer mon humeur, au même titre que sa présence au salon.

C'est incroyable, l'effet qu'une seule personne peut avoir sur vous. Pas étonnant que mon meilleur ami ait l'air de s'être envoyé un shoot d'arc-en-ciel dans le pif dès que Heaven est dans le coin.

Pendant que le couple s'embrasse, j'essaie de paraître normal, mais mon cerveau, lui, a d'autres projets. Il cogite et mes pensées partent dans tous les sens. Forcément, je ne peux m'empêcher de me demander où j'en serais aujourd'hui – où nous en serions, Jenna et moi – si les choses s'étaient passées autrement, et si notre vie avait pris un autre virage…

En arrière-plan, comme un signe du destin, l'intro de *Stairway to Heaven* se diffuse à travers les basses du salon. Une chanson qui me rappelle inévitablement Jenna, ce que nous avions, et… ce que nous avons perdu.

Je chasse le passé et adresse mon plus beau sourire à Heaven qui s'en va en emportant avec elle toute sa lumière.

– Mec, on t'a perdu ? me lance Tristan comme s'il lisait dans mes pensées.

Je sors de ma torpeur et le cherche des yeux. Il est retourné à son bureau, et il me fait signe, des bordereaux de vente en main.

– Ouais, non… En fait, j'étais en train de me demander… quand est-ce que tu comptes nous emmener participer à une convention ailleurs qu'à Las Vegas ? Non pas que je sois lassé, mais au travail de ma sœur, ils ont droit à un super voyage sur une île paradisiaque, cette année.

Mo tend une oreille. Mon idée lui plaît !

Quant à Tristan, il s'enfonce dans son fauteuil et croise les bras.

– J'ai une meilleure suggestion : pourquoi tu ne proposerais pas ta candidature dans la boîte de ta sœur ? Je suis sûr que tes vestons et toi, vous y seriez très heureux.

– J'y ai pensé, mais si je ne suis plus là, qui s'occuperait de déguster les muffins que ta merveilleuse femme nous prépare ? Je refuse de te laisser gâcher de la bonne nourriture. Et pour info, mes vestons et moi, on vous emmerde. Vous devriez me remercier de relever le niveau vestimentaire de ce salon. Dis-leur, Paige !

La pierceuse lève le nez de ses aiguilles, secoue la tête et expédie le septum qu'elle était en train de percer en trois secondes. Cette nana pourrait percer n'importe qui les yeux fermés. Rien ne peut entacher sa concentration.

Cette fois, les gars explosent franchement de rire et le reste de la matinée se déroule dans une ambiance légère. L'avantage d'être ici est que le bonheur de mes meilleurs amis rejaillit sur moi et me permet de me sentir un peu moins seul. La solitude pour un mec comme moi, il n'y a rien de pire. Entre les murs du Stairway et entouré des gars, je vais presque bien. Je crois que je serais prêt à bosser gratuitement rien que pour ça, pour ne pas avoir à supporter la solitude de mon existence.

J'accueille ensuite ma prochaine cliente avec un projet qui me serre le cœur, un portrait de son père décédé tout récemment. Jusque-là, je gère et lui offre une oreille attentive. Quand on est tatoueur, on est aussi un peu psy à ses heures perdues et écouter fait partie du job. Même si ce genre d'hommage n'est pas ce que je préfère tatouer, je ne suis que la main qui va réaliser les désirs de nos clients.

Puis, au moment de passer aux choses sérieuses, c'est-à-dire une fois le stencil posé, donc littéralement quelques minutes avant que je ne commence à piquer, elle éclate en sanglots, sans explication.

– Hé, tout va bien ? Qu'est-ce qui se passe, chérie ? demandé-je en lui proposant un verre d'eau.

Elle se calme et je comprends enfin la raison de son craquage. Son père est décédé il y a trois jours dans la clinique où mon père est suivi. Il avait le même âge que le mien et souffrait du même putain de crabe.

Sonné, presque désorienté, j'ai besoin d'air. Je me lève d'un bond.

– Excuse-moi, je reviens dans deux petites minutes, annoncé-je tout en veillant à ne pas perdre la face devant tout le monde.

Je me rends compte que je dois tirer une tête affreuse quand Mo me rattrape par le bras au passage pour me conduire vers l'extérieur. Il a compris.

Lui, tout comme Tristan, est au courant pour mon paternel, mais ils ne savent pas que son état de santé s'est dégradé les derniers jours.

Une fois sur le trottoir, j'avale une grande goulée d'oxygène, les poumons en souffrance.

– Vieux, ça va ? s'enquiert Mo.

Son inquiétude me touche, mais je ne sais pas gérer mes émotions en public alors, comme toujours, je tourne la situation à la dérision.

– Bien sûr que ça va, mais ça irait mieux avec une bonne pipe. T'es volontaire ?

– Quel con. Bon sang, enfoiré ! Tu m'as foutu la trouille ! T'es blanc comme un linge ! Il s'est passé quoi là-dedans ?

– J'essayais de battre mon record personnel d'apnée. On dirait que j'ai perdu, mais tu sais quoi ? Je ne m'avoue pas vaincu.

J'ai conscience que ce n'est franchement pas le meilleur moment pour faire de l'humour, mais je n'aime pas la tournure que prend la conversation.

– Ollis, je sais que c'est un sujet délicat, mais mec, tu devrais songer à parler à un professionnel, non ?

– Aubergine ! braillé-je en retour, les mains de chaque côté de la tête.

– Ça sort d'où ça encore ?

– Mon mot de sécurité. Tu n'as pas le choix, Mo, t'es obligé de la fermer.

Je sens le jugement dans les yeux de mon pote. Pas besoin de lire dans une boule de cristal pour deviner ce qu'il a en tête. Mais sur ce coup-là, je m'en cogne de ses conseils. Je n'ai pas besoin d'un psy. Entre le déni et aller raconter ma vie à un inconnu, je choisis le déni !

De retour à l'intérieur, j'apprends que Tristan a invité ma cliente à reporter son rendez-vous, car au vu de sa réaction, elle n'est pas encore prête. Et je suis d'accord avec lui, je cale donc un nouveau rendez-vous avec elle en espérant que d'ici là, je ne sois pas dans sa situation.

À l'heure du déjeuner, je me contente d'un sandwich sur le pouce avec les gars et, Dieu merci, aucun d'entre eux n'évoque ma petite crise de ce matin. En dehors de Mo qui me couve du regard, essayant de deviner ce que j'ai, mais je ne m'en formalise pas. Mo, c'est un peu la nounou de notre trio. Toujours une présence attentive pour ses meilleurs potes. Ce mec est un saint.

Pendant le repas, je distribue des punchlines à mes collègues comme un *sugar daddy* ses dollars devant un peep show.

Au moins, le reste de la journée se déroule sans drame.

***

Le lendemain, n'ayant toujours pas de réponse de mon grand frère, je commence par lui écrire à nouveau dans notre conversation de groupe que j'ai modestement nommée « *Big daddy and his siblings* ».

Je sais bien que j'ai donné ma parole à Olivia de ne pas trahir son secret, mais j'ai besoin d'avoir le point de vue d'Owen et d'Orion sur la situation.

À nous trois, nous pouvons peut-être trouver une solution. Si je peux éviter à ma sœur de passer devant le pasteur pour les mauvaises raisons, alors je ne vais pas m'en priver.

Côté travail, je passe en mode automatique. Je tatoue sans relâche, tantôt un motif baroque sous la poitrine, tantôt des lys. J'enchaîne les dessins et, quand je finis avec un client, je l'envoie directement chez Tristan pour le règlement.

– Tiens, la dernière que tu as tatouée m'a demandé de te filer ça.

Je lève le nez et découvre un petit bout de papier sur lequel est griffonné un numéro de téléphone.

– C'est bon, tu peux le mettre à la poubelle.

Ma réponse attire l'attention de Moses.

Les deux me matent comme s'il venait de me pousser une deuxième tête.

– Quoi ?

– T'as chopé une MST ou quoi ? me lance Tris.

– Pas que je sache, pourquoi ?

De son côté, Mo se lève et vient tâter mon front.

– Pas de fièvre, bizarre…

– Les mecs, je peux savoir ce qui vous arrive ?

Tristan secoue la tête et, encouragé par Mo, lâche le morceau.

– C'est la deuxième fois au moins que tu refuses les avances d'une cliente aujourd'hui, et je ne compte pas le nombre de meufs que tu as recalées depuis le début de la semaine.

– Ouais, et ?

– Et rien, ça ne ressemble pas au Ollis que nous connaissons, voilà tout, d'où nos interrogations sur ton état de santé.

– Ah, je vois. Donc selon vous, je ne peux pas refuser de baiser sans être aux portes de la mort ? Bon à savoir.

– Ce n'est pas ça, mais on a remarqué quelque chose de différent chez toi. Si je ne te connaissais pas aussi bien, je dirais que tu as rencontré une fille, ajoute Tristan en me scrutant du coin de l'œil.

– Pas une fille, LA fille, renchérit Mo.

Je m'immobilise et mate mes deux meilleurs amis avant d'éclater de rire.

– Vous m'avez bien regardé ? Jamais je ne pourrais priver autant de femmes du plaisir de ma compagnie. Je ne suis pas égoïste à ce point !

Les gars secouent la tête. Comme ils ne bougent pas et, les bras croisés, attendent une explication, je sors la première connerie qui me passe par la tête – et il y en a un sacré paquet – afin de brouiller les pistes. Je ne veux pas qu'ils s'imaginent quoi que ce soit. De plus, ma phase d'abstinence n'a absolument rien à voir avec une fille que j'aurais rencontrée.

– Bon, je ne voulais pas vous l'avouer, mais je participe à une étude expérimentale au niveau de mes parties génitales.

– Vraiment ? Tu m'en diras tant… se marre mon boss.

– Et ça consiste en quoi ? demande Paige qui s'intéresse soudain à la conversation.

– C’est simple, des scientifiques analysent mon sperme pour le synthétiser et en faire un traitement pour doper les performances des éjaculateurs précoces.

La réaction de mes collègues ne se fait pas attendre. Notre pierceuse lève les yeux au ciel, Tristan m’ignore et retourne derrière son bureau, quant à Mo, il mime un flingue avec ses doigts qu’il dirige contre sa tempe.

– Quoi, vous ne me croyez pas ? Vous ferez moins les malins quand le marché sera inondé de ma super semence et que nos frères aux couilles molles feront ériger un autel à ma gloire.

– Ouais, en attendant, érige l’esquisse de ta prochaine cliente parce qu’elle est devant la porte.

Mais après une heure, le dessin n’est toujours pas validé. Je suis à deux doigts de me crever les tympans avec le stylet de ma tablette. Chaque fois que ma cliente me soumet une idée, elle change d’avis pour une autre, puis encore une autre, si bien que j’ai à présent une série d’esquisses en brouillon. Et finalement, elle vient d’avoir deux nouvelles idées aux antipodes l’une de l’autre.

La première, une citation d’Oscar Wilde sur la clavicule. La seconde, l’empreinte de son chat au creux de la cheville.

Au bout de longues minutes, je perds patience. Et puis c’est samedi et je n’ai surtout pas envie de rater mon rendez-vous avec Sawyer. Ça fait une semaine que je l'attends.

– Chérie, je te propose de revenir quand tu sauras ce que tu veux.

– Justement, je pensais que tu pourrais me conseiller. Allez s'il te plaît, à ton avis, Oscar Wilde ou mon chaton ? me fait-elle avec un sourire incertain.

– Mon avis est que si tu hésites entre deux tatouages qui n'ont *a priori* rien en commun, c'est que tu n'es pas prête. Je te conseille de garder ton fric et de revenir me voir quand tu seras décidée, parce que tu vas devoir vivre avec ce dessin pour le restant de tes jours. Tu comprends ?

– Ah, donc, tu penses que la citation, c'est mieux ?

C'est pour me faire craquer ou bien ?

Je ne peux pas m'en empêcher et éclate de rire. Un rire nerveux que je n'arrive plus à maîtriser. Heureusement, ma cliente finit par se décider et opte pour la citation.

Puisqu'elle semble résolue, je prépare le matériel. J'aurais pu être un peu plus délicat avec elle, mais mes nerfs ont lâché. L'essentiel est qu'elle finit par repartir du salon, satisfaite de son nouveau tatouage.

Pendant que je nettoie mon espace de travail, Tris baisse légèrement la musique et me rejoint.

– Mon pote, on peut discuter un petit moment avant que tu partes ?

Masque en place, j'affiche un large sourire et acquiesce.

– Tu veux parler de quoi ?

– Écoute, loin de moi l'idée d'être indiscret, mais je sens bien que depuis quelque temps, si ce n'est des semaines, ce n'est pas la grande forme. Là, tout à l'heure, ce n'était pas toi.

– Ce n'était rien, vraiment. Juste une cliente indécise, et j'avoue, j'ai manqué de tact, mais tout est réglé et elle est partie d'ici guillerette. Tout roule. C'est bon, t'es rassuré, *maman* ?

– Si tu as besoin de parler de ce qui ne va pas…

– Je t'aime bien Tris, le coupé-je aussitôt. T'es comme mon frère, mais la dernière fois que j'ai vérifié, tu n'avais pas de diplôme de psychologie, alors je suggère que tu évites de m'analyser.

Et puis, l'heure tourne.

– OK, tu as raison. Mais garde bien en tête que ma porte t'est ouverte. Quoi que tu traverses, Mo et moi, on sera toujours là.

Merde, l'enfoiré… il m'a ému. Sans blague ! Il a presque failli m'arracher une larme. Ne sachant pas bien comment exprimer ma profonde gratitude, je me contente de lui offrir une accolade.

– Merci, mec. Tout va bien, vraiment.

– Si tu le dis.

– Pourquoi ça n'irait pas ? Ma vie est absolument parfaite. Je tatoue, je bois, je baise (moins qu'avant, mais ça me regarde), j'aide la science et je dors comme un bébé. Qu'est-ce que je pourrais vouloir de plus ? plaisanté-je en lui collant une petite tape dans le dos.

J'affiche un sourire goguenard, l'air de dire qu'une soirée *caliente* m'attend, plutôt que de lui dévoiler que j'ai un rendez-vous de prévu. À ce stade, je n'ai pas envie de parler de Sawyer Bennett, tout simplement parce qu'il est trop tôt, et que j'ignore moi-même où je vais avec elle.

Tout ce que je sais, c'est qu'à l'heure de ramasser mes affaires pour la rejoindre, je suis plus rapide que l'éclair…

CHAPITRE 11

SAWYER

L'ambiance est étrange en cette fin de journée. Il règne un tel silence dans la bibliothèque que je pourrais jurer m'y trouver seule. Je tends la main vers ma tasse de café noir, puis j'avale une gorgée et grimace. C'est Roman qui l'a préparé, et il est si serré que pendant un instant, je me demande s'il a été torréfié par le diable en personne.

Je ne suis pas une adepte de cette boisson, mais parce que j'ai très peu dormi et que j'ai besoin de carburant, le café devient aussi précieux qu'un élixir.

Je retourne à mon analyse architecturale et me creuse les méninges pour que l'inspiration se manifeste, trace des lignes qui deviennent des courbes, peaufine les ombres, mais tout ce que je parviens à griffonner, ce sont de sublimes roses dont les tiges emplissent la page blanche.

Je lève mon crayon de ma feuille, et arque un sourcil étonné face à mon esquisse. *Pardon, cerveau, mais qu'est-ce que ça veut dire ?*

Depuis une semaine, mon esprit est parasité par le type de l'autre jour et ses tatouages. Ça en devient presque une obsession à ce stade !

Je prends une nouvelle planche, me laisse guider par mon instinct, mais très vite, mes pensées dérivent et bientôt, j'en reviens à des motifs floraux.

– Bon sang !

Je ne comprends pas pourquoi je fais une fixette sur ce dessin ! Ça n'a pas de sens.

Peut-être parce que nous sommes samedi, et que c'est aujourd'hui qu'il était censé repasser ?

Mais nous fermons dans trente minutes, donc de toute façon, il est clair qu'il ne viendra pas.

Je laisse tomber mes dessins, les glisse dans ma pochette et saisis mon manuel d'histoire de l'art. Au moins, là, je ne pourrai pas me laisser distraire.

Lire me demande un effort de concentration qui me fait défaut. Les lettres s'embrouillent devant mes yeux et je dois m'y reprendre à plusieurs fois avant de parvenir à comprendre chaque phrase, si bien qu'au bout de dix minutes, je lâche l'affaire et referme mon classeur.

Je chope ma tasse, la porte à ma bouche et, par réflexe, je lance un bref coup d'œil à la salle de lecture et manque de m'étrangler avec une gorgée de pétrole, euh… de café.

– Oh, bordel… murmuré-je alors que je croise le regard d'Ollis.

Oui, allez savoir pourquoi, je me souviens de son prénom.

Peut-être parce que c'est la première fois que tu as demandé de l'aide à quelqu'un et que, depuis qu'il a accepté, tu as pensé à lui tous les jours ?

Je repose ma tasse brusquement et m'efforce de paraître cool, autrement dit, je suis déjà en train de compter à rebours.

Il a vraiment tenu parole, alors ? Il est venu…

Assis nonchalamment dans l'un des fauteuils face à l'accueil, à quelques mètres de moi, il est aussi attirant que dans mes souvenirs. Depuis combien de temps est-il installé là ? Je n'arrive pas à croire que je n'ai pas remarqué sa présence plus tôt.

Ses longues jambes croisées devant lui sont moulées dans un jean brut déchiré aux genoux et rentré dans des boots en cuir élimé qui lui donnent une allure folle.

Quelques boucles d'un noir corbeau caressent son front et accentuent son regard sensuel surmonté de sourcils épais. Il tient un livre ouvert à hauteur de ses yeux, plongé profondément dans sa lecture, et il humecte la pulpe de son index pour tourner lentement les pages, m'offrant un spectacle captivant. Quoi de plus sexy qu'un homme séduisant qui bouquine ?

Je suis fascinée par les tatouages qui recouvrent son cou et courent le long de ses bras aux veines saillantes. Il y en a tellement qu'il me serait impossible de les dénombrer. Il doit connaître un super tatoueur pour en avoir autant. Note à moi-même : lui demander s'il a un salon à me recommander.

En effet, depuis un moment, j'ai pour projet de me faire tatouer en hommage à mon père. J'aimerais graver sur ma peau quelque chose de simple, sobre et élégant. Il me manque tellement…

Il me répétait sans cesse de poursuivre mes rêves. C'était important pour lui que je n'abandonne pas. Voilà pourquoi je travaille sans relâche. Tous ces sacrifices sont justement faits dans l'unique but de suivre son précepte. Je veux pouvoir le rendre fier.

« Rends l'impossible possible, ma petite Sawyer. Ne laisse personne te faire douter de tes capacités, il y en aura sur ton chemin pour te faire croire que tes rêves sont trop grands. Ils ne le sont pas. Alors poursuis-les, et surtout, réalise les plus fous d'entre eux... Fais-le pour moi, mais surtout pour toi, mon ange, poursuis tes rêves ! »

Gravés dans mon cœur, ses mots résonnent en moi. Et je veux pouvoir m'en souvenir.

Penser à lui m'est douloureux, comme une plaie à vif. Peut-être qu'un jour, ça ira mieux, mais en attendant je souffre de son absence.

Lorsqu'Ollis incline la tête sur le côté et me lance un sourire canaille, je me rends compte que je me suis tout simplement perdue dans mes pensées, submergée par la nostalgie. Ça m'arrive souvent en ce moment, c'est toujours comme ça à l'approche de l'anniversaire de sa disparition.

Je mets mon livre de côté et lui fais signe de me rejoindre.

Ollis referme son livre et se dirige vers moi.

– J'ai une question primordiale, balance-t-il en guise de bonjour.

Sa voix.

Toujours aussi profonde et rocailleuse.

– Euh, je t'écoute ?

– Sawyer Bennett est un prénom composé ?

Je cligne des yeux. Drôle d'entrée en matière.

– Absolument pas. Bennett est mon nom de famille. Sawyer, mon prénom.

Il acquiesce tandis que je lui tends la petite pile de formulaires que je lui ai préparée.

– Bon alors, les voici.

Il récupère les formulaires et feuillette les premières pages.

– Tu as besoin de combien d'inscriptions ?

L'entrevue de Lisbeth avec les membres du conseil municipal a lieu dans un mois. Je suis l'une des dernières à avoir été embauchée. Si les subventions ne sont pas renouvelées, je serai la première à être remerciée.

– Autant que tu pourras.

S'il parvient à m'aider à garder cet emploi que j'adore, nous serons quittes. Ollis plie le tas dans le sens de la longueur et le glisse dans sa poche arrière, puis quand je crois qu'il va détaler, il pose son regard sur mes planches.

– Tu bosses sur quoi ?

– Des trucs.

Je retourne précipitamment à mon livre, mais dans ma hâte, je fais voler mon carnet et certaines de mes planches atterrissent aux pieds d'Ollis.

– C'est toi qui as fait ça ?

– Tu vois quelqu'un d'autre ?

Il me les rend, lance un coup d'œil circulaire autour de nous et sourit.

– Ne me dis pas qu'il n'y a que moi qui vois tous ces gens ?

Quel idiot.

Je ne peux m'empêcher d'éclater de rire, si bien que j'attire l'attention des quelques lecteurs.

– Je ne sais pas de quoi tu parles, pour ma part, je suis toute seule. La bibliothèque est fermée au public, aujourd'hui, le taquiné-je.

Ollis ouvre de grands yeux.

– Déconne pas, Sawyer. Il ne faut pas me dire des choses pareilles.

– Tiens, regarde par toi-même.

Je prends mon téléphone, ouvre l'appareil photo, capture un cliché de la grande salle et lui mets l'écran sous le nez.

Un soupir de soulagement lui échappe.

– Putain, t'as bien failli m'avoir ! J'étais à deux doigts de contacter les Hocus Pocus pour une séance de spiritisme par Facetime.

Mais qu'est-ce qu'il raconte ?

Ce type est taré.

– Contacter les sorcières d'un film qui a plus de trente ans ?

– Je te certifie que les Hocus Pocus que je connais sont bel et bien vivantes. Elles sont trois et ce sont mes tantes maternelles. Mais c'est une autre histoire. À propos de ça, dit-il en parlant de mes planches, si tu as besoin d'un coup de main, n'hésite pas. Il se trouve que je me débrouille un peu en dessin.

– Voyez-vous ça. Et tu dessines quoi exactement ? Des bonshommes bâtons ?

– Entre autres, et quelques-uns des tatouages que je porte.

– Oh, tu es très doué.

Je relève le menton et suis happée malgré moi par son regard.

– Je n'ai aucun mérite, c'est mon métier, donc… J'ai vu qu'il y avait un Starbucks à deux pas d'ici. Alors si ça te dit, on peut prendre un café quand tu as fini ici et tu me montreras sur quoi tu bosses ?

Avant que je ne réponde à Ollis, ma collègue Lisbeth surgit de je ne sais où et interrompt notre intermède.

– Elle est d'accord !

CHAPITRE 12

OLLIS

– Elle est d'accord !

– Lisbeth ? Qu'est-ce que tu fais ici ? l'interroge Sawyer. Je croyais que tu ne travaillais pas aujourd'hui ?

La soixantaine environ, les cheveux argentés ramenés en un chignon bas et un badge autour du cou, cette dernière déclare :

– Je suis juste passée récupérer un dossier dans mon bureau, mais puisque je suis ici, je vais prendre le relais. De toute façon, comme tu peux le constater, il n'y a pas grand monde, donc toi et ce charmant jeune homme, vous pouvez y aller.

Sa collègue me détaille des pieds à la tête, puis m'offre un clin d'œil de connivence, apparemment sous le charme de mes piercings.

Sawyer mime une légère grimace.

Tiens donc ! Est-ce qu'elle est agacée parce que son amie me reluque ?

– Je ne crois pas vous avoir déjà vu ici, sinon je pense que je m'en souviendrais, ajoute-t-elle. Un tel visage, ça ne s'oublie pas ! Tu fais les présentations, Sawyer ?

Sawyer, qui manque de s'étrangler avec sa salive, toussote dans son poing fermé avant de s'exécuter.

– Lisbeth, voici Ollis. Ollis, je te présente Lisbeth. La directrice de la bibliothèque.

– Lisbeth, la salué-je, d'une petite révérence que j'accompagne d'un geste élégant de la main. Enchanté de vous rencontrer.

Les gars trouvent que j'exagère avec mes techniques de séduction totalement désuètes. J'ai grandi avec une mère qui nous a éduqués dans le respect des autres et qui a toujours veillé à nous inculquer de bonnes manières.

Je me demande à quel moment mon éducation est partie en vrille.

Lisbeth a un visage avenant et des yeux rieurs d'un bleu très clair. À ma grande surprise, elle me propose de m'inscrire dans la base de données de la bibliothèque et de me confectionner une carte.

J'accepte tout naturellement.

– C'est déjà fait ! Enfin, je veux dire, je lui ai remis un formulaire.

– Sawyer, quand quelqu'un est d'accord, il vaut mieux l'inscrire immédiatement, mon petit. Si tu savais le nombre de personne qui ont le projet de s'enregistrer et qui ne reviennent jamais…

Lisbeth se tourne vers moi et ajoute :

– La carte te permettra d'emprunter cinq livres par semaine. Mais comme tu es un ami de Sawyer, je peux fermer les yeux si tu as besoin d'en prendre plus, dit-elle en me lançant un regard de connivence.

J'apprécie tout de suite cette femme.

– Un ami, un ami… je n'irais pas jusque-là, marmonne Sawyer entre ses dents.

Lisbeth se tourne vers elle.

– Tu as dit quelque chose, mon petit ?

– Non, rien du tout, Eli.

Je sors ma carte d'identité et la lui tends.

– Inscrivez-moi, Lisbeth. Je serai ravi de faire partie de votre gang de lecteurs.

– Merveilleux, attends-moi là, je vais faire une copie de ta pièce d'identité. Pendant ce temps, Sawyer, je te laisse t'occuper de ton ami et enregistrer son inscription.

Quand sa collègue part en trottinant vers une autre salle, Sawyer pivote dans ma direction.

– Tu veux vraiment le faire aujourd'hui ? Parce que ça peut attendre une prochaine fois, si tu as d'autres projets, hein. Je peux très bien dire à Lisbeth que c'est fait, elle n'en saura rien.

– Mais moi je le saurais. Et puis, je te l'ai dit, je suis libre, ce soir.

– D'accord, acquiesce-t-elle.

Elle tapote sur son clavier pour rentrer un mot de passe, puis après quelques clics, elle me demande mon nom.

– Quoi, tu ne t'en souviens pas ? Je suis vexé. C'est Ollis MacDonnell.

Elle secoue la tête tandis qu'elle poursuit avec les questions classiques. Date de naissance, adresse, profession… Puis, quand elle lâche la suivante, je perds mon sourire.

– Statut matrimonial ?

– C'est une vraie question ou tu veux simplement assouvir ta curiosité ?

– Mince, on dirait que je suis découverte ! Je suis tellement obnubilée par ta personne que j'ai besoin de me servir d'un questionnaire pour choper des infos sur toi.

OK, elle a gagné. Je ne voulais pas le lui annoncer de cette manière, mais je ne me vois pas non plus lui mentir.

– Divorcé.

Silence.

Sawyer saisit l'info sur sa fiche, puis me scrute du coin de l'œil. Je lis dans son regard qu'elle m'étudie.

– Tu étais donc marié…

Ce n'est pas une question, aussi je ne réponds rien.

– Qu'est-ce qui s'est passé ?

– C'est une longue histoire. C'est dans le questionnaire ou… ?

– Non, pardon. Voilà, on a terminé, c'est bon. Je vérifie, imprime le formulaire et normalement, ce sera bon.

Pas besoin d'être un génie pour deviner qu'elle brûle d'envie d'en savoir plus, mais elle se résout au silence.

Une fois le fameux sésame signé, Sawyer le passe au scan, puis déclare :

– Validé. Bienvenue à la bibliothèque de South Pasadena.

– Enchanté d'être des vôtres !

– En fait, sympa ton vernis, déclare-t-elle en lançant un rapide coup d'œil à mes ongles peints en bleu pailleté.

– Merci, je transmettrai à Briar Rose.

– Briar Rose ?

– La fille de mon meilleur ami. Quand je la garde, je suis littéralement incapable de lui dire non, alors elle teste ses vernis sur moi.

– En plus d'être tatoueur, tu es cobaye à tes heures perdues, bon à savoir…

Lisbeth est de retour avec ma carte d'identité. Je la récupère et me tourne vers Sawyer.

– Et maintenant, tu m'autorises à t'inviter à boire un café ?

– Je peux être honnête avec toi, Ollis ?

– C'est le moment où tu vas m'annoncer que je dois passer par un genre de bizutage réservé aux nouveaux membres ?

Un mince sourire se forme sur ses lèvres tandis qu'elle secoue la tête. Je détaille ses magnifiques yeux en amande, ses prunelles noires incrustées de paillettes, sa peau mate et dorée, lisse et parfaite.

Nom de Dieu, elle est sublime ! J'aime ce que j'ai sous les yeux. Le genre de beauté naturelle qui ne laisse personne indifférent.

– J'ai du mal à saisir tes vraies motivations, toutefois je vais t'accorder le bénéfice du doute. OK pour un café.

– Voilà qui est raisonnable. Pendant un instant, j'ai cru que j'allais devoir recourir à mon sourire de tombeur.

Elle éclate de rire.

– C'est donc ça, ta technique secrète pour séduire une fille ? La charmer d'abord, et ensuite l'abreuver de latte jusqu'à ce qu'elle craque pour toi ?

Elle me regarde fixement comme si elle attendait de moi une réponse honnête, si bien que j'ai envie de lui avouer que jusqu'ici, je n'ai jamais invité de filles dans un Starbucks en dehors de ma mère ou de ma petite sœur.

– Attends, j'ai tout de même une condition.

– Laquelle ?

– Je refuse que tu m'invites. Ce n'est pas un rencard, et tous les deux, nous ne sommes pas amis, alors je trouve plus logique que chacun règle son verre.

Je n'ai pas besoin d'être devin pour comprendre qu'elle doit être prudente avec ses finances, toutefois je ne veux pas risquer de la voir changer d'avis.

– Deal.

– Deal, confirme-t-elle en acceptant de serrer ma main. Laisse-moi cinq minutes pour ramasser mes affaires.

Une légère brise se faufile entre nous, tandis que nous marchons côte à côte le long de l'esplanade. Nous prenons place dans la file formée dans le café.

Lorsque vient notre tour de commander, je prends un ristretto, et Sawyer demande un latte au caramel et à la crème fouettée.

– Vos prénoms ? nous interroge le type derrière sa caisse.

Au même instant, mon téléphone vibre dans ma poche. Je laisse Sawyer répondre et m'écarte une seconde pour vérifier de qui ça vient.

C'est un message d'Orion.

Orion : Pour parler de quoi ?
Olivia est une grande fille
qui sait décider toute seule.
Je te conseille de prendre
exemple sur elle…

Je le laisse en vu et range mon téléphone dans ma poche en me demandant à quel moment mon frère est devenu cet abruti condescendant.

Comme convenu, chacun règle sa consommation, et nous nous dirigeons vers le bord du comptoir en attendant que l'on prépare nos boissons.

L'un des serveurs lève un gobelet et s'écrie :

– Frodon Sacquet ?

Forcément, les clients présents autour de nous s'esclaffent.

– Tu crois qu'il y a un type qui s'appelle vraiment comme ça ? susurré-je en direction de Sawyer, en essayant de deviner qui c'est.

– Apparemment, c'est le cas, fait-elle en pinçant ses lèvres l'une contre l'autre pour se retenir de rire.

Pour ma part, j'arrête brusquement de sourire quand le serveur répète :

– Un ristretto en grande taille pour Frodon Sacquet ?

CHAPITRE 13

SAWYER

– Tu m'excuseras de m'être présenté à toi en tant qu'Ollis, je ne voulais pas révéler ma véritable identité.

Installée en face de lui à une petite table dans le fond du café, je me retiens d'éclater de rire.

– N'en veux pas au serveur, ce n'est pas sa faute, la ressemblance est frappante, il a dû faire le rapprochement.

– Mais ce n'est pas le serveur que je blâme, t'inquiète. Je sais faire la part des choses. J'ignorais que j'étais en compagnie d'une inconditionnelle de Tolkien, ajoute-t-il avec un sourire en coin qui me trouble plus que je ne l'aimerais.

– Oh, tu sais, moi… tu me colles un héros au grand cœur, un protecteur plutôt beau gosse, une quête et un mage à la barbe blanche, je signe direct.

– Intéressant, mais à quel moment est-ce que je me suis foiré pour que tu m'assimiles à un Hobbit ?

Il fait la moue, et cette fois, je ne peux contenir le gloussement qui m'échappe.

Surprise, je plaque une main sur ma bouche pour couvrir le bruit de mon rire. Si je dois être honnête avec moi-même, ça a quelque chose d'étrange de me retrouver là, face à cet homme que je ne connais pas. Peut-être parce qu'il fait horriblement chaud, ou encore parce que mon voisin d'en face est particulièrement drôle… et beau. Je m'amuse, chose qui n'était pas arrivée depuis des lustres.

Bien sûr, il n'est pas question de tomber en pâmoison face à lui. Je suppose qu'il a un stock suffisamment élevé de groupies qui s'occupent de flatter son ego.

Je retire ma petite veste vintage, m'évente avec les doigts et lance un bref coup d'œil à ma montre pour vérifier l'heure. Je n'ai pas beaucoup de temps avant d'embaucher chez Tomer. Je traîne les pieds à l'idée d'y retourner et si j'avais le choix, je me passerais de ce job.

– Tu es attendue quelque part ? me demande Ollis en pointant ma montre du doigt. Des projets intéressants ?

– Alors, attendue, oui. En revanche, je n'emploierais pas le mot « intéressant ». J'ai un petit quart d'heure à t'accorder avant de devoir partir.

Ses longs doigts aux phalanges tatouées s'enroulent autour de son café tandis qu'il le porte lentement à ses lèvres.

– J'ai le droit de te demander la raison d'un tel empressement ?

– Je dois bosser.

Ollis prend un air confus.

– Bosser… tu ne viens pas à l'instant de quitter la bibliothèque ?

– On est fin observateur à ce que je vois. J'embauche chez Tomer tout à l'heure pour le service du soir.

– Attends, tu veux dire que tu as retrouvé ta place là-bas ? s'étonne-t-il.

– De toute évidence.

– Et moi qui étais à deux doigts d'entamer une grève de la faim pour que ce balourd te rende ton job ! Mais quand j'y suis retourné, l'autre serveuse, Li Ann je crois, m'a clairement dit que tu ne travaillais plus au *diner*.

– Elle ne raconte pas ma vie au premier venu.

– Depuis quand ?

– Depuis quand tu es le premier venu ? Pour ce que j'en sais, tu t'appelles Frodon Sacquet, ça en dit long sur notre degré d'intimité.

– Depuis quand tu as été réemployée ?

– Deux ou trois jours, je dirais. Mais comme je n'ai rien signé, je suppose que Tomer n'avait pas encore officialisé mon renvoi.

– Est-ce qu'il s'est excusé, au moins ?

– Tu sais, s'il le faisait à chaque fois qu'il me vire, il passerait son temps à ramper à mes pieds. Tomer m'a virée une bonne douzaine de fois depuis que je travaille pour lui. C'est sa manière à lui de fonctionner. C'est bizarre, mais il est comme ça. Il s'énerve, puis prend deux à trois jours pour se calmer avant de me supplier de revenir. Quoique… je le suspecte quand même de chercher à me remplacer, sauf qu'il ne trouve personne. En même temps, il ne vend pas du rêve ! Bosser non-stop, se taper les clients les plus pénibles du monde, aucun avantage social mais de l'huile de friture jusque dans les cheveux, tout ça pour être payé une misère, il faut être sacrément désespéré pour accepter un tel job.

À cet instant, je crains qu'il ne me prenne pour une pauvre fille pathétique.

– Et donc, si j'ai bien compris, il ne s'excuse pas, mais tu acceptes quand même d'y retourner chaque fois qu'il te vire ?

Je retire ce que j'ai dit. En fait, il me prend pour une pauvre fille pathétique.

– Je suis sadomaso, que veux-tu ? Certains prennent leur pied à coups de ceinture et de bâillon-boule, moi, c'est quand je peux remplir mon frigo et payer mes études.

– Tu as raison. Je ne voulais pas avoir l'air d'un donneur de leçons. Je suis désolé, Sawyer.

Je saisis ma boisson pour la siroter.

– Excuses acceptées.

– Mais je maintiens que tu mérites mieux.

Un ricanement m'échappe.

– Qu'est-ce que tu en sais, tu ne me connais même pas.

– Je me fie à mon intuition.

– Vraiment ? Et que te souffle d'autre ton intuition ?

– Je crois que j'ai une proposition qui pourrait te plaire.

– Développe.

– Si tu souhaites trouver un autre job, quelque chose de mieux payé et de moins chronophage, j'ai peut-être une place pour toi dans mon salon. Laisse-moi en toucher deux mots aux gars avant, mais je n'ai aucun doute sur le fait que tu leur plairas.

J'ouvre de grands yeux.

– Dans ton salon ? Tu m'as prise pour quoi, une escort ?

– Sawyer, tu m'as mal compris, je ne parle pas de *ce genre* de salon. Mais d'une place d'hôtesse d'accueil dans notre studio de tatouage. Tu n'es pas obligée d'accepter tout de suite. Prends le temps d'y réfléchir, c'est tout ce que je demande.

– Merci, mais sans vouloir t'offenser, je passe mon tour. Je suis suffisamment grande pour me débrouiller toute seule et je n'ai pas besoin d'un passe-droit pour me dégoter un job. J'aime mieux ne rien devoir à personne, question de principe. Et puis, ce n'est que pour un temps. Une fois que j'aurai terminé mes études, j'ai bien l'intention de quitter mes deux jobs d'appoint pour me consacrer entièrement à ma carrière.

Je jette un léger coup d'œil à ma montre.

– Merde, je vais être en retard !

Je glisse mon tote-bag sur mon épaule et me lève d'un bond.

– Attends, Sawyer, file-moi ton téléphone.

– Je te demande pardon ?

– Pour enregistrer mon numéro, tu n'auras qu'à m'envoyer le tien en retour.

– Pour quoi faire ?

Un petit rire lui échappe.

– Ouch ! Sawyer Bennett, vous êtes dure avec mon cœur.

– Désolée, mais…

– C'est uniquement pour te tenir au courant des inscriptions. Attends-toi à en recevoir des tonnes, sache-le. Ollis MacDonnell ne fait pas les choses à moitié.

– Oh, d'accord.

Je lui glisse mon téléphone dans les mains, mais il est clair que je n'ai pas l'intention de lui écrire.

– Voilà, tu me trouveras facilement à « Homme de mes rêves » dans tes contacts.

Ses doigts se rapprochent dangereusement tandis qu'il cale une mèche folle derrière mon oreille.

Mon regard passe alternativement de son bras à ses yeux d'un gris métallique.

Dans une autre vie, j'aurais adoré apprendre à le connaître. Dans une autre vie, seulement.

– Au revoir, Ollis et merci pour ton aide.

Je n'attends pas sa réponse, fais volte-face et me faufile entre les tables jusqu'à la sortie.

Une fois à l'extérieur, je me précipite vers l'arrêt de bus le plus proche. Une fine brise léchant la peau nue de mes bras m'arrache un frisson.

Une fois installée dans le bus, je me rends compte que j'ai laissé ma veste derrière moi sur le dossier de ma chaise.

– Argh… grommelé-je, agacée d'être aussi… stupide.

Bien qu'elle soit vieille et un peu usée, elle appartenait à mon père et j'y suis attachée.

Je récupère mon téléphone et envoie à contrecœur un message à Ollis pour lui demander s'il veut bien récupérer la veste que j'ai oubliée.

Je reçois sa réponse dans les secondes qui suivent.

Homme de mes rêves : Je l'ai.
On dirait qu'on va être obligés
de se revoir…

CHAPITRE 14

OLLIS

Mon appartement est plongé dans une douce pénombre, illuminé uniquement par les reflets argentés de la lune qui filtrent à travers les baies vitrées. Allongé sur le dos en travers de mon lit, mon téléphone dans une main et la veste abandonnée de Sawyer dans l'autre, je contemple le plafond, tout en écoutant d'une oreille distraite ma petite sœur me raconter sa demande en mariage. Ouais, quand Olivia a une idée en tête, il est pratiquement impossible de la faire changer d'avis.

C'est d'ailleurs pour cette raison que je voulais en parler avec mes frères, mais d'après Orion, c'est moi qui ai un problème. Quant à Owen, il préfère ne pas prendre parti et rester en retrait, histoire de ne pas envenimer nos relations.

– Et il m'a répondu « oui » tout de suite ! Tu sais, il était tellement ému que je fasse le premier pas qu'il a pleuré. C'était si romantique… Tu ne trouves pas ?

Je reviens au moment présent et lève les yeux au ciel.

Vraiment, je n'ai rien contre Peter, mais ma sœur et lui ne sortent ensemble que depuis quelques mois. Suis-je le seul à penser que c'est trop tôt pour envisager de passer au stade supérieur ?

Contrairement à ce que ma famille semble s'imaginer, je prends le mariage très au sérieux. Pour moi, c'est un engagement sacré. Une promesse solennelle que l'on fait pour le meilleur et pour le pire.

Les exemples de mariages réussis ne manquent pas autour de moi, à commencer par celui de mes parents. Quarante années d'un amour inébranlable. Il y a aussi mon meilleur pote et sa femme. Impossible de douter de la puissance du lien qui les unit. Si par malheur Tristan devait replonger un jour, Heaven serait la lumière dans ses ténèbres.

C'est ça, le véritable amour.

Et je crains que ce ne soit pas ce que ressente Liv.

– Allô, Ollis ? Tu es toujours là ?

– Bien sûr, grogné-je en roulant sur le côté.

Le mouvement m'arrache une grimace douloureuse. J'ai un peu forcé à la salle ce soir, si bien que j'ai affreusement mal aux épaules, ainsi que partout ailleurs. C'est simple, il n'y a pas un muscle de mon corps qui ne me fasse pas souffrir.

– Tu es si silencieux que j'ai cru que tu étais en train de dormir, annonce Liv.

– Rassure-toi, tu m'aurais entendu ronfler.

– De toute façon, je vais te laisser, j'ai juste besoin de savoir si tu es d'accord.

– Minute, princesse. D'accord pour quoi ?

– Quoi, sérieusement ?

– Rafraîchis-moi la mémoire.

– Tu te fiches de moi, c'est ça ? Je parie que tu n'as pas entendu un seul mot de ce que je t'ai raconté.

C'est vrai.

– C'est faux.

Je me creuse la cervelle pour essayer de me souvenir de quelque chose. Puis soudain, un flash.

– Ton mec a chialé. D'ailleurs je le féliciterai la prochaine fois que je le verrai parce que je trouve qu'un homme qui assume sa sensibilité, c'est cool.

– Hors de question ! Il ne sait pas que je te raconte tout.

– Normal ! Entre frères et sœurs, on se raconte tout.

À l'autre bout du fil, Olivia pousse un profond soupir.

– Il est fils unique.

– Et alors ?

– Alors, il ne comprend pas les liens que l'on peut avoir entre frères et sœurs. Il a grandi sans personne, il est un peu comme un loup solitaire.

– T'inquiète, en t'épousant, il fait automatiquement partie de notre meute, lui fais-je remarquer. À moins qu'il ne préfère zoner tout seul dans son coin ?

– Il aura juste besoin de temps, d'accord ? Quand il apprendra à mieux vous connaître, les garçons et toi, il comprendra ce que c'est de faire partie d'une grande famille.

– Mieux vaut pour lui.

– J'ai confiance en lui. Il s'intégrera. Ce qui m'amène à te reposer la question, vu que visiblement, tu ne m'écoutais pas… Tu voudras bien être le témoin de Peter ? Il n'a personne d'autre et il n'ose pas te le demander lui-même. C'est un peu gênant pour lui, tu comprends.

Quoi ?

– Tu plaisantes ? m'esclaffé-je. Donc tu veux me refiler à ton petit copain parce que c'est plus pratique que de devoir lui louer un témoin. Mais ce type n'a pas d'amis ? De plus, je ne peux pas être le tien et le sien à la fois. Demande plutôt à Orion, je suis sûr qu'il serait enchanté.

– En fait, Orion sera mon témoin.

Je presse les paupières et ravale mon amertume.

– Ollis, dis, ne m'en veux pas. Orion est l'aîné et tu sais comme il peut être susceptible.

Je suis déçu et blessé, mais de là à lui en vouloir, non. Jamais.

– Nan, t'inquiète ! Comment je pourrais t'en vouloir, tu as fait ce que tu juges bon. Puisqu'on y est, je veux bien que tu me trouves une cavalière aussi, mais attention, bien que je sois un mec facile, j'ai quand même quelques critères de sélection.

J'essaie d'alléger la conversation malgré les sentiments contradictoires qui m'assaillent.

J'ai la sensation que je ne suffis pas, que je ne suis pas assez bien…

J'ai l'impression que je suis pareil à une bombe à retardement. Un jour, je vais exploser et emporter mes proches avec moi.

– Ollis, est-ce que tu vas bien ? Je veux dire, en ce moment, comment tu te sens ?

Sa question me prend de court.

– Ça ne pourrait pas mieux aller !

Un bref soupir lui échappe.

– Je veux juste que tu me répondes sincèrement. Ça fait longtemps qu'on n'a pas pris le temps de parler, nous deux. Comment ça va dans ta tête ?

Mon regard se perd sur mon appart vide, afin de retarder le moment où je vais définitivement gâcher l'ambiance.

– Pas très bien, avoué-je en fermant les yeux. Jenna… Elle va se marier, Liv.

C'est la première fois que je me confesse depuis que j'ai reçu cette putain d'invitation. C'est un premier, minuscule, pas en avant vers le mieux.

Ma sœur ne me demande pas plus de détails.

Elle sait à quel point j'ai été au fond du trou après notre rupture, elle sait tout de la profonde dépression dans laquelle j'ai sombré.

Je m'en suis sorti voilà des années, pourtant de temps en temps, sans crier gare, il arrive que la mélancolie me submerge. Ça ne dure jamais longtemps, mais c'est toujours là, sous la surface.

– D'accord. J'arrive tout de suite…

– Non, laisse tomber frangine ! Je vais pioncer dans les deux prochaines minutes.

Je ne veux pas qu'elle prenne la route toute seule, il est tard.

– Tu es sûr ? fait-elle, hésitante. Ça ne me dérange pas de me déplacer, même si ce n'est que pour quelques minutes. Sois juste honnête avec moi, veux-tu que je vienne ?

Oui…

– Non.

– Ollis ?

– Liv, je suis sérieux, tu vas faire le déplacement pour rien.

– Bon, d'accord, finit-elle par abdiquer. Mais si jamais tu ressens le besoin de parler, tu me promets de m'appeler immédiatement ?

J'opine avant de me rendre compte qu'elle ne peut pas me voir.

– Promets-le-moi.

– C'est promis.

Faire des promesses en l'air ne me ressemble pas. Ou si, peut-être que ça me ressemble. Bon sang, je suis devenu un tel pro du mensonge…

Berner ma famille m'est devenu de plus en plus facile. Aucun d'entre eux ne se doute des efforts que je déploie pour garder mon masque en place.

– Ça me va. Hé Ollis ?

– Quoi ? demandé-je en soupirant.

– Dors bien, grand frère.

Je raccroche et lance mon téléphone sur le lit. Je m'en veux d'être devenu cette version de moi, la tête remplie de noirceur et le cœur aussi sombre qu'une nuit sans étoiles.

À force d'être un autre aux yeux des autres, je ne sais même plus qui je suis.

Je pivote de l'autre côté, et après un temps à broyer du noir, une lueur s'invite dans mes pensées.

Une lueur d'espoir.

Sawyer…

Sawyer et ses yeux d'ambre envoûtants, Sawyer et sa peau douce et hâlée, Sawyer et ses lèvres qui invitent au fantasme.

L'espace d'une seconde, elle est partout, et soudain, ma solitude est un peu moins étouffante. J'enfonce mon nez dans l'étoffe de son vêtement et inspire profondément.

Je ne peux être avec personne, pas alors que je me planque sous ma cuirasse depuis des années.

C'est clair dans ma tête.

Je dois à tout prix l'éviter.

Pourtant, aux premières lueurs de l'aube, je suis à peu près certain que je ne tiendrai pas ma parole…

D'abord, parce que je lui ai fait une promesse : celle de l'aider, et qu'il n'est pas question que je revienne là-dessus. Ensuite, parce que j'ai trop envie de la revoir.

Et c'est bien ça le problème.

CHAPITRE 15

SAWYER

Je suis quelqu'un d'organisé. Et pour le rester, mes journées sont aussi réglées que du papier à musique. Ainsi, pas de perte de temps ni de place pour l'imprévu. Tout est toujours sous contrôle. Cette rigueur, j'y tiens. Elle régit ma vie.

Donc, après une douche de trois minutes, un petit déjeuner avalé à la hâte, une heure consacrée à mes révisions avant de partir pour la fac, je suis surprise de recevoir un message d'un certain Frodon Sacquet. Oui, parce que bien évidemment, j'ai changé son nom dans mes contacts. L'homme de mes rêves… il ne faut pas déconner !

J'avoue avoir hésité avec Dark Darcy.

Je grimpe dans le bus, m'installe à ma place habituelle et sors mon téléphone pour découvrir son message.

Frodon Sacquet : Au cas où tu aurais des doutes, sache que je prends soin de ton précieux.

C'est drôle qu'il fasse référence au film sans savoir que je l'ai renommé comme au Starbucks. Je laisse mon regard s'égarer par la fenêtre du bus et songe à ce que je vais faire. Supprimer son message, bloquer son numéro, et dire adieu à ma veste ou bien lui répondre ?

Apparemment, je n'ai pas besoin de réfléchir longtemps.

Sawyer : Merci encore de l'avoir
récupérée.
P.-S. : J'ignorais qu'il y avait le réseau
téléphonique dans la Terre du Milieu.

La seconde suivante, mon téléphone vibre à nouveau.

Frodon Sacquet : À ton service,
princesse.
P.-S. : Je parie que tu ne savais pas
non plus que la majorité chez les
Hobbits était à 33 ans ?

Je ne peux m'empêcher de pouffer dans mon poing.

Sawyer : Et tu t'es dit que ça pouvait
m'intéresser parce que ?

Frodon Sacquet : C'est une information
absolument capitale. Je trouve
important que tu saches que chez les
Hobbits, je serai majeur
dans trois ans.

Seigneur, ce type est cinglé. Malgré moi, un sourire s'épanouit sur mon visage. Je crois que la folie d'Ollis m'amuse.

Sawyer : Passionnant. En attendant, par pitié, évite de porter ma veste.

Frodon Sacquet : Tu déconnes, je comptais justement la mettre aujourd'hui ! Tu gâches tout.

Sawyer : Tu t'en remettras. Possibilité de se rejoindre afin que je récupère mon précieux ?

Alors que j'arrive à mon arrêt, je range mon téléphone dans le fond de mon sac et me dirige directement vers l'entrée de la fac. Je profite de ce que je suis un peu en avance pour me rendre à la bibliothèque de l'école, et en attendant le début des cours, j'avance sur mes révisions.

J'ignore si c'est parce que j'aime les livres ou parce que je travaille également dans une bibliothèque, mais j'apprécie l'ambiance calme et studieuse qui y règne. Une vibration dans mon sac me déconcentre.

Frodon Sacquet : Dis-moi où et quand, et je me ferai un plaisir de te l'apporter. On pourra boire un autre café ?

Sawyer : Semaine prochaine ?

Frodon Sacquet : C'est bon pour moi. L'adresse ?

Frodon Sacquet : Je suis impatient
de découvrir le nom que je vais
recevoir sur mon gobelet…
Je te suggère Jack Sparrow.

J'éclate de rire, puis lui envoie l'adresse de mon université. Tout au long de la matinée, je reçois divers pavés d'Ollis. Je découvre qu'il connaît un paquet d'anecdotes sur des sujets farfelus, et qu'apparemment il trouve utile de me les faire partager.

J'apprends tour à tour qu'une aspirine peut me sauver d'une crise cardiaque à condition que je la mâche, que Frankenstein n'est pas le nom de la créature mais celui du docteur (ça, je le savais déjà), que le rugissement d'un tigre peut être entendu jusqu'à trois kilomètres à la ronde, que parmi les vingt-cinq hôtels les plus grands du monde, quinze se trouvent à Las Vegas, que le nom AC/DC vient d'un sigle sur un aspirateur, et qu'à ce propos, il écoute *Highway to Hell* plusieurs fois par jour, car c'est l'une de ses chansons préférées.

Il me pose davantage de questions, et si au départ j'étais réticente à y répondre car, a) je n'ai pas le temps pour ça, et b) confère point a), progressivement, je me prends au jeu.

Frodon Sacquet : Des frères
et sœurs ?

Sawyer : Non, mais j'ai deux cochons
d'Inde que je considère comme des
membres à part entière de ma famille.

Frodon Sacquet : Comme je suis sûr que tu te poses la question aussi, moi j'en ai trois, deux frangins et une sœur.

Ma curiosité est piquée.

Sawyer : Est-ce qu'ils sont aussi cultivés que toi ?

Frodon Sacquet : Je vais prendre ça pour un compliment. Non, pas autant que moi, en toute modestie. Tu as le privilège de t'adresser à l'élite de la famille MacDonnell.

Je suis tellement absorbée par mon téléphone que je manque de percuter un groupe d'étudiantes à l'entrée de la cafétéria.

Oups, un peu plus et nous aurions été obligées de nous adresser la parole. Ce n'est pas que je n'aime pas les gens, je n'ai rien contre eux, je n'ai juste pas le temps d'entretenir des relations amicales.

Je n'ai pas toujours été comme ça, mais après la mort de mon père, ma perception des choses a radicalement changé. Je suis passée du jour au lendemain d'une vie d'insouciance à la dure réalité, à savoir devoir gérer, en plus de mes cours et de mes deux emplois, une mère déprimée, accro à ses petites pilules et au télé-achat. Il a bien fallu que l'une de nous prenne les choses en main, et ç'a été moi.

L'assurance vie de mon père nous permet de couvrir les factures et de vivre modestement, mais pour ce qui est de mes études, les frais sont couverts par ma bourse et par mes deux salaires.

Une fois le risque de collision écarté, je prends un plateau, me sers et m'installe à une table isolée avant de retourner à ma discussion avec Ollis.

Les jours passent et je suis surprise que notre simple échange se soit transformé en une conversation plus régulière. En attendant de nous revoir, nous nous écrivons quotidiennement, si bien que je m'habitue à recevoir ses messages. J'en apprends plus sur lui et découvre sa personnalité. Ollis est charmeur, ça, je le savais déjà, mais il est également très drôle, attentionné, doux, fidèle à sa famille et à ses amis, et passionné par plein de sujets différents. Il a toujours un petit mot gentil pour me souhaiter une bonne nuit ou une belle journée, créant une proximité entre nous à laquelle j'étais loin de m'attendre. Dire que j'ai failli effacer son numéro…

Ce mardi, jour de notre rendez-vous, je reçois un message matinal qui me colle un sourire pour le restant de la matinée malgré les cours barbants à souhait qui m'attendent.

Frodon Sacquet : Bonjour Sawyer,
passe une bonne journée !

Je le remercie et n'ose pas lui demander si ça tient toujours pour ce soir. Je ne veux pas avoir l'air d'être accro, alors je prends sur moi pour ne rien montrer et range mon téléphone.

Après le déjeuner, j'ai trois heures de science de l'architecture, un cours qui me confirme que je n'aime pas la théorie.

Je suis une créative, ce que je préfère dans mon métier, c'est l'art, les formes et les couleurs, donner corps à une idée et en faire quelque chose de grandiose. Et plus que tout, dessiner. C'est pour cela que je me suis orientée vers l'architecture.

Ollis ne m'a pas réécrit depuis le matin, alors je me demande s'il sera bien là ou s'il a changé d'avis, ce que je n'espère pas. Non pas que je sois impatiente de le voir, mais j'aimerais vraiment récupérer mon bien et savoir où il en est des formulaires d'inscription pour la bibliothèque.

Je range mon ordinateur dans mon sac, le glisse sur mon épaule et dévale les marches de l'amphi à la suite d'une escouade d'élèves.

Une fois à l'extérieur, je remarque aussitôt le petit attroupement formé sur le parking, et plus précisément juste devant une voiture de sport d'un bleu électrique. Je n'y connais rien en mécanique, mais vu les cris d'émerveillement des étudiants présents et les selfies qu'ils prennent, j'en conclus qu'il s'agit d'un modèle recherché.

– Matez la Dodge Viper ! s'écrie Sean qui arrive dans mon dos.

– Prenez-moi en photo avec, ajoute Ezra qui le rejoint, béat d'admiration.

Un troisième dont je ne connais pas le nom leur annonce un prix de vente mirobolant.

Autant d'argent pour une voiture qui ne fait rien d'autre que nous conduire d'un point A à un point B ? Perso, le bus me va très bien. Je contourne toute cette agitation, lance un regard circulaire autour de moi et, ne voyant Ollis nulle part, je me dirige vers la station de bus. Je suppose qu'il n'a pas pu se libérer finalement.

De toute façon, je ne suis pas à un jour près.

Le claquement sonore d'une portière interrompt mes pensées, et quelqu'un crie mon prénom.

– Sawyer !

Il s'agit d'une voix délicieusement rocailleuse.

Je tourne lentement la tête pour jeter un bref coup d'œil par-dessus mon épaule. Aussitôt, un sentiment inconnu emplit ma poitrine. Je reste immobile, stupéfaite face au sourire de celui qui s'avance nonchalamment vers moi.

CHAPITRE 16

OLLIS

À la seconde où je repère sa silhouette qui se détache de la foule d'étudiants, je sors de mon véhicule.

J'esquive le petit attroupement de curieux qui entoure ma caisse et avance jusqu'à Sawyer d'un pas empressé. J'aurais mieux fait de me garer plus loin et de venir à pied, mais j'étais à la bourre et je ne voulais surtout pas rater notre rendez-vous.

Elle a presque atteint l'arrêt de bus quand je la rejoins. Pour un peu, je l'aurais manquée.

– Sawyer !

Au son de ma voix, elle se raidit, puis lentement, elle se tourne vers moi, affichant une expression surprise.

– Ollis ?

Elle cille, comme si elle ne s'attendait pas à me voir. Nous étions pourtant d'accord pour nous retrouver là, non ?

Je ne parviens pas à lire entre les lignes et à discerner son humeur. Est-elle déçue de me voir ? Aurait-elle préféré que je ne me pointe pas ?

– Tu es venu finalement ? Je pensais que tu avais été retenu ailleurs, ajoute-t-elle tout en glissant une mèche folle derrière son oreille.

Comment lui dire sans la faire flipper que j'ai attendu ce moment toute la journée ? Même les gars au salon ne comprenaient pas d'où venait mon excitation. Ça m'a bien fait marrer de les voir se monter des plans sur la comète à propos d'un éventuel rendez-vous galant.

Je ne sais pas moi-même où je vais, je suis mon instinct, c'est tout. En revanche, s'il y a une chose dont je suis certain après tous les messages que nous avons échangés, c'est que Sawyer n'est pas la femme d'une seule nuit.

– Et manquer une occasion de te revoir ? Certainement pas !

Ouais, bon, pour la subtilité, on repassera.

Elle tripote la lanière de son sac sans me lâcher des yeux, me scrutant avec attention.

– D'accord, en revanche, un conseil Ollis : remballe ton numéro de charme, ce n'est pas comme ça que tu parviendras à me séduire.

En réponse, je dégaine un sourire charmeur et me rapproche.

Malgré ce qu'elle avance, j'apprécie de découvrir l'effet immédiat que notre proximité a sur ses pommettes, qui se parent d'une délicieuse teinte rosée.

Vraiment, Sawyer ?

Mon regard glisse alors de ses yeux noisette à la courbe délicate de ses lèvres pulpeuses qu'elle mordille légèrement.

– Princesse, crois-moi, je ne cherche pas à te faire du charme. Ce n'est absolument pas mon intention.

Elle lève fièrement le menton et rive ses prunelles incandescentes aux miennes, comme pour me mettre au défi.

Sa témérité m'amuse et me fascine. J'aime les femmes qui ne se laissent pas impressionner facilement. Ça change de toutes celles que je rencontre au salon ou ailleurs.

– OK, alors arrête ça.

– Que j'arrête quoi ?

– D'essayer de m'éblouir.

– Parce que ça marche ?

Au même moment, un groupe de nanas déboule près de nous et semble chercher à attirer mon attention. Je note un imperceptible changement d'attitude chez Sawyer, qui se raidit.

Est-elle mal à l'aise d'être vue à mes côtés ?

Ce serait bien la première fois qu'une fille réagirait de la sorte.

Mais bon, venant de Sawyer, ça ne m'étonnerait qu'à moitié. Depuis notre première rencontre, ses réactions sont à l'opposé de ce à quoi je pourrais m'attendre.

Les gloussements des filles à quelques mètres de là reprennent de plus belle, mais je ne leur prête guère d'attention, même si je sens courir leurs regards langoureux sur nous, ou plus exactement sur moi.

Sans vouloir paraître prétentieux, j'ai l'habitude de m'attirer les faveurs de la gent féminine.

– On y va ?

– OK.

Je déverrouille sa portière, l'invite à monter devant, et dès qu'elle s'installe sur son siège, je fais le tour pour m'asseoir derrière le volant. Je fais démarrer le moteur, et tandis que la voix d'Ozzy Osbourne remplit l'habitacle, je me tourne vers Sawyer.

– Quoi ? fait-elle, soudain méfiante. C'est le moment où tu vas m'annoncer que tu es un psycho-dingo-socio-dérangé et que tu as l'intention de m'enlever pour me séquestrer dans ton garde-manger ? Je te préviens tout de suite, j'ai des ongles et je mords.

Bon sang, elle est trop mignonne quand elle montre les dents.

– Bien que ta proposition de me mordre et de me griffer soit alléchante, je ne suis rien de tout ça. Je n'ai même pas de garde-manger chez moi. Pas trop déçue, j'espère ?

Sawyer se contente de lever les yeux au ciel et d'attacher sa ceinture, pendant que je quitte ma place et roule en direction du centre-ville.

– Et puis, si d'aventure j'envisageais de t'enlever, crois-tu que je serais assez stupide pour le faire en plein jour avec des dizaines d'étudiants pour témoins ? Un peu de respect pour mon cerveau, je te prie. Je n'ai peut-être pas fait de grandes études, mais je suis plus intelligent que ça.

– Je ne te connais pas, alors ça reste encore à prouver.

Un petit rire m'échappe.

– Tu as raison.

– Dans ce cas je devrais quand même envoyer ta photo et ta plaque d'immatriculation à une amie… juste au cas où.

– Sawyer, tu n'as pas besoin d'une excuse aussi foireuse pour avoir une photo de moi, plaisanté-je en lui adressant un clin d'œil taquin.

Elle grimace, toutefois je ne rate pas la légère coloration de ses joues. Je suis très curieux. Est-elle gênée ou ai-je tapé dans le mille ?

Après quelques minutes d'un silence agréable, un texto lui parvient. Elle le lit et pivote vers moi.

– Rien de grave ?

– Non, rien de grave, mais nous allons remettre le café à une autre fois. Ma collègue vient de me dire qu'il y a du monde chez Tomer et que je dois arriver rapidement.

– Oh, je vois.

J'opère un demi-tour et change de direction.

– Désolée. Tu resteras Frodon Sacquet pour un moment encore.

– Quelle déception. Moi qui étais à deux doigts de devenir un pirate sexy.

Elle éclate de rire.

– Ce sera pour la prochaine fois.

Elle pointe ensuite du doigt le lecteur de musique qui diffuse le titre *Devil in Disguise*.

– Tu n'as pas plus vieux et plus démodé encore comme musique ?

– Vieux et démodé ? On parle d'Elvis, là ! m'offusqué-je. Qu'est-ce que tu aimes ?

– Qu'est-ce que tu as d'autre ?

Je lui file mon téléphone afin qu'elle puisse faire son choix dans l'application.

– Tiens, surprends-moi.

– Waouh, tu as des dizaines de playlists là-dedans et tu choisis des titres qui datent d'avant ma naissance !

– Ne sois pas condescendante, jeune fille. Le King mérite un peu plus de respect.

Elle pouffe dans sa main et fait glisser son doigt sur l'écran, tandis que je ne peux m'empêcher de l'observer à la dérobée.

Est-ce qu'elle se rend compte qu'elle fronce les sourcils quand elle se concentre, laissant ainsi apparaître une minuscule ride sur son front ?

Je l'avais déjà remarqué l'autre jour à la bibliothèque. Ce détail lui donne un côté intello encore plus adorable.

Dès que l'intro de *I Don't Want to Miss a Thing* d'Aerosmith se fait entendre, je secoue la tête.

– Ce n'est pas vrai ! Mais tu es de mèche avec Moses ou quoi ?

– Moses ? C'est ton frère ?

– C'est tout comme. On travaille ensemble au salon.

Je m'arrête au feu suivant et remarque que ses yeux fascinants scrutent mes avant-bras. Apparemment, mes tatouages semblent retenir son attention.

– Ça ne te dérange pas si je continue de regarder tes sons ?

– Absolument pas, fais-toi plaisir.

– « Late night », « One night », « The Hurting », « Vibes 60's », « Vibes 70's », « Vibes 80's », « Winter », « Spring » ? énumère-t-elle. Tu as vraiment des listes pour toutes les occasions ?

– Pas toi ?

Elle hausse une épaule et continue de faire défiler l'écran.

– Olivia, c'est ton ex ?

– Non, ma sœur.

– Et donc Jenna, c'est ton autre sœur ?

Mes mâchoires se crispent, tandis que je me contente de faire non de la tête.

– Oh, d'accord. Je vois.

J'ignore ce qu'elle voit, parce que de mon côté, tout ce que je perçois, c'est le martèlement assourdissant de mon cœur qui bat jusque dans mes tempes.

Soudain, ma seule crainte est qu'elle lance l'un des titres de Jenna. Si elle le fait, je ne suis pas sûr de pouvoir le supporter.

J'aurais dû supprimer cette playlist depuis longtemps, mais je n'ai jamais réussi à m'y résoudre. Et de temps en temps, quand j'aime me faire du mal, j'écoute ses chansons préférées.

– Tu attribues des chansons à toutes tes conquêtes ?

Certainement pas.

Sawyer attend une réponse, alors je me contente d'un bref « non », les mâchoires tellement contractées qu'elles me font mal.

Heureusement, elle n'insiste pas.

Quand la musique se termine, c'est Police avec *Every Breath you Take* qui prend le relais.

Putain, merci !

Nous sommes presque arrivés chez Tomer, et tandis qu'elle me rend mon téléphone, je prends conscience du silence gênant qui s'est immiscé entre nous.

Ce n'est pas voulu de ma part, mais Jenna est un pan de mon passé – de ma vie – que je refuse d'évoquer, et dont le souvenir est toujours aussi vivace. Il y a des jours où ça va presque mieux, toutefois la plaie qui porte son nom est toujours là, et n'a pas entièrement cicatrisé.

Je ne sais pas si elle le sera un jour.

Je trouve une place près du restaurant et me gare, alors que Sawyer détache sa ceinture.

– Merci de m'avoir déposée, Ollis.

Je coupe le moteur et sors de la voiture en même temps qu'elle.

– Qu'est-ce que tu fais ?

– Je t'accompagne.

– Ça ira, je pense qu'il vaut mieux que tu évites de te trouver nez à nez avec Tomer. Li Ann m'a raconté votre petit échange, et la façon dont tu l'as envoyé sur les roses.

Je me fous de ce type et de ce qu'il pense de moi, mais je ne veux pas avoir l'air d'insister, alors à la place, je me contente d'une simple question.

– Tu travailles jusqu'à quelle heure ?

– Je termine mon service à vingt-deux heures, pourquoi ? me répond-elle d'un ton méfiant.

– Juste pour savoir, fais attention en rentrant.

– T'inquiète pas, j'ai l'habitude de prendre le bus. Et je crois que le moment est bien choisi pour mentionner que je pratique le ju-jitsu.

Je lève la main vers elle et caresse sa joue. Sawyer ne proteste pas, mais j'ai l'impression qu'elle retient son souffle.

Est-elle sensible à notre proximité ou se retient-elle seulement de m'envoyer une pique ?

Dis quelque chose, Sawyer…

Nous nous tenons face à face, notre différence de taille est flagrante, si bien qu'elle a besoin de lever la tête pour ne pas quitter mon regard.

Quand elle parle enfin, sa voix n'est qu'un murmure.

– Au revoir, Ollis.

– Au revoir, princesse.

Je la regarde se tourner et marcher jusqu'à la porte du *diner* en me traitant d'imbécile.

Putain, mais pourquoi j'ai gardé cette maudite playlist dans mon téléphone ?

Et pourquoi Jenna est-elle encore et toujours un sujet sensible ?

Une fois que Sawyer est à l'intérieur, je grimpe dans ma caisse et démarre, en me promettant d'aller de l'avant, tout en sachant que ce ne sera pas le cas.

Ça ne le sera jamais.

CHAPITRE 17

SAWYER

Jenna est son ex. J'en suis certaine, à moins qu'il mente et que ce soit sa copine. Oh, et puis qu'est-ce que j'en ai à faire ?

À peine ai-je franchi la porte du *diner* que ma collègue m'alpague et me sort de mes réflexions. Sans même s'embarrasser de salutations, elle m'attrape par le bras.

– Waouh jeune fille, c'était quoi ça ?

– Je ne vois pas de quoi tu parles.

– Ah bon ? Dans ce cas, je crois que j'ai besoin de faire réviser ma vue en urgence. Parce qu'il me semble que tu es descendue de la voiture d'un charmant jeune homme, et nous savons toutes les deux que tu n'as pas d'homme dans ta vie, pas plus que d'amis d'ailleurs.

– Hé, ce n'est pas très gentil de dire ça, j'ai des amis ! m'offusqué-je en fronçant les sourcils.

– Vraiment, qui ça ? Cite-moi un nom au hasard.

Alors que je m'apprête à lui répondre, elle me coupe en plein élan, l'index levé dans ma direction :

– Et je te préviens, je ne compte pas.

Ah.

Je referme la bouche, vexée tout de même.

Je ramasse ma dignité au sol, remonte la bretelle de mon sac sur mon épaule et ignore mon adorable collègue en la contournant pour me diriger vers le vestiaire afin de me changer.

La connaissant, je suis prête à parier qu'elle n'en restera pas là. Même si je ne vois pas ce qu'il y a à ajouter. Je connais à peine Ollis et puis il a déjà sa *Jenna* dans sa vie. Tout ce que je pourrais lui dire, c'est qu'il est venu me rendre ma veste et a gentiment proposé de me déposer, certainement parce que je lui faisais pitié à attendre mon bus, fin de l'histoire.

Aussitôt, je me fige en plein milieu de l'allée, entre les tables.

– Merde, ma veste !

Quelle idiote, j'ai oublié de la récupérer.

Je me ressaisis et salue rapidement Alina qui est déjà là en renfort, puis Tomer, qui me regarde du coin de l'œil depuis sa lucarne. Je ne m'en formalise pas, et une fois dans les vestiaires, je me change rapidement, attache mes cheveux dans une sorte de chignon flou sur le sommet de la tête et enfile mon tablier.

J'hésite un instant à garder mon téléphone avec moi, puis finalement, me résous à le laisser. C'est débile, mais je ne veux pas être déconcentrée parce que j'aurais l'idée de vérifier si Ollis m'a écrit. Pour me dire qui est Jenna par exemple…

Perdue dans mes pensées, je range mes affaires, et au moment où je referme mon casier, la présence de ma collègue me prend par surprise.

– Bon sang, Li Ann, t'es dingue ? Tu m'as fait la peur de ma vie ! sursauté-je, la main sur la poitrine.

– Oups, désolée.

– Qu'est-ce que tu fais là à m'espionner ? Tu n'as pas des tables à servir ?

– Bien sûr que si, mais je viens de penser à un truc. J'ai comme l'impression que le beau gosse qui t'a déposée ressemble étrangement au canon de l'autre jour.

Euh…

– Tu sais, celui-là même sur qui tu as renversé une bière, se sent-elle obligée de préciser face à mon silence.

Avec un petit rictus malicieux au coin des lèvres, elle attend que je lui réponde, mais je me contente d'une phrase évasive.

– Je ne sais pas, peut-être.

Au même instant, Tomer déboule entre nous.

– Tiens, Li Ann et Sawyer. Quelle surprise de vous trouver là ! Je peux vous servir quelque chose pendant que vous faites un brin de causette ? Un café, un jus de fruits, une côte de bœuf ?

– Merci boss, c'est gentil, mais j'ai déjà mangé, lui lance ma collègue tout en caressant son ventre proéminent.

Quant à moi, je me contente de pouffer intérieurement et de m'éclipser.

Je me rends directement en salle, armée d'un bloc-notes, d'un stylo et de beaucoup de sang-froid. Il m'en faudra si je ne veux pas me faire virer une fois de plus.

Après quatre heures de service, j'ai les pieds en compote et une patience mise à rude épreuve. En plus de tout le reste, il m'a fallu faire abstraction des regards insistants de Li Ann. Entre deux tables, j'ai eu droit à un véritable florilège de suppositions de sa part.

D'après elle, l'excuse d'un ami n'est pas crédible. Du coup, elle s'imagine qu'il y a plus. Que je vis une relation amoureuse secrète et que je refuse de lui en parler. Pourtant, je lui ai dit la vérité. Enfin presque… elle n'a pas besoin de savoir qu'il n'y a absolument rien entre Ollis et moi, en dehors d'un échange de textos.

Heureusement, j'ai pu finir mon service en paix à partir du moment où elle est rentrée chez elle, remplacée par Arshad. Ce dernier, contrairement à sa sœur et à Li Ann, a au moins le mérite de ne pas être très loquace.

Une fois que j'ai terminé d'encaisser toutes mes tables, je récupère mes affaires, salue Tomer et ses enfants, puis quitte le *diner*, impatiente de rentrer chez moi.

Bien qu'on soit à la fin de l'été, il arrive que certaines soirées soient plus fraîches que d'autres. C'est le cas ce soir. Je ramène mes bras sur ma poitrine et m'empresse de rejoindre la station de bus, quand soudain, je me heurte à un mur. Un mur tatoué et qui sent bon le bois de santal.

Je relève la tête, surprise de découvrir Ollis. Je ne m'attendais absolument pas à le trouver là.

– Qu'est-ce que tu fais ici, tu me stalkes, Joe Goldberg ?

Il lève ma veste entre nous avant de la déposer sur mes épaules.

– Tu as oublié ça dans ma voiture. J'ai pensé que tu pourrais en avoir besoin.

– Merci. Tu n'es pas resté sur place, quand même ?

– Désolé de te décevoir, mais je n'ai rien d'un libraire psychopathe. C'était sur ma route.

– Tu aurais dû en profiter pour apporter avec toi les formulaires, ça t'aurait évité un déplacement supplémentaire.

– Et risquer de me priver d'une autre occasion de te voir ? Jamais.

– OK, alors merci d'avoir fait un détour. Je ne vais pas te retenir plus longtemps, déclaré-je en le contournant.

– Attends, Sawyer.

Un soupir m'échappe, tandis que je fais volte-face.

– Qu'est-ce qu'il y a, Ollis ?

– Tu ne vas pas me laisser te raccompagner, c'est ça ?

– Ça va aller. Je préfère marcher.

– Ça ne me dérange pas de te raccompagner, ma voiture est juste là, riposte-t-il, l'air sincère.

Bien sûr que non, ça ne le dérange pas, sinon il ne serait pas là, au beau milieu de la nuit, à proposer de me ramener chez moi.

– Écoute, c'est gentil à toi, mais en fait, c'est moi que ça gêne.

– Je ne vois pas pourquoi.

– Dommage, parce que c'est pourtant clair.

– Sawyer, c'est ridicule. Ma voiture est juste là, viens, laisse-moi te ramener.

Je penche la tête sur le côté, perplexe.

– Jenna est au courant ? Je suis vraiment curieuse de savoir ce qu'elle en pense.

Il se contente de glisser les doigts dans ses mèches brunes pour les ramener en arrière, le regard douloureusement intense.

Puis d'ajouter :

– Ça n'a rien à voir. Je propose seulement de te raccompagner, pas de nous rendre à Las Vegas sur-le-champ pour nous marier.

– Si tu ne vois pas où est le problème, c'est toi que ça regarde. Personnellement, je ne supporte pas les mensonges et je suis presque certaine que Jenna non plus, rétorqué-je d'un ton sec.

Ollis se raidit et ses beaux yeux gris s'assombrissent.

Alors que je suis sur le point de faire demi-tour afin de mettre un maximum de distance entre nous, il déclare d'une voix railleuse :

– Décidément, c'est une habitude chez toi.

Sa remarque me pique au vif.

– Que veux-tu dire ?

Il s'avance vers moi.

– Qu'une fois encore, tu te trompes sur mon compte, Sawyer, murmure-t-il, son regard rivé au mien de sorte qu'il m'est impossible de m'en détacher.

Pas même lorsque la voix grave teintée d'un léger accent d'Arshad me fait sursauter.

– Sawyer, tout va bien ? Est-ce que ce type t'embête ?

J'hésite à répondre par l'affirmative, mais quelque chose dans les prunelles d'Ollis m'en dissuade.

– Tout va bien, Arshad. C'est juste un…

Je me tourne vers l'entrée du *diner* et lui adresse un sourire rassurant, tout en cherchant mes mots sous l'œil interrogateur de ce dernier.

– Un… Un ami, ajouté-je.

– Tu es sûre ? Parce que je peux appeler la police. Le poste est à deux blocs d'ici. Ils peuvent débarquer dans l'instant si besoin, fait-il en fixant celui qui m'accompagne.

– Merci Arshad, mais tout va bien, confirmé-je alors.

Mon collègue acquiesce, affichant une expression méfiante, l'air de dire à celui qui m'accompagne

« fais gaffe à toi, je t'ai à l'œil ». Sa sollicitude me touche. Il retourne ensuite à l'intérieur du restaurant, me laissant livrée à moi-même avec mon « ami ».

Je jette un bref coup d'œil par-dessus mon épaule et découvre qu'Arshad nous observe avec attention, son téléphone à la main, comme s'il attendait le moindre signe de ma part pour s'en servir.

– À moins que tu désires secrètement voir la police rappliquer et m'embarquer, tu vas accepter que je t'accompagne, cette fois ?

Je fais oui de la tête uniquement parce que je refuse qu'Ollis ait des ennuis par ma faute.

Il déverrouille, puis me tient ouverte la portière côté passager pour que je m'installe, avant de prendre place derrière le volant. Je lui donne mon adresse qu'il entre dans son GPS et, presque comme si c'était naturel, il me glisse son téléphone dans les mains. Il veut que je m'occupe de choisir la musique. Je suis tentée de le lui rendre, mais la curiosité m'en empêche. Je passe mon doigt sur les différentes listes, alors qu'il démarre et s'insère sur la route.

Mon regard balaie chaque playlist. Elles sont toutes là, en tout cas celles dont j'ai le souvenir, et même celle qui porte le nom de Jenna.

– Jenna est… Elle est… C'est mon ex-femme, avoue-t-il entre ses dents serrées, comme si ça lui coûtait de me le révéler.

Je ne sais pas pourquoi, mais je le crois. Je suis soulagée de l'entendre, non pas que je sois jalouse ou que j'espère quelque chose entre nous, mais j'aime mieux savoir qu'Ollis n'est pas le genre de gars qui traînerait avec une autre dans le dos de sa copine.

– D'accord.

– Nous sommes… Nous nous sommes séparés il y a environ cinq ans.

Je me tourne vers lui et lui découvre un visage que je n'avais jamais vu jusqu'ici. Le mec débordant d'assurance a laissé place à un homme sensible qui semble souffrir encore de cette rupture.

Ses poings sont contractés sur le volant, sa pomme d'Adam s'agite dans sa gorge.

Je n'ose pas lui demander ce qui s'est passé, pas alors qu'il a l'air aussi affecté.

Un élan d'empathie me pousse à poser ma main sur son bras en signe de soutien.

– Je suis sincèrement désolée.

Je sélectionne une playlist au hasard tout en veillant à éviter celle qui porte le prénom de son ex.

Aussitôt, *Creep* de Radiohead envahit le mince espace entre nous.

Il prend une profonde inspiration.

– Je tiens à ce que ce soit clair et que tu saches que je ne suis pas un connard qui trompe sa copine. Je… Je ne suis pas… comme ça. Mais, Sawyer, je vais être honnête avec toi. Je ne suis pas prêt pour te parler d'elle. Et je ne sais pas si j'en serai capable un jour.

– Je comprends.

C'est vrai, je ne suis moi-même pas prête à me confier sur mon père. Et alors qu'un océan de secrets se creuse entre nous, je reporte mon regard vers la fenêtre. Peu à peu, je reconnais les rues, puis le quartier. Nous sommes presque chez moi, et avant que la chanson se termine, Ollis se gare devant notre maison. Tel un gentleman, il sort de sa voiture, en fait le tour pour m'ouvrir et me propose sa main.

Alors que je m'apprête à le remercier, il me surprend quand il verrouille les portières derrière moi.

– Tu n'as pas besoin de me raccompagner jusqu'à la porte.

– Il fait nuit, et je serai plus tranquille de te savoir chez toi.

C'est très attentionné, mais totalement inutile. Nous sommes dans ma rue, à deux pas de chez moi.

– Ollis, tu n'as pas besoin…

– S'il te plaît, Sawyer.

Il me scrute intensément. Si intensément que je me surprends à hocher la tête.

– Bien, finis-je par soupirer. Allons-y.

Il m'emboîte le pas et nous franchissons ensemble l'allée qui borde la pelouse de mes voisins. Aussitôt que nous arrivons sur le seuil de ma maison, l'éclairage s'allume et la porte s'ouvre sur la silhouette fluette de ma mère.

– Sawyer, te voilà déjà ? Tu as fait vite, déclare-t-elle avant de s'interrompre, surprise de découvrir que je ne suis pas seule.

– Oui, c’est parce qu’Ollis m’a déposée.

Je fais de brèves présentations.

– Maman, voici Ollis. Ollis, ma mère.

– Enchanté de faire votre connaissance, madame, fait poliment ce dernier.

Mais au lieu de le saluer à son tour, ma mère le fixe en fronçant les sourcils, étudiant celui qui m’accompagne. Son regard passe de son écarteur à l’oreille à son piercing à l’arcade sourcilière pour descendre jusqu’à ses bras.

– Ravie également, répond-elle enfin du bout des lèvres.

Je n’ai pas besoin de lire dans ses pensées pour deviner qu’elle n’est pas ravie du tout.

Je suppose qu’Ollis n’est pas dupe non plus, car il ne s’attarde pas.

– À demain, Sawyer.

Ah bon ? On se voit demain ?

Mais avant que je puisse lui poser la question, il se retourne et s’en va.

Une fois qu’il disparaît, englouti par la nuit, je me tourne vers ma mère.

– Je te félicite. Tu n’aurais pas pu être plus indélicate même si tu l’avais voulu. Tu aurais pu éviter de le fixer de cette manière.

Je la contourne et entre à l’intérieur, ma mère sur les talons.

– Je le reconnais, mais pardonne-moi d’avoir été surprise de te voir avec cet homme. Je peux savoir qui c’est ?

Je laisse tomber mon sac dans l'entrée et me tourne vers elle. Avant, elle était pulpeuse, avait des formes là où il fallait, était d'une élégance folle, toujours maquillée et coiffée soigneusement. Mais depuis le décès de mon père, elle ne fait plus tellement attention à elle. Elle passe son temps à la maison, en pyjama, mange peu et, entre deux émissions de télé-achat, elle exhume de vieux albums photo sur lesquels elle pleure, un verre de vin à la main. Ma mère vit dans le passé, et elle a beau affirmer qu'elle va bien, ses yeux rougis et ses joues creusées la trahissent.

– Il s'appelle Ollis.

– Ça, j'avais compris, m'informe-t-elle, les bras croisés.

– Inutile de te mettre la rate au court-bouillon, maman. C'est juste un ami que j'ai rencontré au travail et qui a gentiment proposé de me raccompagner, rien de plus, d'accord ?

– Tu en es certaine ?

J'opine afin de calmer son anxiété.

– Parfait. Je veux juste m'assurer que rien ne te détourne de tes études. C'est tellement important pour toi et tu fais tant d'efforts… Je ne veux pas te voir gâcher ton avenir parce que tu as l'esprit occupé par quelque chose d'autre ou… quelqu'un.

Je sais parfaitement ce que je fais. J'ai d'excellentes notes et je suis en avance sur tous mes cours, alors son inquiétude n'est pas nécessaire.

Afin d'éviter de la contrarier, je lui assure qu'elle n'a pas à s'en faire et change de sujet.

– Tu as dîné ?

– Sawyer, tu ne vas pas encore me faire passer un interrogatoire, si ?

Après un peu d'insistance, j'apprends qu'elle a à peine touché son plat, mais elle me promet de faire mieux demain.

J'évite de lui montrer combien je suis déçue et grimpe au premier pour prendre une douche. Mais au lieu de me rendre dans la salle de bains, je m'enferme dans ma chambre et me laisse tomber sur mon lit. Je ne sais combien de temps je passe dans la même position, à compter à rebours. Quand je suis suffisamment calme, je récupère mon téléphone pour chercher Frodon Sacquet dans mon répertoire.

Je veux absolument m'excuser pour l'attitude de ma mère, sans comprendre pour quelles raisons ça me tient tant à cœur…

CHAPITRE 18

OLLIS

Après avoir ramené Sawyer chez elle, je suis en route pour rejoindre Mo et les gars au bar. Ce soir, Castor Chess fête son premier anniversaire de nouveau célibataire, après avoir célébré son divorce l'année dernière. En réalité, je n'apprécie pas tellement ce gars. D'après ce que je sais de lui, c'est une vraie enflure, mais il était à l'université avec Moses et ils sont restés potes malgré leurs différences de caractère et leurs divergences de point de vue sur à peu près tous les sujets.

Mon meilleur ami est trop bien élevé pour tourner le dos à une amitié.

Quant à moi, il faut croire que je préfère me taper la présence de cette ordure de Castor plutôt que de passer la soirée tout seul chez moi.

Pendant tout le trajet, je sens mon téléphone vibrer dans ma poche. Je laisse courir car je suis quasiment certain que ça vient de mes potes, impatients de me voir arriver.

Je me gare donc sur le parking du Closet, un club de strip à la sortie de la ville, qui abrite en son sein les pires queutards de L.A. Pas étonnant que je me fonde dans la masse à la perfection, je ne vaux pas mieux que ceux qui le fréquentent.

Une fois à l'intérieur, je suis happé par l'ambiance feutrée et la douce musique au son de laquelle s'effeuille une danseuse. Je balaie la salle d'un regard circulaire et repère Moses ainsi que les gars dans le fond de la boîte, installés dans le coin VIP et déjà bien entourés.

– Hé ! Te voilà enfin, mec ! s'écrient-ils à mon arrivée.

Ash et Trevor sont là aussi. Je salue mes potes d'un check et me glisse à la place libre près de Moses. Ce dernier se penche légèrement vers moi, l'air reconnaissant.

Ce soir, il porte ses dreads blond polaire dans un demi-bun qui fait tomber un paquet de meufs en pâmoison. Mais bien moins que moi, cela va sans dire.

– C'est cool que tu sois venu finalement. J'étais pratiquement sûr que tu allais nous faire faux bond, si tu vois ce que je veux dire, déclare-t-il en jouant des sourcils.

– Je t'ai dit que je viendrais, tu sais que je n'ai qu'une parole.

– Justement ! Le Ollis que je connais serait prêt à abandonner père et mère dès qu'il est question d'un joli petit cul.

Bien sûr, puisque de notre trio, je suis celui qui ne refuse jamais une baise sauvage. Je ne devrais pas être étonné qu'il s'imagine que j'ai été retardé à cause de ça.

Une serveuse arrive au même moment. Je commande à boire pour toute la table histoire de me faire pardonner mon retard.

Alors que le spectacle se termine, et en attendant le suivant, les discussions autour de nous reprennent. J'entends l'un des gars demander des nouvelles de Tristan.

– De toute façon, depuis qu'il a la corde au cou, on ne le voit plus trop traîner dans les parages, observe Castor en portant le goulot de sa bouteille à sa bouche.

S'il pouvait s'étouffer avec sa boisson, ça m'arrangerait, et accessoirement, ça lui éviterait de dire des conneries. Mais au lieu de la fermer, il renchérit.

– Et voilà pourquoi je ne me marierai plus jamais !

Il oublie de mentionner qu'il a divorcé pour faute. Le mec est incapable de la garder dans son froc, pas étonnant qu'après quelques mois de mariage seulement, il se soit fait jeter.

Mais alors que Trevor se lance dans un petit interrogatoire tout sauf discret pour grappiller des infos supplémentaires sur Tris et sa vie de couple, j'interviens.

– Fermez-la et changez de disque ! Qu'est-ce que vous voulez qu'il foute ici ? Il a mieux à faire que de perdre son temps…

« En compagnie de blaireaux dans votre genre », manqué-je d'ajouter.

Après des années de galère, mon meilleur ami a enfin trouvé la femme de sa vie. Il est compréhensible qu'il songe à sa famille en priorité et qu'il veuille passer chaque minute de son temps libre auprès d'elle et de leur fille. D'ailleurs, si j'étais à sa place, je n'en ferais pas moins.

Je ne peux empêcher le pincement douloureux qui m'enserre le cœur. J'ai pris l'habitude de souffrir en silence, c'est toujours ainsi lorsque j'évoque mon ex-femme et ce qu'aurait été notre vie, si seulement…

Deux tournées plus tard, je commence doucement à me détendre, et à mesure que j'enchaîne les lampées, l'ambiance me semble plus légère. Alors que je descends d'un trait ma boisson, mon téléphone vibre à nouveau. Je le récupère et découvre plusieurs messages venant de Sawyer.

Sawyer : Merci pour ma veste.
Et pour m'avoir déposée aussi.
Ah, et je tenais à te dire que je suis
désolée pour l'attitude de ma mère.
Pour que ce soit clair,
ce n'était pas contre toi.

Sawyer : Enfin, voilà, je voulais
vraiment que tu le saches.
Sawyer : Maintenant que c'est dit,
j'arrête de te spammer. Bonne soirée !

Le dernier message est accompagné d'un smiley faisant un clin d'œil. Ce détail m'arrache un léger sourire. Je comprends que Sawyer se sente mal par rapport à ce soir, mais en réalité, sa mère n'a rien fait qui m'ait offensé. J'ai l'habitude qu'on me juge à mon apparence, que ce soit en mal ou en bien.

Non, en fait, ce qui me surprend le plus, c'est plutôt son attitude à elle. Depuis que nous nous sommes percutés, pas une seule fois elle n'a eu l'air navrée de quoi que ce soit, et voilà qu'elle se montre soudain presque vulnérable.

Je remarque qu'elle est encore en ligne, alors je m'empresse de lui répondre parce que je n'aime pas l'idée qu'elle s'en veuille pour une chose dont elle n'est pas responsable.

Frodon Sacquet : À ton service !
Et ne t'en fais pas pour ça, princesse.
On dirait que c'est l'effet
que je fais aux femmes de ta famille
la première fois.

Des points de suspension apparaissent aussitôt dans notre conversation.

Sawyer : En fait, elle n'est pas comme
ça d'habitude, mais je crois qu'elle

était surtout surprise que je sois rentrée accompagnée.

Frodon Sacquet : Tu veux dire, accompagnée par une personne aussi charmante que moi ?

Sa réponse arrive dans l'instant.

Sawyer : Non, je veux dire, une personne tout court.

Sawyer : Je n'amène pas d'amis à la maison.

Frodon Sacquet : Quoi, jamais ?

Je fixe l'écran comme un taré, jusqu'à ce que Mo me flanque une pichenette sur l'épaule et me ramène à notre soirée.

– Mec, ça va comme tu veux ? T'as reçu un nude d'une des anges de Victoria's Secret ou quoi ?

– Pas cette fois.

Et tandis qu'il essaie de lancer un coup d'œil à mon écran, je balance un beau gros mensonge qui lui ôtera l'envie de fureter de mon côté.

– Je fais un tri des photos de bites que j'ai reçues. Tu veux voir ?

Il prend un air écœuré et se détourne aussitôt. Il sait que ça m'arrive fréquemment de recevoir des photos non sollicitées sur les réseaux, et peut-être que je suis aussi un excellent acteur.

J'aurais pu tout simplement lui raconter la vérité, en commençant par ma rencontre avec Sawyer, j'ignore pour quelle raison j'ai choisi de lui mentir. J'ai confiance en Mo, ce n'est pas le problème, mais je le connais et je ne souhaite pas qu'il s'emballe parce que j'échange des messages avec une femme que j'ai vue deux-trois fois.

Bien que l'ambiance soit à son paroxysme, je ne parviens pas à être totalement dedans, pas même quand l'une des danseuses présente à notre table se met à flirter avec moi. Et quand je parle de « flirt » je veux dire qu'elle se permet de s'asseoir à califourchon sur moi et de se déhancher sur un tempo qui n'appartient qu'à elle. Aussi bizarre que ça puisse paraître, elle ne me soutire aucune réaction.

Adossé contre la banquette, ma bière à la main et mes émotions sous clé, je l'observe persévérer en hésitant à abréger sa performance, mais je crains de la vexer. Elle y met tant d'énergie et elle est superbe, ce n'est pas le problème. C'est moi, ou plutôt, c'est dans ma tête que ça se passe. Mon corps est là, mais mon esprit, lui, est ailleurs. Il a remonté le temps jusqu'à *cet instant*. Quelques minuscules secondes, les plus longues de mon existence, avant que tout parte en couille.

– Si tu es timide, on peut se trouver un endroit un peu plus isolé, si tu vois ce que je veux dire, murmure la fille dans le creux de mon oreille avant de la lécher.

Je reviens à moi brusquement et mon regard croise le sien. Elle a un physique à tomber, et à n'importe quel autre moment j'aurais été ravi de faire plus ample connaissance avec elle, mais pas ce soir. Je sors mon portefeuille et en retire un billet de cent que je glisse dans la ceinture de son shorty.

– Merci pour le show, mais je ne suis pas intéressé.

Vexée, elle se lève enfin et change de cible. Heureusement pour elle, Ash est tout de suite plus enclin à l'accueillir sur ses genoux.

Mo a l'air suspicieux. Il me lorgne avec une telle insistance qu'il me file des doutes. Est-ce qu'une corne vient de me pousser sur le front ?

– Quoi ?

– Rien. Je ne pensais pas vivre assez longtemps pour assister à ça.

Il doit déjà être bien torché.

– De quoi tu parles ?

– De toi, et d'elle.

Il pointe du menton la minette qui vient de changer de monture, puis ajoute :

– Te voir refuser des avances, encore.

J'avale quelques gorgées de ma bière et hausse une épaule.

– Je ne suis pas d'humeur, c'est tout.

– Frangin, j'ignore ce qui ne tourne pas rond dans ta petite tête, mais j'espère que tu sais que tu peux te confier à moi, ajoute-t-il en me tapotant le dos. Quoi que ça puisse être, j'emporterai ton secret dans la tombe.

Son ivresse n'enlève rien à la sincérité de sa déclaration. Il l'oubliera probablement dès demain, mais je sais qu'il en pense chaque mot. Et c'est tout ce qui compte pour moi.

Si, à l'origine, je suis rentré au Stairway pour me former, je suis incontestablement resté pour Tristan et lui. Travailler à leurs côtés m'a permis non seulement de gagner en expérience, mais aussi de trouver plus que des amis, une famille que j'ai choisie. Même si j'ai conscience que bosser avec des pointures du tatouage comme Tristan Jaymes et Moses Malone m'ouvrirait les portes de n'importe quel salon des États-Unis, je n'échangerais ma place pour rien au monde, au grand dam d'Orion. C'est l'une des choses qu'il me reproche constamment. Selon lui, je manque d'ambition. Tout ça parce que je n'ai pas monté ma propre affaire ou accepté sa proposition de le rejoindre pour bosser dans l'entreprise familiale – sous sa direction. Il refuse d'entendre que je ne suis pas comme lui.

Est-ce que je me ferais un paquet de fric si j'acceptais son offre ? Oh que oui. Mais avoir le cul posé derrière un bureau à palper des billets n'est pas l'idée que je me fais du bonheur.

Mo continue de me dévisager sans ciller, en attendant une réponse qui ne vient pas.

Je choisis encore une fois la facilité.

– Bien sûr, Mo. Je le sais, rassure-toi.

Parce que son regard suinte de compassion et que je suis à deux doigts de craquer et de tout lui raconter sur moi, sur le type bourré de remords que je dissimule au fond de moi. Sur Jenna, sur le fait qu'elle s'apprête à convoler alors que je fais du surplace depuis cinq ans. Sur mon père que je ne suis pas prêt à perdre. Et sur mes sentiments naissants pour Sawyer que je refoule parce que je ne suis qu'une putain de mauviette et que je flippe de me dévoiler et de risquer de souffrir à nouveau.

CHAPITRE 19

SAWYER

– Tu as déjeuné au moins ?

– Jeune fille, dois-je te rappeler que je suis une adulte et que je n'ai aucun compte à te rendre ?

Le téléphone calé entre ma joue et mon épaule, j'écoute les tentatives foireuses de ma mère pour noyer le poisson. Depuis le temps, j'ai l'habitude.

– Maman ? insisté-je en soupirant.

– Pas encore, mais ne t'en fais pas, je n'ai pas très faim pour le moment, voilà tout.

– Tu dois manger. En plus, je t'ai préparé la salade que tu aimes, celle au poulet et au chou kale. Je sais combien tu en raffoles.

Ou du moins, combien elle en raffolait, car même ses plats préférés n'ont plus de saveur pour elle désormais.

– Merci Saw, mais ce n'était pas nécessaire… Je t'assure que je mange quand j'en ressens le besoin, t'inquiéter pour moi est inutile.

Justement, j'aimerais bien ne pas avoir à le faire.

– Maman…

Mais elle me coupe aussitôt.

– Je n'ai pas besoin d'être maternée, Sawyer. Je préfère que tu concentres ton énergie sur tes études, c'est primordial et tu le sais.

J'ai conscience de la lutte qu'elle mène au quotidien et je sais qu'elle a besoin de mon aide. Cependant, je dois également apprendre à choisir mes batailles, autrement je risque de la voir se braquer et ce serait encore pire. Je choisis donc d'abandonner avant de lui souhaiter une bonne journée et de raccrocher.

Je crains d'avoir parlé trop fort en marchant dans la fac et que quelqu'un ait surpris ma conversation. Je suppose que me faire discrète est une forme de défense. Contrairement à beaucoup, je suis attachée à ma solitude, si bien que depuis que j'ai intégré l'université, j'ai développé une technique imparable afin d'éviter les interactions sociales. Je refuse le copinage, plus encore le fricotage.

Mais depuis quelques jours, je note un phénomène étrange que je ne m'explique pas. Je lance un rapide coup d'œil autour de moi et constate que l'on me fixe. À mesure que j'avance dans les couloirs, j'ai le sentiment de sentir courir sur moi des dizaines de regards curieux. Qu'est-ce qui leur prend, à tous ? Le pire, ce sont ceux qui me lancent des petits sourires de connivence, comme si nous étions proches ou que nous partagions un secret.

Bordel, à quel moment je suis passée de l'indifférence la plus totale à... ça ? Je m'arrête à la machine à café, cherche mon portefeuille dans mon tote-bag, mais je suis prise de court par l'apparition dans mon espace vital d'une étudiante qui partage quelques cours avec moi et manque de lâcher mon sac.

Abigaël Miller.

– Hé, Summer ! Salut, ça va ? lance-t-elle tout en ramenant ses cheveux sur son épaule.

– Encore un petit effort, tu y es presque.

Appuyée contre la porte de la machine, elle me gratifie d'un large sourire, dévoilant des dents à la blancheur immaculée grâce à des facettes qu'elle a fait poser l'année dernière. Non pas que je m'intéresse à sa vie, mais toute la fac en a parlé pendant des jours. Pour ce que j'en sais, Abigaël est à la fac ce que Kylie Jenner est à la téléréalité.

– Sawyer ? tente-t-elle à nouveau.

– Bingo ! Tu vois, j'étais sûre que tu y arriverais.

Mais qu'est-ce qu'elle me veut ? Je me contente de la fusiller du regard, mais j'ai beau y mettre toute ma volonté, elle ne bouge pas ses fesses.

– Sinon, je peux savoir ce que tu voulais, Abigaël ? me hasardé-je en croisant les bras.

L'étudiante danse d'un pied sur l'autre avant de jeter un coup d'œil autour de nous.

– Pour être franche avec toi, je viens te voir dans un but totalement intéressé.

Voilà au moins qui a le mérite d'être honnête.

– Je voulais te demander quelque chose.

– Et cela concerne ?

– Le canon de l'autre jour.

– Le canon ? répété-je, perdue.

– Le mec à la Dodge Viper ! déclare-t-elle comme si c'était pourtant évident. Des tatouages, une belle gueule et un charisme dingue !

– Ah, Ollis ?

– C'est comme ça qu'il s'appelle, alors ?

– En effet, mais qu'est-ce qui te fait penser que nous sommes proches ?

– Je t'ai vue repartir avec lui, donc je me demandais si vous étiez amis ou un truc du genre.

Est-ce qu'il lui a tapé dans l'œil ? Il n'y aurait rien d'étonnant à ce qu'elle convoite Ollis.

– Pourquoi cette question ?

– Oh, comme ça ! Simple curiosité.

J'ai ma réponse… Abigaël est mordue.

Contre toute attente, ce constat me hérisse le poil. Ce qui n'a pas de sens, car je ne peux pas ressentir de la jalousie pour quelqu'un que je connais à peine.

Je regarde ma montre, mon cours commence bientôt, ça tombe à pic. Je m'apprête à faire volte-face, mais je suis arrêtée par Abigaël.

– Attends, Sawyer. Bon OK, je n'ai pas été tout à fait franche avec toi. Pour tout te dire, il me plaît, alors…

– Vraiment ? Quelle surprise !

Absolument pas.

– Tu veux bien m'en dire plus ? Est-ce que vous êtes amis ou bien est-ce un parent à toi ?

– Un parent ?

– Je me suis imaginé toutes sortes de liens, du genre que vous étiez des cousins, ou même frère et sœur ?

Ollis, *mon frère* ?

Au lieu de se faire refaire les dents, je crois qu'il aurait été plus judicieux pour elle de se faire examiner la vue.

Non, mais franchement, m'a-t-elle bien regardée ?

– Je ne suis pas la seule à me poser des questions. Tout le monde se demande qui il est pour toi.

C'est donc de là que vient l'intérêt des autres étudiants pour ma personne !

– Alors ? répète-t-elle, dardant ses prunelles sur moi.

Comment qualifierais-je ma relation avec Ollis ? Si tant est qu'il y en ait une...

– C'est un... ami.

Abigaël se détend immédiatement, satisfaite de ma réponse.

– Formidable ! Je peux te demander un service ?

Avant que je puisse répondre, elle me glisse dans la main une petite carte sur laquelle elle a griffonné son numéro de téléphone et son compte Instagram.

– Tu pourras lui donner ça la prochaine fois que tu le verras, s'il te plaît ?

– Euh... OK ?

Elle acquiesce, pose sa main sur mon avant-bras dans un geste amical, puis fait demi-tour pour trottiner en direction de l'auditorium où l'attend son groupe d'amies.

Je range la carte d'Abigaël dans ma poche, un tantinet abasourdie, et j'emprunte à mon tour ce même chemin sous les nombreux sourires d'anonymes que je croise.

C'est évident à présent, la venue d'Ollis l'autre jour t'a mise en avant, ma vieille !

Je m'empresse de rejoindre la travée supérieure de l'amphi. Je m'installe en attendant que le professeur arrive, et tape rapidement un message pour Ollis.

Sawyer : Figure-toi que ta visite
de l'autre jour n'est pas passée
inaperçue.

Des points de suspension apparaissent dans la seconde. À croire qu'il avait son téléphone dans les mains.

Frodon Sacquet : Ah, j'ai enfin fini
par attirer ton attention ?

Sa réponse me fait lever les yeux au ciel.

Sawyer : Certainement pas !
En revanche, félicitations champion,
tu as tapé dans l'œil de l'une des filles
les plus populaires de ma fac.

Une fois qu'il verra Abigaël, je suis persuadée qu'elle correspondra à ses standards de beauté. Ils tomberont dans les bras l'un de l'autre, puis sortiront ensemble et finiront par faire plein de bébés aux gènes exceptionnels afin de repeupler la terre de…

Mais bon sang, qu'est-ce que je raconte ?

Frodon Sacquet : Vraiment ?

Sawyer : Oui ! En revanche
je ne sais pas si je dois me sentir
flattée ou vexée qu'elle m'ait prise
pour ta sœur…

Frodon Sacquet : Elle t'a prise pour
ma sœur ? Alors là, j'ai besoin de plus
d'explications.

Encore une fois, il me répond dans l'instant, si bien que je me prends au jeu.

Sawyer : J'imagine que ça l'a rassurée
de nous inventer un lien de parenté.

Je prends une photo de la carte et la lui envoie. Voilà, j'ai tenu parole, à lui d'en faire ce qu'il veut. Après ça, j'arrête de répondre à ses messages, parce que je n'ai pas envie de savoir ce qu'il va penser d'Abigaël quand il découvrira son profil Instagram et toutes ses photos.

Je me contente donc d'envoyer un message à ma mère pour lui rappeler que je travaille ce soir afin qu'elle ne s'inquiète pas, puis éteins mon téléphone à la seconde où le professeur pénètre dans l'auditorium.

Malgré tous mes efforts, il m'est impossible de me concentrer. En fait, je ne peux m'empêcher de penser au couple que pourraient former Abigaël et Ollis. Une image de ces deux-là infiltre mes pensées et m'arrache une grimace. Je m'en veux d'être aussi ridicule, mais c'est plus fort que moi, je ressens une pointe de jalousie.

Le soir même, alors que je me change, range mes affaires et me prépare à débuter mon service chez Tomer dans un automatisme effarant, je suis dévorée par la curiosité. Ollis a-t-il contacté Abigaël ? Ont-ils déjà fixé un rencard ? Ai-je seulement envie de savoir ce qu'ils ont prévu ? Autant d'interrogations qui parasitent mes pensées.

Finalement, j'allume mon téléphone et découvre une flopée de messages. Tous venant d'Ollis.

Il me demande l'heure à laquelle je termine le travail et s'il peut passer après mon service. Je n'hésite qu'une seconde avant de taper une brève réponse.

Sawyer : Vingt-deux heures.

Je range mon téléphone dans mon casier, avant de me rendre en salle.

Après plusieurs heures de service, Li Ann me flanque un léger coup de coude pour attirer mon attention.

– Pssst… Est-ce que ton mec nous fera le plaisir de sa présence ce soir ? J'ai bien envie de mater du beau…

Je me retiens de soupirer.

– Li Ann, la coupé-je. Je t'ai déjà répété que ce n'est pas mon mec. Et tu es en cloque jusqu'aux yeux, bon sang !

Elle hausse une épaule et me lance un clin d'œil amusé.

– Je suis enceinte, pas aveugle.

Elle ne s'imagine pas un seul instant qu'à l'heure qu'il est, celui auquel elle fait allusion doit être en train de s'acoquiner avec une autre.

– Li Ann, tu es complètement à côté de la plaque, Ollis est…

– En retard, intervient une voix rocailleuse dans mon dos.

Étonnée, je fais volte-face et me prends de plein fouet son regard métallique.

– Bonsoir, princesse.

CHAPITRE 20

SAWYER

– Ollis ?

Il porte une casquette, un jean brut rentré dans des boots ainsi qu'une chemise blanche dont les manches sont retroussées jusqu'au coude, et qui fait ressortir les tatouages autour de son cou. Par-dessus, il a ajouté un gilet noir.

Il a une classe folle.

Était-il à un rencard juste avant de venir ici ?

– Tu es venu ?

Il sort de sa sacoche les formulaires que je lui avais fournis.

– Évidemment. J'avais ça à te donner, dit-il en les levant devant moi.

Je comprends mieux la raison de sa visite.

– Ils sont tous complétés ? m'étonné-je.

– Bien sûr, je te l'avais promis, non ?

Bon sang, on dirait qu'il y en a plus que ce que je lui avais donné.

– J’en ai fait des copies et j’ai proposé à plusieurs clients de s’inscrire aussi. Enfin, j’ai surtout usé de mes talents de persuasion… pour ne pas dire que je leur ai un peu forcé la main, plaisante-t-il.

Waouh ! Si avec ça, le conseil chargé du budget de la bibliothèque me vire, je ne comprends plus rien !

Sans réfléchir, je me jette à son cou pour le remercier, avant de me ressaisir très vite.

– Merci, Ollis !

– Je t’en prie. C’est la moindre des choses et puis, je t’avais donné ma parole, tu te souviens ?

Je lui suis infiniment reconnaissante.

Je m’écarte, et soudain, un ange passe.

– Est-ce que tu as faim ? Je peux te proposer quelque chose à manger ?

Il secoue la tête.

– Princesse, ne le prends pas mal, mais je ne suis pas très fast-food. Toutefois, j’ai quelque chose à te demander. Aurais-je dit ou fait quelque chose qui t’a déplu aujourd’hui ?

– Euh, non. Pourquoi ?

Ma réponse lui arrache un soupir de soulagement.

– Tu n’as pas répondu à tous mes messages.

Ah, ça.

Mon cerveau est habitué à trouver des solutions à différentes contraintes architecturales, et voilà que pour répondre à Ollis, il me plante. J’aimerais dire que c’est par manque de temps, mais en vérité, c'est surtout dû à un soupçon de jalousie que je ne m'explique pas.

À quelques centimètres de moi, je l'observe glisser ses doigts dans ses épaisses boucles pour les ramener en arrière, un sourire chaleureux, doux et sincère sur le visage.

– Excuse-moi, j'avais beaucoup de travail alors j'ai laissé mon téléphone dans les vestiaires, avoué-je à la place.

Un raclement de gorge se fait entendre à quelques mètres de moi. Je constate alors qu'une paire d'yeux est braquée sur nous : Tomer, qui par chance n'a pas reconnu Ollis grâce à sa casquette.

Comme d'habitude, le bougre veille au grain. Je hasarde un bref coup d'œil dans sa direction et croise sa mine enjouée. Autrement dit, ses sourcils sont froncés et sa bouche esquisse un rictus qui rappelle le sourire des méchants dans les films.

Relax, Tomer, je gère !

Je m'arme d'une expression rassurante et lève mon pouce, histoire de lui faire savoir que tout roule de mon côté et qu'il n'a pas à s'inquiéter, je ne suis pas sur le point de rembarrer un de ses précieux clients.

Quoique, je suis mauvaise langue, car depuis l'autre jour, il a finalement compris qu'il y a des comportements qui ne sont pas acceptables. Désormais, les clients désobligeants ne sont plus les bienvenus ici, enfin plus après que l'un d'entre eux a fait des avances à Alina.

Apparemment rassuré, Tomer opine, puis balaie la grande salle du regard avant de se détourner.

– Je suis désolée, je sais que je t'avais dit vingt-deux heures, mais je n'ai pas encore fini.

– Aucun problème. Tu penses en avoir pour longtemps ?

Je jette un coup d'œil à ma montre.

– Une trentaine de minutes.

– Dans ce cas, je veux bien une table en attendant. Et quelque chose à boire.

– Bien, suis-moi.

Je repère une table libre le plus loin possible des cuisines. Je récupère une carte au passage que je lui tends, tandis qu'il s'installe.

– Je te laisse choisir. Ma collègue va passer prendre ta commande.

– Pourquoi pas toi ?

– Parce que ce n'est pas mon secteur. Mais tu n'as pas à t'en faire, elle s'occupera bien de toi.

Ollis acquiesce et une fois installé, il sort une tablette de sa sacoche. J'en profite pour faire un saut dans les vestiaires afin de ranger les formulaires d'inscription complétés dans mon tote-bag, avant de retourner en salle. Pendant tout le reste de mon service, je sens son regard glisser sur moi. Je m'efforce de l'ignorer parce qu'il vaut mieux que j'évite de me laisser distraire. La dernière fois, le résultat n'était pas beau, sans compter que je me suis fait virer.

Chaque fois qu'il m'arrive de regarder furtivement de son côté, pensant qu'il va se lasser d'attendre et s'en aller, il est encore là, griffonnant je ne sais quoi sur sa tablette, certainement un modèle de tatouage. Puis, quand il se rend compte que je le reluque avec un peu trop d'insistance, il m'offre un sourire avant de reporter son attention sur son œuvre.

Li Ann, qui passe devant moi au même moment, mime un éventail imaginaire avec sa main et m'adresse un clin d'œil.

Je secoue la tête, amusée, et poursuis mon travail.

Une fois que j'ai terminé mon service, je me rends dans les vestiaires, me change rapidement pour ôter cette robe démoniaque qui ne cesse de remonter sur mes cuisses et récupère mes affaires. Dès que je traverse la grande salle, Ollis m'emboîte le pas et m'accompagne hors du *diner*.

À l'extérieur, la nuit est déjà tombée et une brise bienvenue soulève mes mèches folles.

Pourquoi n'est-il pas avec Abigaël ?

C'est la question que je n'ai pas pu m'ôter de la tête depuis qu'il est apparu au *diner*. Elle ne doit attendre qu'un signe de sa part. Je ne suis pas aveugle, j'ai bien remarqué combien les filles autour de lui sont sensibles à son charme, alors que fait-il encore ici au lieu d'être à son rencard ?

– Intéressant. Avec qui ?

Ai-je parlé à voix haute ?

– Abigaël Miller.

– Et je suis censé connaître cette personne ?

– Je t'ai envoyé son numéro et son Instagram tout à l'heure. Je pensais que tu l'aurais contactée…

– Ah, d'accord. Pourquoi aurais-je fait ça ?

La véritable question c'est : pourquoi s'en priverait-il ?

– Sawyer ?

– Oui ?

– Si je suis passé, c'est pour les formulaires, mais ce n'est pas tout. J'aimerais t'emmener quelque part si tu es d'accord.

Les formulaires désormais en main, je pourrais décider de ne plus le voir et refuser sa proposition. Pourtant un sentiment nouveau s'empare de moi, c'est la première fois que je ressens une sensation aussi grisante.

Depuis des années, je me contrains à étudier et à travailler afin de préparer mon avenir. Mais ce soir, j'ai envie de déroger à la règle sans me poser de question et voir où cela me mène. Sans même réfléchir, j'acquiesce et le suis jusqu'à sa voiture.

Une fois que nous sommes tous les deux installés, Ollis pivote vers moi. D'une main, il caresse les mèches qui s'échappent du chignon flou que je porte sur le sommet du crâne, puis il effleure la peau tendre sous mon oreille.

Il est proche, si proche que son parfum aux notes musquées embaume l'habitacle. Entre nous, le temps se suspend.

Pourquoi sommes-nous là, déjà ?

Tout ce que je sais, c'est que le mouvement hypnotique de sa pomme d'Adam qui roule sous sa peau tatouée est un spectacle captivant.

Sa bouche se rapproche, puis lentement, son souffle aussi léger qu'une caresse est partout sur mes lèvres. Je déglutis, pendant qu'une fine chair de poule recouvre ma peau. Je plisse les yeux, reprends ma respiration, et penche la tête sur le côté.

– Ollis ?

– Hmmm.

– Si tu tiens à tes burnes, je te déconseille fortement d'approcher davantage. Il paraît que j'ai des ongles aiguisés, et je n'ai pas peur de les abîmer, si tu vois ce que je veux dire.

Je fais déjà une entorse à mes habitudes, alors ce soir, je veux bien me laisser aller, mais je ne suis pas encore prête à passer à l'étape suivante et à l'embrasser.

Pas encore...

Ollis ne bouge pas d'un pouce, pire encore, sa main prend ma joue en coupe, tandis qu'il se mord la lèvre pour ne pas rire.

– Détends-toi, princesse. J'essaie seulement de te retirer un cil qui se promène sur ta joue. Allez Sawyer, ferme les yeux une seconde, murmure-t-il.

Troublée par notre proximité, je m'exécute.

– Voilà, il est parti.

Aussitôt, Ollis retrouve sa place et me tend son téléphone.

– Tiens, je te laisse t'occuper du son, moi je gère la destination.

Je ne sais pas pourquoi j'accepte de l'accompagner, mais pour la première fois, je fais quelque chose que je n'ai pas planifié des semaines à l'avance dans mon emploi du temps.

Quelque chose qui me fait sortir de ma zone de confort.

Quelque chose qui me fait me sentir vivante, et ce sentiment est exaltant.

Je choisis une chanson au hasard dans la playlist qui porte le prénom de sa sœur, curieuse de découvrir ses goûts musicaux.

À notre arrivée, Ollis descend de la voiture, puis fait le tour pour m'ouvrir et m'offrir sa main.

Le nez en l'air, j'admire les neuf lettres du panneau Hollywood qui se dressent fièrement au sommet du mont Lee.

– Tu es déjà venue ici ? me demande-t-il, tandis qu'il me prend la main et nous rapproche de la clôture.

– Non, jamais.

– Quand j'étais ado, chaque fois que je me sentais seul, je venais à vélo admirer ce symbole en me disant que si nous étions plusieurs à l'observer, alors je n'étais plus seul.

– Et ce soir ?

Ollis secoue doucement la tête et murmure tout bas :

– Ce soir, tu es avec moi.

Il m'offre un clin d'œil taquin, puis, les bras chargés d'une couverture, d'une bouteille de vin et de deux coupes qu'il a récupérées dans le coffre de sa voiture, il choisit un emplacement et nous installe un coin confortable où s'asseoir.

Je me laisse tomber sur les fesses à ses côtés. Le nez en l'air, je scrute l'immensité du ciel sans étoile qui s'étend au-dessus de nos têtes. Sur ce tableau aux nuances de bleu marine se détachent les lettres blanc pâle du mot « Hollywood ». Le contraste est saisissant, et la vue en contrebas est à couper le souffle.

La voix grave d'Ollis rompt le silence agréable qui s'est installé entre nous.

– C'est beau, hein ?

Je me contente de hocher la tête sans me détourner, puis accepte la bouteille qu'il me tend. J'apprécie le liquide frais et légèrement sucré qui apaise immédiatement ma gorge.

Nous restons de longues minutes ainsi à contempler le panneau monumental qui se dresse face à nous, avant qu'Ollis brise le silence.

– Comment se fait-il que tu ne sois jamais venue ici ? Je croyais que c'était un passage obligé pour tout Californien qui se respecte.

Il a raison. Ces lettres incarnent à elles seules le rêve américain.

– Je suis californienne d'adoption seulement.

– Vraiment ? D'où viens-tu alors, charmante inconnue ? fait-il d'un ton exagérément charmeur.

Quel idiot. Évidemment, j'adore.

– De Brooklyn.

– New York, hein ? Ce n'est pas la porte à côté.

– En effet, nous avons suivi mon père à Pasadena pour son travail.

Je ne peux retenir le pincement douloureux qui m'enserre le cœur dès que je parle de lui.

– Il travaille dans quoi ?

Je pense à lui, à sa joie de vivre, à son éternel optimisme, à sa passion des animaux, des êtres vivants en général. Il voyait le bon en chacun, croyait en l'humanité, et était profondément convaincu que des petits gestes pouvaient changer le monde, le rendre meilleur.

– Il travaillait à la clinique vétérinaire de South Pasadena. Il nous a quittés il y a cinq ans.

Mon aveu jette un silence, et je m'en veux presque aussitôt de casser l'ambiance.

– Je suis désolé, ça n'a pas dû être facile.

Pas facile ? C'est le cas de le dire. Son départ tragique nous a anéanties. Ce jour-là, je n'ai pas seulement perdu mon père, mais également mon meilleur ami.

– Ça va, et puis je peux le voir quand je veux.

Ollis fronce les sourcils, sans comprendre.

– Nous avons dispersé ses cendres près de la fontaine d'Eaton, lui expliqué-je, c'était son endroit préféré dans tout Pasadena, donc tout naturellement, c'est devenu le mien aussi.

– Je comprends.

Je laisse échapper un sourire triste. Soudain, je sens la paume brûlante d'Ollis sur mon avant-bras dans un geste réconfortant qui me touche.

Après quelques minutes de silence, je profite de notre promiscuité pour l'étudier du coin de l'œil.

Il a beaucoup de charme, c'est indéniable.

Il possède une mâchoire puissante, et chaque fois qu'il porte le verre à ses lèvres pour avaler une gorgée, je suis captivée par les tatouages qui recouvrent son cou.

Les traits sont méticuleux, les dessins, soignés, son talent est évident.

En tant qu'artiste, je suis sensible à son art. En tant que femme, je me demande secrètement jusqu'où ses tatouages descendent…

Les joues échauffées par de telles pensées, je m'éclaircis la voix pour me donner une contenance et pivote légèrement dans sa direction.

– À ton tour, que suis-je censée savoir sur toi, Ollis…

– Alors commençons par le commencement. Je m'appelle Ollister Shannon Fingal MacDonnell, déclare-t-il sur un ton pompeux qui m'arrache un sourire malgré moi.

Pendant un instant, je pense qu'il plaisante.

– Quoi, pour de vrai ?

– Dans les vieilles familles écossaises, il était de coutume de transmettre les prénoms des anciens afin de leur rendre hommage, répond-il avec sérieux. Je ne te l'ai jamais dit, mais si Ollis ne te plaît pas, tu peux m'appeler Fingal ou même continuer à te servir de Frodon si tu en as envie, bref c'est toi qui vois.

Je lève la tête vers lui.

– Donc, pas Shannon ?

Je ne sais pas si c'est moi qui me fais des films, mais j'ai l'impression qu'un voile de tristesse s'est abattu sur ses prunelles chaleureuses.

– C'est comme tu veux… Je te l'ai dit, libre à toi d'utiliser celui qui te plaît, ça m'est égal.

Sa bouche dit une chose, quant à ses yeux, c'est une autre histoire.

– Et toi, lequel te plaît le plus ?

Quelques secondes passent.

– Je préfère Ollis.

– D'accord, alors enchantée, Ollis. Je suis Sawyer Maree Bennett.

Il le répète, et j'adore entendre mon nom rouler sur sa langue. Il s'empare ensuite de ma main qu'il porte à ses lèvres et y dépose un baiser.

– J'ignorais que tu étais un tel gentleman. J'ai un doute, aurais-je dû demander à Li Ann de nous accompagner pour nous chaperonner ?

Il sourit.

– Très chère Mary, les chaperons sont pour ceux qui ne savent pas se tenir.

– C’est Maree, avec deux E, le corrigé-je.

– J’aime beaucoup, c’est doux et original. Je ne l’avais jamais vu écrit ainsi.

– Merci. Il me vient de ma grand-mère paternelle.

– Oh, elle est restée à New York ?

– Non, elle a toujours vécu au Zimbabwe. Toute ma famille du côté de mon père est originaire de là-bas.

– Tu as déjà eu l’occasion de t’y rendre ?

– Non, jamais.

N’avoir jamais pu visiter ses terres natales avec lui est d’ailleurs l’un de mes plus grands regrets.

Une boule d’émotion se loge dans ma gorge chaque fois que je repense à mon héros. Je m’efforce de vivre avec, mais le sentiment qu’on m’a volé de précieuses années avec lui ne s’effacera jamais.

– Tu aimerais y aller un jour ?

– Je rêve de voyager, de voir le monde, et, oui, le Zimbabwe fait partie de ma liste des pays à visiter avant mes trente ans. Et toi, tu es donc écossais ? ajouté-je. C’est drôle, on n’aurait pas dit comme ça.

Ollis esquisse un fier sourire teinté d’une pointe d’arrogance.

– Je tiens mes cheveux foncés de mon italienne de mère, mais je peux t’assurer que le sang qui coule dans mes veines chante *Flower of Scotland*.

Au fil de la discussion, j’en apprends plus sur lui et sa fratrie.

J’aurais adoré avoir un frère ou une sœur avec qui tout partager.

– Ça doit être génial d'avoir des personnes qui te soutiennent et à qui tu peux tout dire.

– C'est sûr. Je ne te cache pas qu'il m'arrive souvent d'avoir envie d'en étrangler un – le plus généralement Orion – et que quatre-vingt-dix pour cent du temps, nos conversations de groupe se résument à « comment embarrasser Ollis ? », mais je tiens à eux plus qu'à n'importe qui sur terre et je serais prêt à tout pour ces idiots.

Au fur et à mesure de notre échange, je découvre à quel point il est facile de discuter avec lui. Ollis est quelqu'un d'ouvert, de gentil et d'agréable. Alors que je pensais avoir affaire à un séducteur un peu lourdingue, il n'en est rien, si bien que petit à petit, je me surprends à baisser ma garde.

Sa proximité me permet de humer son parfum à loisir. J'avais déjà remarqué qu'il sentait bon, mais ce soir, son odeur est divine. Un mélange de bois de santal, de notes épicées et de savon qui m'enivre. Ou alors est-ce le fruit de mon imagination exacerbée par l'alcool qui se libère lentement dans mes veines ?

– À quoi tu penses ? s'enquiert Ollis.

À toi, à la possibilité d'un nous.

– À rien. Et toi ?

Je tourne la tête vers lui et suis immédiatement happée par ses iris glacés. Deux billes d'acier, piquées en leur centre par des pupilles aussi noires que l'obsidienne. Il est si près que son souffle ne fait qu'un avec le mien.

CHAPITRE 21

SAWYER

Le regard qu'il pose sur moi se fait plus intense, et je me sens troublée, bien plus que je ne veux l'admettre.

L'ambiance légère devient électrique.

Je ne suis pas sûre de saisir ce qui nous arrive.

Ce qui m'arrive.

J'ai beau être douée en maths, Ollis est une équation impossible à déchiffrer, ou bien me suis-je éloignée des autres au point de ne plus rien piger aux rapports humains ?

Quand je prends conscience que mon attention est trop accaparée par lui, je me détourne et porte ma coupe à mes lèvres pour chasser la tension qui s'est emparée de ma poitrine.

Mon esprit ne cesse de dériver vers le principal intéressé, si bien que je m'étrangle avec une gorgée de vin.

Dans la manœuvre, mon verre m'échappe et atterrit sur le plaid, non sans renverser l'intégralité de son contenu sur moi.

Merveilleux !

Horrifiée, je constate que mon menton dégouline de liquide. Mais il y a pire : ma blouse est entièrement trempée.

Le clou du spectacle est que l'étoffe de mon haut est tellement imprégnée de liquide rose qu'elle offre un bon aperçu de mes seins en transparence.

Un rire nerveux m'échappe tandis que je tire illico sur le coton collé contre ma poitrine. Là, tout de suite, je regrette de ne pas porter de soutien-gorge – je n'en porte plus depuis des mois car j'ai décidé de ne plus m'embêter avec ce que je considère comme un accessoire de torture.

Tandis qu'Ollis me tend un mouchoir, je le remercie et me dépêche d'éponger ma dignité qui dégouline le long de mon cou et jusque dans le creux de mon décolleté.

Pendant que le mot « humiliation » clignote dans ma tête comme une enseigne lumineuse, Ollis se rend jusqu'à son coffre et revient avec un tee-shirt qu'il me tend.

– Ça va, je me changerai une fois chez moi. Il n'y a pas âme qui vive autour de nous, et avec la chaleur qu'il fait, ça va sécher à toute vitesse.

– Sawyer, accepter mon aide ne fera pas de toi une faible femme, tu sais.

– Ce n'est pas ça.

– Quel est le problème, alors ?

Le problème est que je refuse qu'il voie mon corps, ou du moins certaines parties qui portent encore les stigmates de l'ancienne Sawyer, et que je n'assume toujours pas.

Face à mon hésitation, Ollis ajoute :

– Tu ne vas pas rester comme ça, allez, prends-le et change-toi, s'il te plaît. Je ne veux pas que tu chopes froid par ma faute, tout ça parce que j'ai eu l'idée de t'amener ici.

– OK, mais tu me confirmes que c'est bien le tien et non la relique d'une ancienne petite amie ?

– Il est bien à moi, rassure-toi. J'ai toujours des fringues de rechange dans mon coffre quand je vais à la salle.

Je soupire, puis finis par capituler.

– Bien, mais promets-moi de ne pas regarder pendant que je me change.

– Je te le promets, dit-il, les yeux fermés.

C'est peut-être ridicule de ma part, mais c'est comme ça. Je ne suis pas à l'aise avec l'idée qu'il découvre les vergetures qui me marquent.

Après le décès de mon père, pendant plusieurs mois, je n'ai plus eu goût à rien si bien que j'ai perdu de nombreux kilos, et trop vite. Depuis, je porte les stigmates de ces changements de poids.

Je ne quitte pas Ollis du regard afin de vérifier qu'il tient parole pendant que je déboutonne ma blouse à la hâte, la retire, me retrouvant presque nue pour la première fois depuis longtemps en présence d'un homme.

Une fine chair de poule se répand sur mon épiderme zébré. Autant de traces qui déchirent ma peau brune et me rappellent ma perte de poids qui sera à jamais associée à une perte plus tragique encore.

Je saisis rapidement le tee-shirt d'Ollis et l'enfile. Quand c'est fait, je déloge les cheveux coincés dans le col. Je me sens nettement plus à l'aise à présent que je suis couverte.

– C'est bon, tu peux ouvrir les yeux.

Il les pose automatiquement sur moi et une lueur de satisfaction les traverse.

– Ne fanfaronne pas.

– Je ne fanfaronne pas ! Tu suis un cursus d'architecture ou d'art divinatoire pour lire dans mes pensées ?

– Très drôle, tu as très bien compris ce que je veux dire.

– Absolument pas. J'ai besoin d'indices.

– Tu as la même tête que tous ces gars à la fac qui aiment quand leur copine porte le maillot de football estampillé à leur nom, afin de rappeler à tous les autres qu'elle est leur propriété.

– Rassure-toi de ce côté-là, je ne risque pas de te donner de maillot à mon nom. J'ai arrêté mes études avant même de m'inscrire à la fac.

– Vraiment ? Pour quelles raisons ?

– Il y en a qui sont faits pour suivre de longues études, ce n'était pas mon cas. Et bien que j'aie pris la décision de tout quitter sur un coup de tête, je n'ai jamais regretté mon choix par la suite.

– Sur un coup de tête ? m'étonné-je, effarée.

– Ça ne t'est jamais arrivé ?

– D'agir sur un coup de tête ? Jamais.

– Tu as bien dû prendre une décision impulsive au moins une fois dans ta vie ? me demande-t-il en se penchant vers moi. Là, comme ça, sans réfléchir. Le premier truc imprévisible que tu as fait.

Sa voix est un murmure rauque, et je dois me concentrer pour ne pas me perdre dans l'abîme de ses yeux qui ne me quittent pas.

– Tu veux dire, en dehors du fait d'avoir accepté de sortir avec toi ce soir ? C'est simple, rien du tout.

– Tu me fais marcher, il nous arrive à tous de faire des trucs débiles.

– Pas moi. J'ai horreur d'être prise de court, donc je fais en sorte de toujours tout planifier.

– Je vois. C'est dommage, car c'est l'imprévu qui rend la vie encore plus belle.

Face à ma mine un brin dubitative, Ollis saisit entre son pouce et son index une de mes mèches folles qui s'est échappée de derrière mon oreille et la caresse entre ses doigts.

– Tu vois, là, je pense à faire un truc dingue, murmure-t-il d'une voix sensuelle, une lueur espiègle dans les yeux. Mais il faut être prêt à transpirer.

Je suis d'abord tentée de lui coller une droite pour lui remettre les idées en place, ou au mieux l'assommer, mais le risque de lui causer une commotion cérébrale me retient.

– À moins que tu ne caches dans ton coffre un appareil de sport, je ne vois pas de quoi il peut s'agir à part de sexe. Que ce soit clair, il ne se passera rien entre nous ce soir.

Aussitôt, les épaules d'Ollis tressautent. Ouais, en fait, il est carrément mort de rire.

– Quand tu auras fini de te moquer de moi, j'apprécierais que tu m'expliques à quoi tu fais allusion dans ce cas.

– Tout doux. Je parlais de passer la barrière de sécurité et de grimper jusqu'aux lettres.

– En même temps, ta formulation était carrément ambiguë ! Et puis, c'est n'importe quoi ! C'est complètement interdit de s'en approcher, non ?

– Affirmatif. Je ne te cache pas qu'il faut être prêt à courir vite parce que les flics déboulent dans la demi-heure, mais le shoot d'adrénaline est garanti !

– Tu es dingue.

– Je prends ça pour un compliment. Alors ? dit-il en jouant des sourcils, prête pour un sprint ?

– Certainement pas.

– Je note que tu n'aimes pas courir.

– J'aime courir, le corrigé-je. Mais pas sur le versant d'une des plus hautes collines de la ville.

– Ne t'inquiète pas, je plaisantais. N'empêche, je note que tu as tout de suite pensé au sexe.

Je me contente de hausser une épaule sans rien dire.

– Sawyer, sérieux ! Avec toutes les caméras de sécurité fichées dans tous les coins, ce serait hors de question.

Il se fend d'un sourire. Et pas n'importe lequel : un large sourire qui se faufile jusqu'à mon cœur et le fait battre un peu plus vite.

J'en profite pour détailler les contours de sa mâchoire virile, la fine barbe de plusieurs jours qui pousse sur ses joues, son nez fin, ses lèvres charnues qui sont une invitation aux baisers.

Une brise se lève. Le sentiment de légèreté et de bien-être qui m'envahit n'est semblable à nul autre.

Le silence est rompu uniquement par le bruit de nos respirations. Mon cœur bat lentement, il revit, pulsation après pulsation, comme s'il découvrait ce que c'est de ne plus souffrir. Et pour la toute première fois depuis que mon père est parti, je me sens redevenir moi.

Une fille de mon âge profitant d'un moment hors du temps dans un cadre majestueux. Je laisse derrière moi mon cœur cabossé, la douleur et les bleus à mon âme.

Sans penser à demain.

Au même instant, je sens une vibration dans ma poche. Je regarde mon téléphone et découvre un message de ma mère qui me demande de rentrer au plus vite. Soudain, la bulle éclate, et la réalité reprend ses droits.

Je parie qu'elle a encore craqué et passé plusieurs commandes auprès du télé-achat. Ça peut avoir l'air amusant d'avoir une mère accro au shopping, sauf qu'en réalité, son obsession est un signe de grande souffrance.

– Je dois y aller.

Ollis acquiesce, se lève d'un bond et saisit ma main pour m'aider à me relever. Au fond de moi, un sentiment étrange m'étreint. Quelque chose qui ressemble à un goût de trop peu.

Je n'aurais pas été contre rester encore un petit moment avec lui.

– Sawyer, que ce soit clair entre nous : je ne ferai jamais rien sans ton accord, OK ? me glisse-t-il une fois installé dans la voiture.

J'étudie son visage. En cet instant, ses yeux ne mentent pas.

– Je sais, je te fais confiance.

Certes, nous n'avons passé que peu de temps ensemble, mais je dois bien admettre qu'Ollis s'est toujours montré respectueux jusqu'ici. Et au-delà de l'attirance physique que je ressens pour lui, je me sens bien avec lui.

D'ailleurs, ça fait longtemps que je ne me suis pas ouverte à quelqu'un de cette façon. Et c'est certainement pour cette raison que mon cerveau s'obstine à me mettre des barrières.

– Parfait.

Mais alors qu'il démarre, je l'entends ajouter dans un murmure.

– J'attendrai que tu me supplies de te toucher…

CHAPITRE 22

OLLIS

Le vendredi soir en compagnie de Sawyer était on ne peut plus intéressant, mais je ne peux pas en dire autant du reste du week-end. Orion m'a sévèrement gonflé lors de notre traditionnel repas de famille dominical. C'est mon frère et je l'aime, mais je ne supporte plus le balai qu'il a dans le cul. Sérieux, il lui arrive d'être un tel abruti par moments que j'ai presque honte de partager mon ADN avec ce crâne de piaf.

Selon mon frère, le fait que je m'inquiète pour Olivia et ses fiançailles éclair révèle un sentiment d'insécurité. D'après lui, je devrais me concentrer sur mon avenir, car le tatouage est un milieu trop incertain.

Un milieu trop incertain ? La blague !

En quelques années, le métier s'est développé à une allure affolante. Les salons ont poussé comme des champignons à tous les coins de rue. Toutefois, malgré un marché saturé, le Stairway a su tirer son épingle du jeu grâce à un prodigieux bouche-à-oreille lié à la qualité de notre travail. Résultat : Tristan envisage d'embaucher deux permanents supplémentaires.

En attendant les nouvelles recrues, la boutique tourne à plein régime, nous imposant un rythme intense. Moi, ça ne me dérange pas, je n'ai rien de mieux à faire une fois chez moi.

Quoique ces derniers jours, une des choses qui égaie le plus mes journées est mes échanges par SMS avec Sawyer.

Après notre petite balade de l'autre soir, elle m'a envoyé un message dans lequel elle me remerciait pour sa première visite au Hollywood Sign. Depuis, les textos continuent de se multiplier entre nous, nos langues se délient, et la gêne qu'elle ressentait avec moi disparaît lentement, aidée par la magie de l'écrit.

Mon téléphone dans une main, je profite de la pause réclamée par ma cliente pour discuter avec Sawyer.

Frodon Sacquet : Tu savais qu'à
Chicago, il était illégal de pêcher
en pyjama ?

Sawyer : Attends, c'est illégal ?
Tu veux dire qu'il y a une loi
contre ça ?

Frodon Sacquet : Absolument.

Sawyer : Comment tu retiens toutes
ces informations passionnantes ?

Facile ! La solitude, les insomnies.

Frodon Sacquet : Je dois avoir
une mémoire supérieure au commun
des mortels, je suppose.

Sawyer : Est-ce que tu loues
tes services ? Parce que j'ai très
envie de t'engager pour
mes prochains examens.

Je contiens difficilement le demi-sourire qui fleurit au coin de mes lèvres.

Frodon Sacquet : Dispo pour toutes
sortes de prestations : mariages,
baptêmes, bar-mitsvah... Et examens.

Sawyer : Vendu ! Ton prix sera le
mien ! (Je plaisante, je suis fauchée.)

Frodon Sacquet : T'inquiète, je suis
bon marché, un dîner fera l'affaire.

Sawyer : Je note ! Merci Frodon.

Elle est trop mignonne. Je lui réponds dans la foulée.

Frodon Sacquet : De rien, princesse.

Sawyer : Ne m'appelle pas comme
ça si tu tiens à ta vie.

Frodon Sacquet : Donc toi, tu peux continuer à m'affubler du surnom d'un minus aux pieds poilus, et moi je ne peux pas t'appeler princesse ? Pas très juste tout ça, tu ne trouves pas ?

Sawyer : Ce n'est pas un minus, mais un Hobbit. Merci de ne pas confondre.

Frodon Sacquet : Mille excuses, princesse, je n'avais pas saisi la nuance entre les deux. La prochaine fois, je t'offre ton latte au caramel pour me faire pardonner.

– Ton dernier plan cul sait écrire des messages ? intervient Moses depuis le box voisin. C'est cool ça, frangin ! Tu as augmenté tes standards de sélection, je suis fier de toi.

– Mec, tu n'as pas idée d'à quel point c'est une pointure, lancé-je, sincère.

Sawyer n'a rien à voir avec les filles que j'ai fréquentées par le passé. Il faut avouer que jusqu'ici, je n'étais pas très regardant non plus. Je n'ai jamais rien cherché de sérieux, donc je suppose que j'y trouvais mon compte aussi.

– Ah, ouais ? Si c'est la petite rousse de la semaine dernière, elle n'avait pourtant pas l'air d'être le couteau le plus affûté du tiroir.

La cliente dont il parle était passée pour un flash et m'avait laissé son numéro au dos d'un billet de cinquante dollars. Tristan avait grave tiré la tronche.

– Je t'arrête tout de suite, ce n'est pas elle.

– OK, dans ce cas, je suis curieux de savoir qui est cette femme mystérieuse qui te rend heureux.

Je fais pivoter mon fauteuil dans sa direction.

– OK, je vais te le dire, c'est ta mère.

Moses s'immobilise, son sourire de crétin figé sur sa tronche, et tourne la tête lentement vers moi, dans une imitation de Chucky à se tordre de rire.

– Qu'est-ce que tu viens de dire ?

– Je n'étais pas censé t'en parler, sauf que je ne peux plus cacher notre amour.

Un doigt magistral jaillit presque sous mon nez, tandis que Tristan pouffe de rire dans son coin.

– D'ailleurs, si tu pouvais glisser à ta mamounette d'arrêter de me texter, ça m'arrangerait. Sérieux, mec ! Je suis flatté, mais elle est accro, c'en devient gênant.

– T'es vraiment une enflure ! On avait dit pas les mères, connard.

– Les gars, si vous bossiez un peu plus et faisiez un peu moins la causette, on pourrait envisager de fermer le salon à l'heure pour une fois, intervient Tristan. Je ne sais pas vous, mais je n'ai pas dîné avec ma gamine depuis le début de la semaine. Le temps que j'arrive chez moi, elle pionce déjà.

Cette fois, c'est vers mon boss que je me tourne.

– Donc en gros, tu as toutes tes soirées de libres pour les passer avec la bombe sexuelle que tu as épousée et on devrait te plaindre ?

– La ferme, Ollis… Et pose ton putain de téléphone.

Ah ce veinard...

Toutefois, au plus profond de moi, quelque chose a changé. Aussi surprenant que ça puisse paraître, je ne ressens plus comme avant ce pincement au cœur lorsque je pense à Heaven. Je veux dire, dans ma tête, ça a toujours été parfaitement clair : elle est la femme de mon meilleur ami. Mais je ne pouvais m'empêcher de vouloir à mon tour ressentir ce sentiment de plénitude qui anime Tristan, cette connexion qu'ils partagent.

À une époque, j'avais tout ça moi aussi… Enfin c'était ce que je pensais.

En attendant que ma cliente réapparaisse, je remonte le fil de ma discussion avec Sawyer.

– Ollis, ton portable bordel !

– Ça va, ça va, regarde… Hop, dans la poche.

Je ne me rappelle pas avoir jamais été aussi accro à mon téléphone.

En fin de journée, pendant que je clôture une pièce florale sur le mollet de mon dernier client, un bon vieux rock se diffuse timidement dans les basses fichées aux quatre coins du salon. Il couvre à peine le bruit des dermographes vibrant en simultané de Tristan, Moses, Willard – notre extra de passage cette semaine – et moi.

Personnellement, je n'aurais pas été contre quelques décibels de plus, mais notre boss reçoit Skye, l'une de ses régulières – c'est comme ça que l'on appelle une cliente qui nous rend visite plusieurs fois dans l'année. Skye adore raconter sa vie, et Tristan se révèle être une oreille attentive.

– Alors qu'a pensé ta fille de son cours de poterie ? J'ai bien vu que ça avait beaucoup intéressé Heaven également. Vous devriez venir essayer tous les deux un de ces jours, je ne te cache pas que c'est une activité qui plaît beaucoup lorsqu'elle est pratiquée en couple, si tu vois ce que je veux dire, lance-t-elle sur un ton suggestif.

J'avais oublié que sa cliente anime un atelier de poterie, et son idée retient mon attention. Elle pourrait bien me servir à l'occasion.

J'entends mon patron se marrer et lui dire qu'il y pensera. D'une patience phénoménale avec les clients, Tristan est non seulement un artiste, mais également un psy à ses heures perdues. Bref, les femmes l'adorent, les mecs aussi, du reste.

Afin d'éviter la drague à outrance dont il se fout royalement, il accepte de moins en moins de nouvelles têtes, se contentant la plupart du temps de ses clients habituels, et nous cédant volontiers la chair fraîche.

Pile quand j'ai enfin terminé mon travail, mon téléphone émet une vibration dans ma poche. Je le récupère en espérant que ce n'est pas Orion qui me relance.

Je suis très heureux de découvrir qu'il s'agit de Sawyer. Elle répond à ma proposition de lui offrir un latte la prochaine fois qu'on se verra.

Sawyer : Qui te dit qu'il y aura
une prochaine fois ?

– Aïe, dur ! me lâche Willard, penché par-dessus mon épaule.

– Mec, t'es sérieux ? Tu sais que ça ne se fait pas de lire par-dessus l'épaule de quelqu'un ?

– Oh merde, ne me dis pas que je t'ai offensé ?

– Pas du tout. Seulement, je suis déçu. Les bonnes manières qu'on enseigne dans les maisons closes, c'est plus ce que c'était.

Le gars éclate de rire, ainsi que le reste de la bande. Quant à moi, je reprends mon téléphone et ouvre ma discussion avec Sawyer.

Frodon Sacquet : Tu t'ennuierais
sans moi.

Je range mon appareil dans ma poche et décline la proposition de Moses et Will d'aller boire un verre, chope ma veste et me tire, la tête emplie de Sawyer.

Je n'ai aucune idée de ce que je fais avec elle ! Tout ce que je sais, c'est que je n'ai plus envie de baiser avec des meufs dont je ne me rappellerai plus le prénom.

Ce soir-là, je n'ai qu'une idée en tête : organiser quelque chose de spécial pour Sawyer. En chemin, j'envoie un SMS à ma sœur pour lui demander son avis sur l'idée de la cliente de Tristan. La poterie est une activité qui pourrait correspondre à la fibre artistique de Sawyer. Et si ça pouvait nous permettre de nous rapprocher, je ne suis pas contre.

Mais au lieu de me répondre en privé, Olivia le fait dans notre conversation de groupe avec mes frères.

Olivia : L'emmener à un atelier
de poterie, c'est une excellente idée !
Je ne te savais pas aussi romantique.
Tu voudrais bien en profiter pour
fabriquer un nouveau vase à maman
pour son anniversaire ?

Vive la discrétion !

Dans la foulée, c'est Owen qui rapplique et s'en mêle…

Owen : J'ai bien lu ? L'un de vous
veut faire un remake de la scène
de *Ghost* ? Balance un nom, Olivia !

Pourvu qu'elle la boucle ! Mais alors que je suis encore en train d'espérer que ma sœur ait pitié de moi, un nouveau message apparaît.

Olivia : C'est Ollis. #lover #qui l'eût cru.

Owen : Tu as oublié d'ajouter le
hashtag « gros canard ».

Dans la foulée, le mec de mon frère ramène sa fraise et aligne une série d'émojis rigolards. Bon sang, je ne savais même pas que Sacha était également sur cette conversation.

Après ça, et sans une once d'humanité, s'ensuit une flopée de messages où ces trois guignols qui partagent le même patronyme que moi se foutent allègrement de ma gueule. Je vois même défiler les paroles d'*Unchained Melody*.

Orion : Flemme de remonter
la conversation, qui me fait
un résumé ?

De mieux en mieux.

Olivia, cette traîtresse à son sang, s'empresse de partager une note vocale que je n'ose pas écouter. Je suppose qu'à ce stade, je n'ai plus aucun secret pour ma famille. Je grimace déjà en songeant au prochain déjeuner tous ensemble.

Orion : Ah, c'est l'idée d'Ollis ?
Pourquoi ça ne m'étonne pas...

Note à moi-même : la prochaine fois que j'ai envie de demander un conseil à Olivia, je choisirai l'option « me casser une jambe » à la place.

CHAPITRE 23

OLLIS

La semaine suivante, et malgré les moqueries de ceux avec qui je partage mon ADN, je persiste à croire que l'idée d'un cours de poterie pourrait plaire à Sawyer.

De toute façon, je le saurai bien assez tôt puisque j'arrive devant la bibliothèque. Avant de pénétrer à l'intérieur, je vérifie rapidement ma tenue dans le reflet de la porte en verre trempé.

Aujourd'hui, je porte un jean déchiré aux genoux et un tee-shirt blanc sous ma veste en cuir, parce que je sais que Sawyer est sensible à mes tatouages. Pour compléter mon look de hipster chic, j'ai ajouté une paire de Ray-Ban Aviator. Simple. Efficace. Pile ce qu'il faut pour le type de rencard que j'ai prévu.

Toi, un rencard ?

Ce n'est pas un rencard à proprement parler, mais plutôt une expérience nouvelle (ça sonne mieux), pour Sawyer comme pour moi.

J'espère que ça lui plaira.

Au fil de nos échanges, Sawyer s'ouvre à moi, bribe par bribe. C'est ainsi que j'ai appris qu'elle ne s'accorde jamais de temps pour elle, pour s'amuser, sortir, ou juste… vivre.

Je suppose que c'est ce qui a fini par me décider à sauter le pas. Dès que la cliente de Tristan est repassée au salon, je n'ai pas hésité une seconde à prendre rendez-vous.

Je suis donc l'heureux détenteur d'un bon pour un atelier d'initiation à la poterie en duo.

J'envoie un message à Sawyer pour la prévenir que je suis là.

Sawyer : Entre, c'est ouvert.

C'est armé de mon habituelle assurance que je pénètre à l'intérieur du bâtiment, et après un rapide coup d'œil autour de moi, je la repère dans la salle principale entièrement vidée de ses lecteurs, installée derrière le bureau d'accueil. Je la contemple une seconde, captivé par la beauté de sa peau hâlée, par ses pommettes légèrement roses, par la courbe sensuelle de ses lèvres pleines.

Elle discute avec sa collègue Lisbeth que j'ai déjà eu l'occasion de rencontrer. Sawyer penche la tête en arrière et éclate de rire.

Le tee-shirt gris des Guns N'Roses qu'elle porte lui descend sur l'épaule, et ses cheveux ramenés en une queue-de-cheval haute dévoilent la ligne délicate de sa nuque.

Et bordel, qu'elle est belle.

À la seconde où elle me remarque, son regard noisette s'éclaire d'une lueur d'enthousiasme.

– Prête à y aller ?

Elle acquiesce, range ses affaires et se lève pour me suivre.

En chemin, elle se rapproche et chuchote discrètement :

– J'espère que tu ne me réserves pas un saut en parachute ou un truc aussi insensé ?

– Tu verras.

– Ugh… Je suppose qu'il est trop tard pour changer d'avis ?

Mes doigts frôlent les siens, et parce que je la sens tendue, je capture sa paume dans la mienne pour lui faire comprendre que ça va aller.

Une fois en voiture, je tends mon téléphone à ma passagère afin qu'elle s'occupe de nous choisir de la musique, tandis que je démarre. J'ai bien compris qu'elle n'était pas une fervente amatrice de vieux rock, donc Elvis, Hendrix ou Neil Young sont relégués de côté pour les moments où je suis seul en voiture.

Je n'ai pas supprimé la playlist de Jenna. Pour être honnête, je n'ai pas trouvé la force de le faire, car je me connais, je vais vouloir réécouter chaque titre au préalable, et je ne suis pas encore prêt à basculer dans le passé.

J'ai parfaitement conscience qu'il me faudra y faire face à un moment ou à un autre, mais j'aime mieux que ce soit le plus tard possible.

J'emprunte la nationale et roule en direction des hauteurs de la ville avec *Tears in Heaven* d'Eric Clapton en fond sonore.

Sawyer laisse son regard se perdre à travers la vitre.

À l'horizon apparaît le mont Lee, où le mot « Hollywood » se fait la part belle sur plus de quinze mètres de hauteur, incarnant le rêve américain aux yeux du monde. Forcément, la vue me renvoie au souvenir de notre pique-nique de l'autre soir, ce qui fait déjà un rencard de plus qu'avec toutes les femmes avec lesquelles je suis sorti.

Avant ça, il y a eu le Starbucks, puis la bibliothèque, et toutes les fois où je suis passé la chercher pour la déposer chez elle ou au travail.

Encore quelque chose d'inédit. Avoir une amie change un homme.

– À quoi tu penses ? me demande-t-elle soudain, son index effleurant la zone entre mes sourcils.

Sa voix m'interrompt dans ma réflexion et je tourne la tête vers elle.

Et en guise de réponse, je lève trois doigts en l'air.

– Waouh bravo, Ollis ! Pour demain, il faudra aller jusqu'à quatre, tu penses que tu peux faire ça pour tata Sawyer ?

– Très drôle, mais ce n'est pas à ça que je pensais. C'est déjà notre troisième rencard. Je suis choqué d'être le seul à avoir remarqué ce détail.

– Ah. Et tu tiens un décompte de nos messages aussi ?

Cette fille est terrible. J'apprécie sa repartie, et par-dessus tout, sa compagnie. Elle a toujours en stock une réplique bien piquante à m'envoyer dans les dents, et c'est rafraîchissant d'être avec quelqu'un qui n'attend pas que le moment de m'ôter mes fringues.

Force est de reconnaître que contrairement à mes *one shot*, Sawyer m'écoute, s'intéresse à ce que je lui raconte et me fait rire.

Un peu comme mes meilleurs potes, mais en version féminine.

Et puis quand je lui partage les anecdotes absurdes qui pullulent dans mon cerveau, elle ne m'envoie pas me faire voir. Mieux encore, elle semble y prendre goût.

– Tu n'as rien à raconter sur le Hollywood Sign ?

Qu'est-ce que je disais ?

– Ça tombe bien que tu poses la question, parce que figure-toi qu'à l'origine, la construction du panneau n'avait aucun lien avec le cinéma. C'est en fait un promoteur immobilier qui envisageait d'ouvrir un nouveau lotissement, il a donc fait installer les lettres Hollywoodland. Quelques années plus tard, les quatre dernières lettres ont été retirées pour qu'il ne reste plus que le mot « Hollywood ».

– Waouh ! C'est fascinant…

– Je suis bien d'accord avec toi. Dire qu'il s'en est fallu de peu pour que l'un des symboles les plus populaires de l'État ne voie jamais le jour.

– C'est quand même dingue d'en savoir autant sur tout.

Je lui lance un clin d'œil taquin.

– Tu n'es pas la première à me dire ça.

– Vraiment ? Je suis déçue de découvrir que tes rencards ont toutes accès à l'étendue de tes connaissances, moi qui pensais être une privilégiée.

– Oh, mais tu l'es. À part toi, il n'y a que Heaven qui peut se vanter d'avoir reçu une leçon de culture gé d'une telle qualité. C'était à l'occasion de notre premier séjour à Vegas.

– Heaven, c'est une de tes ex ?

– Si c'était le cas, je ne serais plus de ce monde pour en parler. Tris m'aurait déjà balancé du haut de la plus haute falaise de Californie. Heaven est sa femme. Ils sont mariés depuis deux ans.

Je lui parle brièvement de mon meilleur ami, de la façon dont Heaven est arrivée dans sa vie, de la famille qu'ils forment tous les trois avec leur fille et de leur envie de faire de Briar Rose une grande sœur.

Je me gare près d'un grand bâtiment au style industriel et fais le tour pour ouvrir la porte. Sawyer glisse ses doigts délicats dans les miens et me suit. La main en visière, elle lève les yeux pour admirer la façade.

– Je suis rassurée que ce ne soit pas un aérodrome. Au moins, je sais déjà que nous n'allons pas nous envoyer en l'air !

– Ce serait si terrible que ça ? la taquiné-je.

– Affreux, tu veux dire ! grimace-t-elle.

Je ne peux m'empêcher de plaquer ma main sur mon cœur.

– Tu pourrais avoir un peu de compassion pour ton dévoué serviteur. Je suis un être humain, avec des sentiments…

Elle lève les yeux au ciel et me souffle :

– Quelle *drama queen* ! Bon, allons-y, qu'on en finisse.

Sa bouche dit une chose, mais le sourire qu'elle affiche me confirme qu'elle est impatiente de découvrir ce que je lui ai réservé.

À l'intérieur, l'atelier ressemble à ce que je m'étais imaginé. La pièce principale est tout en longueur. Le regard de Sawyer balaie les étagères qui habillent les murs, sur lesquelles des dizaines et des dizaines de pièces en céramique, en porcelaine et en faïence sont alignées. Tout le matériel nécessaire est entreposé sur une table dans le fond de l'atelier : des sachets d'argile, des tours de potier, des tapis de modelage et des tas d'accessoires.

Habillée d'une longue robe à motifs colorés, Skye apparaît et vient nous accueillir, un sourire chaleureux sur le visage. Elle s'arrête devant nous, essuie ses doigts sur un torchon qu'elle cale sur son épaule et nous tend la main.

– Skye Norman, votre hôtesse pour cette parenthèse hors du temps et de l'espace, fait-elle avec de grands gestes.

OK, ça annonce tout de suite la couleur.

– Enchanté, je suis Ollis, et voici Sawyer.

– Voyons chéri, je me souviens de toi. Bienvenue dans mon atelier ! Venez avec moi, votre espace personnel est prêt.

Nous suivons Skye jusqu'à l'arrière de l'atelier.

La grimace suspicieuse qu'affiche Sawyer m'arrache un sourire. Je suis certain qu'une fois qu'on aura commencé, elle va adorer. Elle qui aime l'art, cet atelier est fait pour elle.

Skye s'arrête, pousse l'une des quatre portes qui nous font face et nous invite à entrer dans une pièce aux murs de couleurs vives recouverts d'étagères.

Une table avec tout le nécessaire de poterie se trouve au centre, entourée par deux tabourets.

– Mettez-vous à l'aise, mes loutres.

Sawyer se tourne aussi sec vers moi et l'imite en silence. *« Mes loutres ? »*

Nous avons droit ensuite à une description de chaque ustensile.

– L'argile que nous utilisons ici est autodurcissante pour que vous puissiez repartir avec vos créations.

J'ai envie d'ajouter que je possède moi aussi quelque chose d'autodurcissant, mais je crains que ce ne soit pas du goût de la céramiste.

– Vous allez bientôt pouvoir commencer, mais avant ça, il y a une penderie juste derrière vous, poursuit Skye. Vous y trouverez des tabliers. Je vous conseille de retirer vos chaussures, ainsi que tout ce que vous voulez éviter d'abîmer, et de vous mettre à l'aise. Je reviens dans un instant.

Elle s'en va, nous laissant le temps de nous changer.

– Ollis MacDonnell, là, tout de suite, j'ai très envie de te faire bouffer de la terre glaise, grogne Sawyer tandis qu'elle retire ses Converse rouges et retrousse son jean.

– Relax, je suis prêt à parier que tu vas prendre goût à la poterie grâce à moi.

Je retire mes lunettes de soleil, lui adresse un clin d'œil et, après avoir enlevé à mon tour boots et chaussettes, je saisis un tablier et l'aide à l'enfiler.

– Tu n'en mets pas, toi ?

– Et t'empêcher de baver d'admiration devant mes pectoraux en action ? Non merci.

Sawyer tourne la tête vers moi et me fusille de son regard brun, tout en bougeant les lèvres.

Ce n'est pas la première fois que je la surprends à articuler ainsi silencieusement.

– Tu fais quoi au juste ? Je parie que tu remercies Dieu parce que j'ai eu la bonne idée de mettre un tee-shirt blanc. Il n'y a aucune honte à l'avouer, tu sais !

Ses joues s'empourprent, ça me plaît de la pousser dans ses retranchements.

Puis la porte s'ouvre, et Skye est de retour. La céramiste entame ensuite un laïus sur les connexions entre la terre, l'eau et les énergies, tout en nous offrant une démonstration de poterie.

– Façonner la matière, puis la voir prendre forme sous vos mains va libérer l'énergie contenue dans vos corps. C'est à la fois un effort physique et méditatif car en modelant, on est en action, dans l'imaginaire artistique et le plaisir de faire. La poterie permet de s'exprimer, de s'épanouir et de s'octroyer un moment privilégié avec soi-même. Alors, profitez-en, reconnectez-vous avec votre moi intérieur, les sensations n'en seront que décuplées. Des questions ?

Moi, j'en ai une ! Euh… elle a fumé quoi, ce matin ?

J'évite de regarder du côté de Sawyer parce que j'ai déjà du mal à garder mon sérieux, et je ne veux pas offenser notre hôte en éclatant de rire.

Il est temps de nous mettre à l'œuvre.

Sawyer passe en premier, humidifie ses mains, récupère une bonne quantité de matière et suit les indications de Skye, mais ça va très vite pour elle. La seconde suivante, son vase en devenir s'affaisse, et elle se retrouve avec un pâté d'argile au centre du tour.

– Ce n'est rien, ma loutre, tu as compris le principe, c'est le plus important. N'oublie pas que tu es ici pour apprendre.

Elle a une obsession cheloue pour les loutres ou bien ?

– Il n'y a pas de secrets, pour maîtriser cet art, il faut pratiquer. Beaucoup pratiquer et ne pas avoir peur de se salir les mains.

Skye actionne l'enceinte sur l'une des étagères et une musique douce emplit la pièce. Puis elle nous abandonne, sans oublier de nous préciser que nous disposons de deux heures d'intimité.

– Personne ne viendra vous déranger, à moins bien sûr que vous n'ayez besoin de mon aide.

Sur ces mots, elle se retire, nous laissant, Sawyer et moi, dans un silence gênant qui se transforme en fou rire à la seconde où nos regards se croisent.

– Prête à faire de l'art ?

Ses yeux rivés aux miens, Sawyer Maree Bennett est à couper le souffle.

– Prête. Et toi, ma loutre ?

Nouvelle salve de rires.

Il est parfaitement clair que cet atelier va être un désastre et que nos créations ne seront jamais dignes d'être exposées dans un musée d'art moderne.

Mais je suis prêt à me retaper le laïus de Skye sur la terre et son énergie en boucle, si ça veut dire revoir ce sourire sur le visage de Sawyer.

CHAPITRE 24

SAWYER

Qui aurait cru qu'avoir les mains dans ce qui ressemble à un mélange de boue épaisse et de gomme à mâcher pouvait se révéler être une activité au potentiel sensuel de dingue ?

Surtout au moment où Ollis a délaissé sa création pour m'aider avec la mienne. À mon plus grand étonnement, je suis carrément moins douée que lui. C'est injuste ! C'est moi l'artiste, non ?

Il a tellement rapproché son tabouret qu'il a désormais son torse plaqué contre mon dos, ses longues jambes encadrant les miennes. À chacun de ses conseils, son souffle chatouille ma nuque et fait naître des frissons sur ma peau.

– Tu vois, il faut y aller en douceur, indique-t-il en se rapprochant encore.

Bientôt, ses grandes mains apparaissent dans mon champ de vision. Je ne les quitte pas des yeux alors qu'elles progressent en une longue caresse, centimètre par centimètre, sur mes bras nus. Puis, quand enfin elles recouvrent entièrement les miennes pour me guider, j'ouvre la bouche et laisse échapper un soupir muet.

– Tu humidifies encore tes mains, et tu ramènes la pulpe de tes doigts contre la glaise comme si tu voulais apprivoiser la matière. C'est toi qui décides de l'intensité en ajustant la pression de tes doigts.

Ollis parle, mais tout ce que je retiens, c'est qu'il est beaucoup trop près. Ça fait très longtemps que je ne me suis pas retrouvée aussi proche d'un homme, si bien que je ne comprends pas un foutu mot qui sort de sa bouche. Mon cerveau est bien trop occupé à trier les différentes fragrances de son parfum : un mélange de santal et de cèdre, piqué de notes épicées.

Personne ne devrait sentir aussi bon. Et parce que je suis noyée dans son odeur, je n'arrive plus à réfléchir convenablement.

J'ai besoin de me concentrer, mais je suis submergée par les sensations qui courent le long de nos mains unies.

Pression, caresse…

C'était pour quoi faire, déjà, cet atelier ? Pour ce que j'en sais, je façonnais un saladier avant qu'Ollis pénètre dans mon espace vital…

Troublée, je me laisse faire, tandis qu'il me murmure des encouragements dans le creux de l'oreille.

Un soubresaut m'échappe et mon doigt ripe dans la matière. La forme se creuse, puis c'est au tour du bord de s'affaisser, et c'est le drame.

Enfin, drame… on se comprend. Il n'y a pas mort d'homme non plus, seulement voilà, si le projet initial était de me retrouver avec un saladier version Quasimodo, c'est réussi ! Le truc ne ressemble plus à rien et je suis incapable de dire si oui ou non, mon œuvre est rattrapable.

J'éteins la machine et m'applaudis mollement tout en opérant un demi-tour pour lui faire face.

– Bravo Ollis, il n'y a pas à dire, tu es un prof brillant ! J'espère quand même que tu tatoues mieux que tu ne dispenses des conseils de poterie.

Il recule légèrement et saisit mon menton pour relever mon visage vers lui.

– Serais-tu en train de te moquer de moi, jeune fille ? Sache que je pourrais tatouer les yeux fermés !

– Plaît-il ?

– Tu as très bien compris, tu as devant toi le meilleur tatoueur de tout Pasadena !

Seigneur, le voilà à présent qui contracte ses biceps, tout en affichant une moue prétentieuse sur sa belle gueule.

– Tu es volontaire, Sawyer ? Prête à relever le pari ?

– Tu vas voir à quel point !

Sans attendre, je le prends par surprise et presse mes mains encore pleines des restes de mon saladier Quasimodo sur ses joues râpeuses, avant d'éclater de rire.

– Oh, merde ! Ollis, le gris, c'est vraiment ta couleur ! Ça te va parfaitement au teint.

J'ouvre la bouche, faisant mine de m'extasier, mais ce traître en profite pour me rendre la pareille. Dans la manœuvre, je perds l'équilibre, étouffe un cri et bascule sur le côté, nous entraînant ensemble dans une cascade inattendue.

Je me prépare à avoir mal, mais le torse d'Ollis amortit ma chute.

Allongée sur lui, ses bras autour de ma taille, je ne peux m'empêcher d'exploser de rire. Ollis me rejoint, et bientôt, on ne peut plus retenir notre fou rire.

Pour la première fois, j'ai l'impression que son rire est profondément sincère. Je m'explique : j'ai toujours le sentiment qu'il ne se dévoile jamais entièrement, qu'il y a une part d'ombre qu'il dissimule, bien enfouie au plus profond de lui. Et je suis curieuse de découvrir ce qu'il réserve sous la surface.

Oh, je ne lui lance pas la pierre, j'ai moi aussi mon jardin secret, et puis, pour une amitié qui n'avait pas débuté sous les meilleurs auspices, je trouve que l'on s'en sort plutôt pas mal, tous les deux.

Ollis se relève le premier, le teint coloré d'argile, tel un Kardashian maquillé avec le dernier contouring à la mode. Il m'agrippe la main pour m'aider à me mettre debout, mais il mesure mal sa force et me projette contre lui.

– Ouch.

Hello, torse dur et musclé ! Je suis... Comment je m'appelle déjà ?

Ses paumes encadrent mon visage presque aussitôt pour vérifier que je n'ai rien, et tandis que ses pouces caressent tendrement mes pommettes, je plonge dans le métal liquide de ses yeux.

– Il fallait dire tout de suite que tu voulais tâter du muscle de plus près, me lance-t-il avec un clin d'œil taquin.

– Du muscle ? Je ne sais pas de quoi tu parles ! En revanche, j'adore ton nouveau make-up, je ne suis pas contre un tuto.

Je glousse et plaque aussi sec mes doigts sur ma bouche, surprise. Je ne glousse *jamais*.

Autant me rendre à l'évidence : fréquenter ce type affecte mes neurones.

Nous nous débarbouillons des restes d'argile, avant de nous remettre au travail, en recommençant de zéro.

Le regard d'Ollis migre sur ma nouvelle création :

– C'est trop mignon de me fabriquer un cendrier, je n'ai plus qu'à me remettre à fumer pour lui faire honneur. J'ai hâte de me choper un cancer des poumons ! lance-t-il en frottant ses mains l'une contre l'autre.

– Qu'est-ce qui te fait croire que c'est un cendrier ? Tu n'y es pas du tout, c'est un vide-poche.

Je mens bien sûr, et passe le quart d'heure suivant à façonner ma création de sorte qu'elle ressemble à un vide-poche et plus du tout à un cendrier.

Finalement, Skye a raison. Le secret pour y arriver, c'est de pratiquer.

À la fin de l'atelier, je repars donc avec un croisement entre un bol et un mug, confectionné par Ollis. Et lui, avec un superbe vide-poche/cendrier/frisbee de l'ère paléolithique/objet non identifié de forme circulaire (rayer la mention inutile).

En tout cas, il est ravi de son cadeau. Et moi, je suis soulagée de ne pas rentrer avec une telle horreur. Son mug est nettement plus joli, en plus il a pris le temps de graver mes initiales dessus.

Bien que la poterie ne soit définitivement pas mon domaine de prédilection, j'ai adoré chaque minute de notre atelier. Je ne m'étais pas autant amusée depuis… depuis… l'époque où mon père était encore là.

En fait, je me rends compte que j'ai tout bonnement arrêté de vivre, consacrant tout mon temps libre à étudier et à travailler. Li Ann avait raison ! En me privant ainsi, je passe à côté d'une chose essentielle : ma vie.

Une fois que nous sommes en voiture, je pivote vers Ollis et lui murmure « merci » avant d'attacher ma ceinture.

Il opine puis démarre, pensant sans doute que je le remercie pour l'atelier, mais en réalité, c'est plus que ça.

Tellement plus.

Je lui suis reconnaissante pour tout ce qu'il a fait pour moi depuis qu'il s'est immiscé dans mon existence morne. Il m'a permis de reprendre plaisir aux choses simples dont j'avais totalement oublié la saveur, comme un pique-nique sur une colline, ou bien encore un rendez-vous insolite dans un atelier de poterie. Sans compter toutes les fois où nous sommes simplement en voiture.

– Tu as faim, Sawyer ? Ça te dit qu'on partage une pizza avant que je te ramène chez toi ?

J'ai effectivement faim.

– Une pizza, c'est parfait.

Vingt minutes plus tard, nous sommes assis autour d'une petite table dans un restaurant italien à quelques rues de chez moi.

Et pendant que je dévore avec appétit une part de pizza au fromage, il envoie à sa famille une photo de nos créations qu'il a prise à l'atelier.

– Je leur ai demandé de deviner laquelle est la mienne, on va voir s'ils reconnaissent la patte artistique de leur frangin.

Dans les secondes qui suivent, son téléphone vibre à plusieurs reprises. Le sourire d'Ollis s'agrandit à mesure qu'il découvre leurs réponses.

– Alors, verdict ?

Il oriente son écran vers moi. Je découvre une série de smileys, suivie par plusieurs de leurs pronostics.

Owen se demande si on ne les a pas volés à Briar Rose.

– Dis donc, il est sympa ton petit frère, lui fais-je remarquer.

Un certain Sacha préfère ne pas se prononcer et se contente de complimenter les deux œuvres.

Je ne sais pas comment a fait Orion, mais il tombe juste. Quant à Olivia, elle écrit noir sur blanc qu'elle me félicite d'avoir supporté son frère pendant deux heures pleines sans avoir bu une goutte d'alcool, et qu'elle aimerait beaucoup rencontrer celle qui a réussi un tel exploit.

– Je ne la connais pas, mais je l'apprécie déjà, déclaré-je, amusée par leurs échanges.

– Ça tombe bien que tu dises ça, puisqu'elle propose que tu te joignes à nous le week-end prochain pour fêter ses fiançailles en famille. Peter, son fiancé, sera là aussi.

Je manque de m'étrangler avec ma boisson.

– Excuse-moi ?

– Olivia insiste pour te rencontrer, et telle que je la connais, elle est sûrement déjà en train de tout planifier avec ma mère.

– Je ne comprends pas.

– Tu es invitée à déjeuner avec ma famille le week-end prochain, articule-t-il, plus lentement cette fois.

– Ça, j'avais saisi, crétin.

– Ah, tu me rassures ! J'ai cru que tu t'étais cogné la tête plus fort que prévu contre mes pectoraux.

– Ce que je n'ai pas compris, c'est pourquoi.

Et je suis à deux doigts d'ajouter que nous ne sommes rien l'un pour l'autre, mais à la dernière seconde, je me retiens de le faire car ce serait un mensonge éhonté.

Nous sommes amis, c'est un fait.

– Il se peut que j'aie laissé échapper ton prénom une fois ou deux dans la conversation.

J'écarquille les yeux.

– Tu as parlé de moi à ta famille ? Pourquoi ? Et ils ont répondu quoi ?

– Comme je viens de te le dire : ils veulent te rencontrer.

J'ignore si c'est parce qu'il décèle la lueur de panique dans mes yeux, mais il tend la main vers moi et trace du doigt la ligne de ma mâchoire dans un geste tendre.

– Hé, pas de pression, OK ? Si ça ne te dit rien, tu as parfaitement le droit de refuser. Je ne t'en voudrai pas, et eux non plus.

Alors que je m'apprête à décliner l'invitation, le téléphone d'Ollis vibre sur la table.

Je profite de sa conversation pour avaler d'un trait le reste de mon verre, afin de faire passer la boule d'anxiété qui s'est logée dans ma gorge.

Comme ça n'a pas l'air de fonctionner, je compte à rebours une fois, deux fois.

Ollis échange quelques mots en italien avec la personne au bout du fil, et je me rends compte que c'est la première fois que je l'entends s'exprimer dans sa langue maternelle. *C'est carrément sexy !*

Puis il raccroche.

– C'était ma mère. Elle voulait que tu saches qu'elle est impatiente de te rencontrer.

J'arrête de compter aussi sec. Ollis a balancé l'info de manière aussi désinvolte que s'il parlait de la météo, avant de mordre dans une part de pizza.

– Ah. Euh… OK ! C'est… c'est…

Horrible ?

La cata ?

Un désastre ?

Hors de question ?

– … d'accord.

Bon, ben, voilà !

Il semblerait donc que je vais rencontrer la famille d'Ollis. *Merveilleux !*

CHAPITRE 25

OLLIS

Assis en tailleur sur le tapis du salon dans la maison de mon meilleur ami, la main à plat sur la table basse devant moi, je confie mes ongles à la petite fille la plus douée que je connaisse. Elle m'applique une seconde couche de vernis, alors que Mulan se prépare à rejoindre les rangs de l'armée chinoise sur l'écran plat.

– Tu aimes la couleur, tonton Ollis ?

Un violet foncé qui n'ira avec aucune de mes fringues, mais tant que la gamine est heureuse, qui se soucie du reste ?

– Je n'aime pas, j'adore !

Briar Rose m'offre un sourire édenté absolument adorable.

Je jette un coup d'œil du côté de Lilas, allongée de tout son long sur le canapé, nous offrant son meilleur ronronnement.

Aujourd'hui, j'ai troqué ma casquette de tatoueur contre celle de baby-sitter pour ces deux princesses. Quand Tristan m'a appelé tout à l'heure pour me faire savoir qu'il était en galère de garde pour sa fille, j'ai sacrifié mon jour de congé sans hésiter et j'ai rappliqué dans l'heure.

Lui et sa femme entament un parcours de procréation médicalement assistée et ont leur premier rendez-vous à la clinique de Pasadena.

Il était prévu que ce soit Randall, la meilleure amie de Heaven, qui garde la petite, mais elle a eu une proposition de dernière minute pour couvrir le Fallfest, le plus grand festival de musique du pays qui se trouve dans le Wisconsin.

À tous les coups, sa carrière journalistique va décoller après une opportunité pareille, et je m'en réjouis sincèrement pour elle. Notre relation a peut-être été brève, mais j'en garde un excellent souvenir.

Après l'étape du séchage, Briar Rose passe à la décoration et sort de son nécessaire à ongles une planche d'autocollants aux motifs géométriques.

– Ils sont nouveaux, ces stickers ?

Elle fait oui de la tête, des étoiles dans les yeux.

– C'est Heaven qui m'a aidée à les choisir.

– Heaven et toi, vous avez bon goût !

Briar Rose est vraiment une gamine géniale et quand je la vois, si vive, si joyeuse, du haut de ses sept ans, je ne peux m'empêcher de penser à *elle*. À Faith, ma fille.

Je réprime de toutes mes forces la douleur nichée dans ma poitrine, fatalement ravivée.

– Tonton Ollis ?

Je relève la tête, enfouis la souffrance bien au fond comme j'ai l'habitude de le faire, et rencontre les prunelles de Briar Rose qui brillent d'une lueur d'inquiétude.

– Oui, princesse ?

– Est-ce que ça va ? C'est le dessin animé qui te rend triste ?

Je lève le nez et en effet, Mulan vient de perdre sa couverture et tout le monde découvre qui elle est en réalité.

– Oui, c'est bien le dessin animé.

– Moi aussi, cette partie me rend triste.

Enfin, la blondinette lance un cri de joie.

– Tadam ! J'ai fini !

Je fais mine d'admirer mes ongles. Ils sont vernis de violet, ornés de stickers et quelques paillettes brillent ici et là. Ils m'offrent une distraction bienvenue.

Je la remercie et l'observe ramasser tous ses accessoires, les ranger dans sa pochette et lorgner dangereusement en direction de mes cheveux.

– Briar Rose, l'avertis-je d'une voix pas rassurée du tout.

Son air innocent ne trompe personne. Je connais cette gamine, et quand elle affiche sa moue adorable, on lui donnerait le bon Dieu sans confession.

Évidemment, je suis un tonton faible, incapable de lui refuser quoi que ce soit, donc autant dire que les négociations ne durent pas longtemps, et bientôt Briar Rose trottine jusqu'à sa chambre pour aller chercher son nécessaire de coiffeuse.

Au même moment, mon téléphone vibre dans ma poche.

Sawyer : J'ai oublié de te demander…
pour demain, comment je dois
m'habiller ?
Je suis face à ma garde-robe
et c'est la cata…

Frodon Sacquet : Une robe de gala
fera l'affaire. Le thème, c'est *Gatsby
le Magnifique*.

Sawyer : Tu déconnes, j'espère ?

Frodon Sacquet : Je ne t'en avais pas
parlé ?

Sawyer : Tu n'avais pas
DU TOUT mentionné de thème !

Frodon Sacquet : Oups, désolé.
Hâte d'être à demain
pour passer te prendre.

Sawyer : Une chance que j'aie
justement une robe style Années folles
dans mon dressing qui n'attendait
que d'être portée.

Frodon Sacquet : Le hasard fait bien
les choses, alors !
Je suis impatient de voir ça !

Moins d'une minute plus tard, nouvelle salve de vibrations.

Sawyer : Bien sûr que non, triple idiot !
J'ai une tête à porter des robes de
cocktail ?

Frodon Sacquet : Relax, je plaisantais !
C'est un déjeuner informel, pas une
garden-party, tu viens comme tu veux.

Sawyer : Au cas où ce ne serait pas
assez clair : je te déteste, Ollister
Fingal Shannon MacDonnell.

Frodon Sacquet : Tu n'es pas crédible
une seule seconde.

Sawyer : Un coup de genou
dans les parties serait suffisamment
crédible pour toi ?

Frodon Sacquet : Est-ce que c'est mal
de ma part de t'imaginer
en longue robe et d'avoir envie
d'appeler ma famille afin d'imposer
ce thème ?

Sawyer : Je peux peut-être te
conseiller un bon thérapeute pour t'ôter
cette idée absurde de la tête ?
Ou un exorciste ? Pas de thème,
tu me le promets ?

Je ne pensais pas qu'un déjeuner en famille aurait un tel effet de stress sur Sawyer. C'est simple, elle a passé la semaine à appréhender cette rencontre au point d'espérer se casser une jambe, afin d'avoir une excuse en béton pour l'éviter.

Comment peut-elle craindre une seconde de ne pas plaire à ma famille ? De ne pas être assez bien ? Ou encore de ne pas être suffisamment intéressante ?

Sawyer est la nana la plus déjantée, drôle, intelligente, dingue, généreuse, courageuse, parfaite... que je connaisse.

Le genre de personne qu'on ne rencontre qu'une fois dans une vie ! Elle n'hésite jamais à me rentrer dedans dès qu'elle en a l'occasion, et je crois que c'est justement ce que j'aime le plus chez elle.

Elle n'est pas impressionnée par moi. Pas comme toutes celles que je croise au salon ou ailleurs. C'est rafraîchissant de ne pas être idolâtré.

Alors que je ne m'y attendais pas, notre amitié m'a explosé au visage.

Ah, parce que ce n'est que de l'amitié ? Tu es vraiment sûr de ça ?

Frodon Sacquet : Promis.
Tu peux même venir en guenilles si ça te chante, ça ne changera rien pour moi. Tu seras toujours aussi... parfaite. Ils ne vont pas te manger... tout juste te cuisiner jusqu'à ce que tu craques et que tu avoues que tu es folle de moi.

C'est seulement un repas ! À la voir angoisser comme elle le fait, on croirait qu'elle participe à une compétition de patinage artistique avec figures imposées.

Sawyer : Tu es bête, mais merci.
Et aucune chance pour que j'avoue
un truc pareil. Il faudrait me passer
sur le corps avant.

Frodon Sacquet : C'est une invitation ?

Je ris sous cape quand je reçois une série d'émojis doigt d'honneur. J'en profite pour prendre une photo de mes ongles et la lui envoie.

Quand Briar Rose revient, elle est vêtue d'une robe de princesse et porte une mallette rose et argentée de coiffeuse dans une main. Dans l'autre se trouve un tote-bag dont dépassent de la dentelle et des rubans de satin. L'espace d'une seconde, je crains que son sac contienne une robe à ma taille. Ce serait carrément le genre de Tristan d'acheter des robes au format XXL afin de pouvoir jouer à la princesse avec sa fille.

– Waouh ! m'exclamé-je. Briar Rose, tu es sûre qu'il n'y a que ton attirail de coiffeuse là-dedans ? On dirait plutôt que tu as déménagé ta chambre.

Le sourire espiègle qu'elle m'adresse ne me dit rien qui vaille. Mon pressentiment se confirme à la minute où elle retire une montagne de froufrous roulée en boule de son sac et me l'envoie dans les bras.

– Je te préviens, tu as intérêt à faire de moi la plus belle des princesses ! lancé-je, faussement sérieux.

Elle éclate de rire, et il ne lui en faut pas plus pour finir de me convaincre.

Et puis merde ! S'il me faut porter un tutu par-dessus mes fringues pour rendre cette gamine heureuse, alors ainsi soit-il !

Je ne sais pas si c'est l'effet Sawyer, mais putain, je ressens une sorte de plénitude. Ça ne m'était pas arrivé de ressentir ça depuis… Eh bien, c'est simple, je ne me rappelle plus à quand remonte la dernière fois où je me suis senti aussi bien avec quelqu'un.

Avec quelqu'un qui ne soit pas Jenna.

Alors que je m'attends à ressentir la piqûre douloureusement familière qui surgit à la simple mention du prénom de mon ex, celle-ci ne vient pas.

Pas immédiatement en tout cas.

Et pour la première fois, la douleur est supportable.

CHAPITRE 26

SAWYER

Je vérifie ma tenue une dernière fois en attendant qu'Ollis passe me chercher. J'ai choisi quelque chose de simple et d'efficace. Enfin, c'est ce que j'imaginais, car à présent, debout, face au miroir de ma chambre, j'ai des doutes.

J'ai opté pour un pantalon taille haute crème, une blouse en soie noire et ma paire de Converse montantes de la même couleur.

Mes cheveux sont ramenés sur une épaule et mon maquillage se résume à un long trait d'eyeliner, une pointe de mascara et un gloss transparent.

Peut-être aurais-je dû mettre quand même une robe, finalement ?

Je prends une photo et l'envoie à Li Ann afin d'avoir un deuxième avis.

Quelques secondes plus tard, sa réponse me parvient.

Li Ann : Waouh ! C'est déjà
la présentation aux parents ?
C'est trop mignon ! Une question
me taraude… tu es quand
même passée à la casserole,
rassure-moi ?

Bon sang ! Ma collègue est impossible ! Note pour moi-même : ne plus JAMAIS lui confier de secrets.

Sawyer : Ce n'est pas tes oignons !
Et sinon… pour ma tenue, alors ?

Li Ann : Tu es divine ! Un petit air
d'Hillary Clinton en plus classe.

Hillary Clinton ? Pardon, mais à quel moment c'est censé me rassurer ?

Nouvelle note pour moi-même : m'abstenir de demander des conseils vestimentaires à Li Ann !

Je balance mon téléphone sur mon lit, lorgne du côté de ma penderie et pousse un long soupir. Je n'ai rien d'autre à me mettre.

Seigneur, s'il s'est fichu de moi et que tout le monde est sur son trente-et-un, je jure de le maudire jusqu'à ce que mort s'ensuive, ou qu'il se tape un ongle incarné à chaque orteil.

Malgré mes exercices de respiration, ma fidèle amie, l'anxiété, revient à la charge pour m'embrouiller l'esprit et l'envahir de doutes.

Pourquoi ai-je accepté son invitation, déjà ?

Parce que grâce à lui, la bibliothèque reçoit une bonne cinquantaine de nouvelles inscriptions par semaine.

Par conséquent, lors de la dernière assemblée, le conseil d'administration a tranché et décidé de maintenir mon poste pour le moment. *Merci Ollis !*

Mon téléphone vibre à nouveau. Un message d'Ollis.

Avec un peu de chance, il va m'annoncer que le MacDonnell Squad s'est chopé la gastro du siècle et que le déjeuner est annulé.

Frodon Sacquet : Prête ? Je suis
là dans moins d'une minute.

Chiotte !

J'attrape mon sac, le bouquet de dahlias que j'ai prévu d'offrir à la mère d'Ollis et dévale l'escalier.

Dans le salon je trouve la mienne, allongée sur le canapé, télécommande en main, zappant d'une chaîne à l'autre. Cette vision me serre le cœur. Cette semaine, ce ne sont pas moins de sept colis que j'ai dû renvoyer.

Je me penche vers elle, embrasse le sommet de son crâne.

– Maman, je file. Par pitié, ne fais pas de folies.

– Bonnes révisions, ma chérie.

– En fait, non. Je ne vais pas réviser. Tu ne te souviens pas du déjeuner dont je t'ai parlé hier ?

Ma mère se redresse légèrement, ramène les pans de son peignoir sur sa poitrine, les sourcils froncés.

– Voyons, je ne suis pas encore sénile. Je m'en souviens parfaitement, pour qui me prends-tu ? C'est avec ton groupe de travail, c'est bien ça ?

Je n'ai pas de groupe de travail.

Je remonte la lanière de mon tote-bag sur mon épaule et hésite un instant à lui mentir afin de ne pas la contredire.

Tous ces antidépresseurs sont une plaie !

– Presque. Je me rends chez la famille de mon ami.

À l'écran, la présentatrice chante les louanges d'un four à pizza électrique. Ça suffit à attirer l'attention de ma mère.

– Maman, je ne rentre pas tard et il y a des restes dans le frigo, d'accord ?

Elle acquiesce, captivée par la démonstration de l'appareil.

Soudain, un profond soupir de lassitude m'échappe. J'ai besoin de sortir, de ne plus être spectatrice de cette foutue dépendance qui grignote progressivement sa raison.

Je rejoins Ollis à reculons, partagée entre l'envie de rester pour veiller sur ma mère et celle de m'évader de mon quotidien le temps d'une journée.

J'ouvre la portière de la voiture et m'installe sur le siège passager avant d'être tentée de faire machine arrière.

– Hé, quelque chose ne va pas ? Tu es toute pâle, s'inquiète Ollis à la seconde où son regard se pose sur moi.

J'ourle mes lèvres dans un sourire que j'espère suffisamment convaincant et le complimente sur sa tenue.

– Tu es très beau.

Habillé d'une chemise noire dont il a pris soin de relever les manches jusqu'aux coudes et d'un jean sombre, on le croirait sorti d'une couverture de *GQ*.

C'est injuste, il n'a aucun effort à fournir pour être… parfait.

Il l'est en toutes circonstances.

– Ma chère Sawyer, je te remercie et te retourne le compliment, fait-il avec une légère révérence.

Un rire m'échappe.

Parfois, ses manières et ses tenues chics me donnent vraiment l'impression qu'il s'est échappé d'un roman de Jane Austen. Je crains qu'à tout moment, il ne soit le fruit de mon imagination et qu'il ne s'évapore dans une volute de fumée pour retourner rejoindre les pages d'un de mes livres préférés.

Mon Dark Darcy...

– Les fleurs sont pour moi ? Ce n'était pas nécessaire, trésor, mais j'apprécie.

Trésor...

Une douce chaleur m'envahit. J'ai beau lui dire d'arrêter d'utiliser ces mots doux avec moi, sa langue est programmée pour la flatterie.

– Elles sont pour ta mère, idiot. Elle aime les fleurs, n'est-ce pas ?

– Elle adore. Et elle va t'adorer également.

– Qu'est-ce que tu en sais ?

Du bout des doigts, il libère ma lèvre inférieure que je mordille.

– Tu n'as aucune raison de t'inquiéter pour ça. Tout le monde est très impatient de faire ta connaissance.

Quand il démarre, les riffs de *Highway to Hell* emplissent l'habitacle. Mon appréhension grimpe en flèche.

Et s'ils étaient déçus ?

S'ils s'attendaient à rencontrer quelqu'un avec autant de classe et d'élégance qu'eux ?

Je veux dire, ils habitent sur les hauteurs de Calabasas, la ville des stars. Et je crois me rappeler que son père est quelque chose comme lord en Écosse.

Il n'y a qu'à voir les manières de leur fils pour comprendre que sa famille fait partie d'une classe sociale à part, une classe sociale à laquelle je n'appartiens définitivement pas.

– Et si ça te préoccupe tant que ça, tu n'auras qu'à les imaginer à poil. Tu verras, c'est une méthode radicale !

Durant le trajet, j'ai droit à un récap sur les membres de sa famille et à des anecdotes sur leur enfance, si bien que je ne fais pas attention au chemin que nous empruntons. Mais alors que mon regard s'égare vers la route, je reconnais l'endroit et me fige.

Oh non…

C'est plus fort que moi, en une seconde, mon cœur s'emballe et ma cage thoracique se soulève.

– Stop… Stop ! Arrête-toi s'il te plaît ! Arrête-toi !

Ollis freine et, d'un coup de volant, se range sur le bord de la route, puis se tourne vers moi. Le malaise grandit et alors qu'il me demande ce qui ne va pas, de la panique dans la voix, je balbutie de brèves explications.

– Je ne peux pas… Je suis désolée, je ne peux pas, pas le carrefour Jefferson, s'il te plaît.

Son regard cherche la source de ma soudaine perte de contrôle, se porte sur le croisement, et revient à moi.

Je ne lui donne aucune explication. Je ne saurais même pas par où commencer tant je suis submergée par les images qui apparaissent derrière mes paupières comme des flashs sinistres.

Tôle broyée, bruits métalliques, cris, odeur de pneus calcinés, sang… Tout ce sang… et la chute vertigineuse, la certitude que je ne m'en remettrai pas malgré les années.

Le traumatisme est là, réel, et j'ai beau tenter de le cacher, de faire comme si tout allait bien, je crois que c'est inutile.

Comme s'il savait ce qu'il fallait faire… Ollis retire sa ceinture de sécurité, puis la mienne et sans un mot, il m'étreint.

Fort.

Longtemps.

Ses bras réconfortants sont un baume sur mes blessures invisibles.

Parfois, les mots sont inutiles.

Les minutes s'étirent et après un temps, ça va mieux.

Avant de s'écarter, Ollis m'embrasse sur le front, puis il redémarre. Il bifurque, fait demi-tour, emprunte un chemin de traverse et je l'en remercie silencieusement.

Nous ne parlons pas de ce qui vient de se passer. De toute manière, je ne m'en sens pas capable. Ressasser la tragédie et vivre constamment avec les souvenirs est bien assez difficile comme ça.

La ville défile sous mes yeux, et à mesure que nous roulons, les rues s'élargissent, les maisons sont de plus en plus espacées, de plus en plus somptueuses.

Ollis s'arrête devant un haut portail qui coulisse pour nous libérer le passage. Il s'engage ensuite dans une grande allée bordée de parterres de fleurs. Au bout se dresse un manoir majestueux.

Je fais mon possible pour ne pas me décrocher la mâchoire face à la beauté du jardin en fleurs et de la demeure trônant en son centre. Je me sens soudain ridicule avec mon bouquet de dahlias.

Ollis s'arrête près d'un SUV, d'un cabriolet rouge pétant et d'un monospace, et descend pour m'ouvrir la portière.

– Ça va ?

– Ça va, réponds-je dans un murmure.

Il fait ensuite un signe vers les voitures garées.

– Tout le monde est déjà là.

J'opine, et lorsqu'il me propose sa main, j'accepte et me laisse entraîner jusqu'à la majestueuse entrée.

Merde, c'est vraiment superbe !

Avant qu'on ait le temps de frapper à la porte, celle-ci s'ouvre en grand et une tornade brune que je devine être sa sœur saute au cou d'Ollis.

Elle est sublime, vêtue d'une robe trapèze rose poudré et de stilettos crème. Ses cheveux sont ramenés sur le côté dans une longue tresse élégante.

– Tu es en retard ! lui déclare-t-elle, avant de se tourner vers moi.

Son regard s'arrête une seconde sur nos mains jointes, puis elle affiche un sourire lumineux.

– Tu dois être Sawyer ! Ollis nous parle sans arrêt de toi.

– Ah, vraiment ?

– Ne fais pas gaffe, Olivia a le chic pour tout exagérer.

– Même pas vrai ! s'offusque cette dernière.

Alors que je m'apprête à lui tendre la main pour la saluer, elle me surprend quand elle me prend dans ses bras, effaçant mes craintes par la même occasion.

– Je suis tellement contente de te rencontrer enfin, murmure-t-elle.

Sa spontanéité et sa gentillesse sont rafraîchissantes.

– C'est réciproque.

Elle nous invite à la suivre à l'intérieur tout en me faisant faire une rapide visite des lieux.

La déco est chic et soignée avec des boiseries apparentes, et un fumet délicieux flottant dans l'air fait gronder mon estomac.

Nous pénétrons dans un salon spacieux dont les hautes fenêtres apportent beaucoup de lumière et là, installée autour d'une table basse en marbre, la fratrie d'Ollis nous accueille chaleureusement.

Chaque membre est exactement comme il me les a décrits en chemin, à la différence près qu'il a oublié de mentionner sa troublante ressemblance avec son frère aîné, si bien que je me demande un instant s'il ne m'a pas caché qu'ils sont jumeaux.

Owen et son mari sont là aussi.

J'offre le bouquet que j'ai apporté à Mme MacDonnell.

– Quelle gentille attention, merci. Vous voilà enfin, ma chère Sawyer. J'ai tellement entendu parler de vous par mon fils que j'ai l'impression de vous connaître déjà, me confie-t-elle.

Tiens donc… Je croyais qu'il avait glissé mon nom seulement à une ou deux reprises au détour d'une conversation…

Je lance un coup d'œil par-dessus mon épaule à Ollis qui lève les yeux au ciel et secoue la tête en soufflant « elle exagère ».

Je remercie les parents d'Ollis pour l'invitation, sans m'attarder sur les joues creusées et le teint cireux de son père qui semble flotter dans sa chemise.

Il est malade, de toute évidence.

Mais comme Ollis ne m'a soufflé mot à ce sujet, je fais comme si de rien n'était.

Je sens courir sur moi les regards de sa famille. C'est étrange d'être en quelque sorte le centre de l'attention. C'est d'autant plus étonnant qu'ils ont dû voir défiler un paquet de femmes au bras de leur fils, non ?

Toutefois, il y a un détail qui me fait oublier tout le reste : la main réconfortante d'Ollis n'a pas quitté la mienne depuis que nous sommes chez ses parents. Pas une seule fois.

Je lui suis profondément reconnaissante d'être un tel soutien et de ne pas m'avoir laissé tomber.

Lorsque mes yeux rencontrent les siens à nouveau, gris, intenses, pénétrants, une douce chaleur s'invite dans ma poitrine. J'ai soudain conscience de notre contact.

De sa proximité.

De son pouce qui caresse l'intérieur de mon poignet.

De ma peau parcourue de frissons.

De sa voix grave qui vibre jusque dans mon ventre.

De mon cœur qui bat un poil plus vite et un poil plus fort et du drôle de sentiment qui s'immisce en moi…

CHAPITRE 27

SAWYER

– Le déjeuner est prêt, déclare Mme MacDonnell.

Nous prenons place autour d'une large table en acajou, et des plats tous plus appétissants les uns que les autres se succèdent : carpaccio de bœuf au basilic, crevettes sautées, risotto aux champignons, aubergines à la parmesane, le tout arrosé de vin italien. L'ambiance est aux rires, les discussions s'élèvent, et la bonne humeur est contagieuse. Si je dois être honnête, j'envie à Ollis sa grande famille soudée.

Malgré les petites piques qu'ils se lancent de temps en temps, ses frères, sa sœur et lui, on sent combien ils sont tous proches les uns des autres. Même Sacha semble avoir parfaitement trouvé sa place parmi eux. En revanche, je suis étonnée que le futur mari d'Olivia manque à l'appel. Ne s'agissait-il pas d'un déjeuner pour fêter leurs fiançailles ?

Pile au moment où je me pose la question, on sonne à la porte. Ma voisine bondit de sa place.

– Je vais ouvrir, c'est sûrement Peter.

Aussitôt qu'elle passe la porte, Ollis jette sa serviette sur la table et lance un regard circulaire à sa famille.

– Donc si je comprends bien, on va tous faire comme si tout était parfaitement normal ?

– Détends-moi, il avait prévenu qu'il serait un peu en retard, tonne Orion.

– À son propre déjeuner de fiançailles ? Tu ne trouves pas qu'il y a un problème quelque part ?

– J'avoue que Peter n'a pas l'air très investi dans les préparatifs, déclare Owen. C'est Liv qui se tape le travail toute seule. En plus, ils n'ont toujours pas arrêté de date, donc…

– Ça me les brise de voir que ma petite sœur s'embarque dans un mariage à sens unique.

J'assiste à leur échange, muette. Je suis d'accord avec leurs arguments, mais je ne connais pas suffisamment Olivia pour avoir mon mot à dire sur le sujet.

– Tout ce que je veux, c'est le bonheur de ma fille.

– Maman, tu penses vraiment qu'elle sera heureuse avec ce type-là ?

– Laisse maman tranquille, Ollis. Tu n'es franchement pas le mieux placé d'entre nous pour dispenser des conseils matrimoniaux.

La remarque d'Orion jette immédiatement un froid autour de la table. Je ne suis pas au fait des petits secrets de cette famille et je n'en ai franchement pas besoin pour comprendre que la balle perdue visait Ollis et son divorce.

Ce dernier secoue la tête et se tourne vers moi :

– Je suis désolé que tu voies tout ça.

– Ce n'est rien, murmuré-je.

Assister à cet échange houleux entre eux aurait pu me mettre mal à l'aise, mais c'est tout le contraire. Égoïstement, je suis rassurée de découvrir qu'aucune famille n'est parfaite. Chacune cache à sa manière ses failles et ses fêlures. Tout comme la mienne.

Ollis reprend, en direction de son frère.

– Parce que toi, tu le peux ? Rappelle-nous où est ta chère épouse, Orion ? Non, ne dis rien. Laisse-moi deviner, je parie qu'elle est encore au travail.

– La ferme.

La tension qui crépite entre les deux frères est palpable, au point qu'on pourrait jurer qu'elle est un membre de la famille à part entière.

Cette discussion a mis Ollis sur les dents, et je sens que non seulement toute cette histoire avec sa sœur le tracasse, mais que ce n'est pas tout. J'ai le sentiment qu'il y a plus derrière sa relation avec Jenna. En fait, on dirait que, malgré les années écoulées, il n'a pas réussi à vraiment tourner la page, et que le sujet reste toujours aussi sensible.

Et je me demande bien pourquoi. A-t-il encore des sentiments pour son ex-femme ?

Mes réflexions sont interrompues par le bruit des talons d'Olivia claquant sur le marbre. À mesure qu'elle se rapproche, je distingue le timbre un peu plus grave de son fiancé.

– Les garçons, ça suffit à présent ! Votre sœur arrive, faisons en sorte que ce repas se passe bien, conclut leur mère.

Olivia et son fiancé pénètrent en même temps dans la salle à manger, et alors que tout le monde se lève pour saluer le nouveau convive, Ollis ne bouge pas d'un pouce.

Je comprends qu'il ne soit pas particulièrement enchanté à l'idée de l'accueillir, mais sa sœur est une grande fille et je suis certaine que ce dont elle a besoin, ce n'est pas d'une leçon de morale mais du soutien de ses frères.

Sans réfléchir, je tends la main sous la table et la pose sur la jambe d'Ollis afin d'attirer son attention.

– Ta sœur a besoin de toi, murmuré-je.

– Je le sais et je suis là pour elle. Mais c'est aussi mon rôle de la protéger, répond-il sur le même ton.

– Ce n'est pas ce qu'elle te demande. Tu ne peux pas l'empêcher de prendre ses décisions.

– Même si ça signifie qu'elle va souffrir ?

– Ça, tu n'en sais rien.

– Crois-moi, Saw, je le sais. Et je ne veux pas que quelqu'un lui brise le cœur.

– Tu sembles savoir de quoi tu parles.

Il ne répond pas. Il n'en a pas besoin. Le voile de tristesse qui assombrit son regard à l'instant parle pour lui.

Mon cœur se serre.

Bon sang, que s'est-il passé avec Jenna pour qu'il souffre encore de la sorte ?

Il l'aime toujours...

Cette pensée à peine formulée me fait mal, et un nœud inattendu se forme dans ma gorge.

De la jalousie ?

Olivia et Peter s'installent. Progressivement, l'ambiance retrouve sa légèreté tandis que Mme MacDonnell ressert tout le monde. Le fiancé d'Olivia a l'air d'être quelqu'un de gentil. Il a un petit côté *british* tout à fait charmant. J'apprends qu'il est dans la finance. Olivia et lui bossent dans le même bâtiment et c'est précisément sur leur lieu de travail qu'ils se sont rencontrés.

Au moment où je pique une crevette décortiquée dans l'assiette d'Ollis et la fourre dans ma bouche, Orion intervient.

– Bien, parle-nous un peu de toi, Sawyer. Que fais-tu dans la vie ? me lance-t-il depuis l'autre bout de la table.

La balle a changé de camp.

Surprise par son soudain intérêt pour ma personne, je m'oblige à avaler rapidement, tandis que tous les regards convergent dans ma direction.

Mince, je préférais quand l'interrogatoire était centré sur Peter.

Je réfléchis à une réponse claire et concise tout en m'efforçant de faire abstraction du regard insistant d'Orion, ce qui est loin d'être évident tant il est intimidant. Avec son costume clinquant et sa prestance, il me donne l'impression d'être à un entretien d'embauche avec le directeur d'une multinationale.

Ce qu'il est, du reste.

– Et bien, ahem…

Je saisis mon verre pour faire passer mon appréhension. Bon sang, ce vin est vraiment délicieux en bouche avec son parfum de cassis et de réglisse. Frais, fruité, et sans aucun doute affreusement cher.

– Où en étais-je, déjà ?

– En fait, tu n'as pas commencé, me répond-il, tout en lissant sa cravate du plat de la main.

Je reprends mes esprits et raconte en quelques mots d'où je viens, fais un rapide topo sur mes études d'architecture, ainsi que sur mon expérience à l'université et les projets sur lesquels je travaille actuellement.

Face à moi, tout le monde semble sincèrement captivé par ce que je raconte, opinant à chacune de mes phrases.

– C'est intéressant, affirme-t-il. Tu as fait un excellent choix de carrière. L'architecture est un métier plein d'avenir.

Le compliment me va droit au cœur.

– Tu es en quelle année ?

– La dernière.

– Donc, bientôt diplômée ?

Je note que ce n'est pas une affirmation, mais une question.

– Non seulement elle le sera, mais tu as devant toi la future major de sa promo, intervient Ollis.

Il se tourne vers moi alors que mes joues s'empourprent.

– Personne ne sait si ce sera le cas.

– Moi, je le sais.

Ses yeux gris brillent d'une lueur d'admiration qui me transcende. En dehors de mon père, jamais quelqu'un n'a eu autant confiance en moi.

Une douce chaleur s'enroule autour de mon cœur.

– Merci, articulé-je sans parvenir à me détourner.

– Eh bien dans ce cas, je vais faire confiance à mon frangin, nous interrompt Orion. Donc, Sawyer, si jamais tu es intéressée par un stage au sein de ma compagnie, n'hésite pas à venir me voir.

– Tu parles sérieusement ?

– Je parle toujours sérieusement. Passe à mon bureau quand tu es libre et nous pourrons en discuter plus longuement. Et, pourquoi pas, envisager une collaboration.

Oh, bordel.

– Entendu, j'y penserai. Merci pour la proposition, Orion.

À mes côtés, je sens Ollis se tendre imperceptiblement. J'ignore pourquoi il est soudain irrité.

– Hé ! soufflé-je dans sa direction.

– Hmm ?

– Ne me dis pas que tu portes le deuil de la crevette que je t'ai piquée ?

– J'étais sur le point de l'adopter, mais tu as tout ruiné.

Je ne peux m'empêcher d'éclater de rire.

Aussitôt, il me lance ce stupide sourire en coin qui me fait fondre.

– Pourquoi ça n'irait pas ? J'ai la chance d'avoir la femme la plus merveilleuse de la terre assise à mes côtés, dit-il en caressant une de mes mèches.

Ses doigts frôlent ma peau, et son contact m'arrache un soupir.

Je suis incapable de dire à quel moment précis notre relation est passée de zéro à ça, à ce que nous avons aujourd'hui. Tout ce dont je suis sûre, c'est qu'Ollis a pris toute la place dans ma tête. Une minuscule pensée se faufile dans mon esprit pour y implanter l'idée que le sentiment est réciproque. Peut-être, je dis bien peut-être, suis-je importante à ses yeux ?

– Tu sais ce que tu comptes faire une fois que tu auras obtenu ton diplôme ?

La question vient d'Owen et met un terme à notre interlude.

Évidemment que je sais ce que je compte faire de ma vie professionnelle. Cependant, je n'ai pas envie de parler de mon plan, un plan infaillible qui consiste à trouver un job qui paie les factures – *qui paie bien*. Je ne sais pas pourquoi, mais ma raison me pousse à garder pour moi ma passion pour le dessin et mon rêve de devenir illustratrice.

– Oui, trouver du travail dans un cabinet d'architecte.

Si j'évite d'en dire plus, c'est parce que j'ai peur de ce que vont penser de moi les personnes autour de cette table. Notamment Orion. D'autant qu'Ollis m'a raconté que son frère aîné est passé maître dans l'art de déprécier les choix de tout un chacun.

S'il venait à faire pareil avec moi, je ne suis pas certaine de pouvoir le supporter. Je me connais, je serais capable de lui envoyer à la figure une réplique bien sentie. Et dire adieu au stage qu'il m'a proposé.

– Pas dans le domaine de la poterie, en tout cas, complète Ollis.

Sa réplique fait rire tout le monde.

J'en profite pour me pencher vers lui.

– Et pourquoi pas ? J'ai trouvé que j'étais plutôt douée avec l'argile.

– Si tu fais référence au masque que tu m'as appliqué, je ne peux qu'être d'accord avec toi. Je n'ai jamais eu un teint aussi éclatant.

Il fait mine de caresser ses joues, fier de sa blague.

– Au lieu de te moquer, tu ferais mieux de me remercier. Grâce à moi, tu as une peau de bébé, et en prime, tu es reparti de là-bas avec une rare pièce de céramique fabriquée par mes soins.

– Mille excuses, très chère, j'ai failli oublier que j'ai en ma possession la toute première création, unique au monde, de Sawyer Frankenstein.

Seigneur, quel idiot. En réponse, je lui tire la langue. Du coin de l'œil, je me rends compte que le clan MacDonnell au complet suit notre échange avec intérêt.

Je saisis mon verre et y trempe mes lèvres pour me donner une contenance et faire comme si je n'étais pas le centre de toutes les attentions il y a quelques secondes encore.

Décidément, ce vin est délectable.

– Il est bon, n'est-ce pas ? déclare le patriarche de la famille en me voyant savourer ce nectar. C'est un des meilleurs crus de notre réserve personnelle, précise-t-il, les yeux pleins de fierté.

Malgré la maladie, et derrière des iris métalliques d'un gris délavé, on devine sans mal de qui Ollis tient son physique.

– Bon, et comment vous vous êtes rencontrés tous les deux ? Je veux savoir tous les détails ! rebondit Olivia d'une voix débordant d'enthousiasme.

Après le frère, je demande la sœur.

Moi qui croyais en avoir fini avec les questions…

CHAPITRE 28

SAWYER

Au lieu de prendre le relais et de répondre à Olivia, Ollis se contente de glisser son bras le long de mes épaules et de m'encourager du regard. Un regard qui veut clairement dire « débrouille-toi toute seule avec elle ».

Quelle mauviette, celui-là alors !

– Allez, raconte-leur, princesse. Ils vont adorer.

Mes yeux sortent presque de leurs orbites. Il est dingue de m'appeler ainsi devant toute sa famille ! Bon sang, que vont-ils penser après ça ?

– Par pitié, évite d'utiliser ce petit nom, surtout en public, marmonné-je tout bas entre mes dents serrées, de sorte que personne ne nous entende.

C'est le meilleur moyen de leur laisser croire qu'il se passe quelque chose entre lui et moi, que nous sommes… plus.

Ce qui n'est pas le cas.

Lorsque je lève le nez, je remarque que tous les regards sont rivés sur nous.

– Voyons voir, je ne sais pas vraiment par où commencer.

– Par le commencement, entonne Orion.

Il n'était pas occupé à lisser sa cravate, celui-là ?

– Nous nous sommes rencontrés durant l'un de mes cours de dessin. Ollis posait en tant que modèle de nu.

Le principal intéressé se fige comme une statue à mes côtés.

Bien fait, ça lui apprendra ! Il n'avait qu'à répondre à ma place au lieu de me laisser gérer.

– Oh Seigneur, je ne peux pas le croire, glousse Olivia.

Je me contente de confirmer d'un signe de la tête.

Une salve de rires éclate autour de nous.

– Tout à fait le genre de mon frangin de se pavaner à poil, argue l'aîné.

Ollis tourne immédiatement la tête vers lui, lève son verre à son intention en faisant mine de porter un toast.

– Quand on a un corps comme le mien, pourquoi s'en priver ? Je comprends que tu sois jaloux, Orion, mais, si ça peut te consoler, Sawyer t'offrira une de ses toiles de moi. Je suis sûr que ça fera plaisir à ta femme.

– T'es vraiment un abruti.

– Venant de toi, c'est un compliment.

J'ai l'impression que les MacDonnell ont tellement l'habitude d'être témoins de ces combats de coqs qu'ils ne prennent pas la peine d'intervenir. Leur mère se contente de secouer la tête, quant à leur père, il sirote son verre de vin avec un détachement que je lui envie. Les seuls à être un peu embarrassés sont Sacha, Peter et moi. Les pièces rapportées, quoi !

– En réalité, c'est un travail minutieux de recopier tous les tatouages qui ornent la peau d'Ollis, souligné-je afin de dissiper la tension et de briser le silence. Un peu comme recopier une bande dessinée.

– Toi aussi, tu es tatouée ? reprend Orion.

– Non, pas encore.

– Ça ne m'étonne pas…

– Qu'est-ce que tu veux dire ? demande Ollis.

Son frère fait tournoyer l'alliance en platine autour de son doigt tout en nous observant l'un après l'autre.

– Que de toute évidence, elle n'a pas assez confiance en toi pour te laisser la tatouer. Je ne la blâme pas, moi aussi j'aurais des réticences à te confier ma peau.

Je n'ai jamais entendu quelque chose de plus stupide. Malgré la légèreté apparente de la conversation, je sens que sa remarque a touché une corde sensible chez Ollis.

Mon empathie pour lui monte en flèche, et je sens soudain le besoin de le défendre. Je glisse ma main dans la sienne, entrelace nos doigts et déclare :

– Pour le coup, je suis désolée de te décevoir, Orion, mais tu as tort. Non seulement je confierais sans hésiter ma peau à ton frère, mais j'ai déjà pris rendez-vous.

Sous la table, je sens le pouce d'Ollis caresser longuement le dos de ma main. Un coup d'œil vers lui m'apprend qu'il affiche ce rictus en coin qui fait bondir mon cœur et flageoler mes jambes.

Peut-il arrêter d'être aussi sexy ?

Olivia remarque le malaise qui s'est installé entre les frangins et se lève d'un bond pour aller chercher le dessert.

– Sawyer, tu veux bien venir m'aider ?

Je saute sur l'occasion.

– Avec joie.

Je lui emboîte le pas jusqu'à la cuisine, laissant les deux frères libres de continuer à jouer à celui qui a la plus grosse.

Dès que je pousse les portes battantes de la cuisine, les bras fins d'Olivia m'attirent à l'intérieur.

– Sawyer, il ne faut surtout pas que tu prennes pour argent comptant leurs petites piques. C'est comme ça qu'ils fonctionnent, ces deux-là. Ils se chamaillent pour des conneries, mais seraient prêts à donner un rein si l'autre en avait besoin.

Je me contente d'acquiescer. Je suis fille unique, je n'y connais rien en relations fraternelles.

– Alors, comment tu trouves Peter ?

Sa question me prend au dépourvu. Difficile de donner son avis sur quelqu'un qu'on connaît depuis moins de deux heures.

– Il est… il a l'air plutôt… gentil.

– Oui, ça pour être gentil, il l'est, seulement…

Silence.

– Seulement, quoi ?

– Rien du tout, je suis un peu bouleversée par les émotions de ces derniers jours, je crois. Tant pis si je me répète, je suis profondément heureuse que tu sois venue, aujourd'hui.

– Je suis aussi ravie d'être là, et de te rencontrer, de tous vous rencontrer.

Elle m'offre une petite accolade. Et comme je ne sais pas quoi faire de mes bras, je les laisse pendre le long de mon corps.

Quand elle s'écarte, elle affiche un sourire jusqu'aux oreilles, si sincère et tellement contagieux que je me surprends à en esquisser un à mon tour.

– J'avais hâte de faire la connaissance de celle dont mon frère parle sans arrêt.

– Il ne fait pas vraiment ça ? Je veux dire, parler souvent de moi.

– Tu n'as pas idée d'à quel point.

Face à mon incrédulité, elle lève trois doigts à hauteur de sa poitrine.

– Parole de scout !

C'est étrange. Cela dit, j'en fais autant avec Li Ann et parfois avec ma mère. Enfin, quand elle n'est pas accaparée par la télévision.

– Je suppose que l’un comme l’autre, nous étions loin de nous attendre à ce que notre amitié prenne autant d’importance.

– Votre *amitié* ?

Il est vrai que la frontière de notre amitié est de plus en plus floue pour moi aussi.

Généreusement, Olivia décide de ne pas insister sur le sujet.

– Je me demandais… Tu serais libre pour que l’on déjeune ensemble un de ces quatre ?

– Euh, oui. D’accord, pourquoi pas.

– La semaine prochaine, c’est bon pour toi ? Tu es disponible mercredi ?

Je n’avais pas compris que son « un de ces quatre » voulait dire « à courte échéance ».

– On pourrait ensuite aller faire un tour dans la rue commerçante de Rose Bowl, si tu es partante. Je n’ai toujours pas trouvé de robe de mariée, alors qu’en dis-tu ?

– J’en dis que…

Que le shopping n’est franchement pas mon truc.

Je n’ai pas de temps à consacrer au lèche-vitrine, et puis entre le travail et mon planning de révisions, il me faudrait des journées de trente heures pour pouvoir m’en sortir.

La Sawyer d’avant Ollis aurait refusé. Mais s’il y a une chose qu’il m’a apprise, c’est justement à lâcher prise et à apprendre à vivre, juste vivre.

– OK.

Le moins qu'on puisse dire c'est qu'Olivia est ravie à la perspective de passer du temps avec moi. Et en moins de temps qu'il n'en faut pour dire « embuscade », elle a récupéré mon téléphone, enregistré son numéro dans mes contacts et envoyé un e-mail au restaurant Le Providence pour réserver une table pour deux.

– Attends une seconde, au Providence ? m'étranglé-je.

Je veux bien faire plaisir à la sœur d'Ollis, mais mon porte-monnaie a ses limites. En d'autres termes, je n'ai pas les moyens de déjeuner dans un endroit qui n'affiche pas le prix des plats sur sa carte.

– Ne t'en fais pas pour ça, une de mes amies travaille là-bas. Elle nous fera une méga réduction.

Je ne sais pas trop dans quoi je m'embarque, et je me rassure en me disant que je pourrai toujours annuler au dernier moment.

Elle sort des tartes du réfrigérateur et m'indique où récupérer les assiettes à dessert et les couverts.

Quand nous terminons d'installer le tout sur un plateau, Olivia s'approche et me prend les mains.

– Tu sais, Sawyer, j'ai le pressentiment que nous serons de grandes amies. Ma belle-sœur n'est pas très « famille ». Quant à Ollis, tu es la première femme qu'il nous présente depuis son divorce.

– Je te demande pardon ? Mais c'était il y a près de…

– Cinq ans, termine-t-elle pour moi. Et pendant tout ce temps, il faut croire qu'il n'a pas eu une seule relation sérieuse.

Je n'en reviens pas. Je veux dire, j'étais loin de m'attendre à ça. Je sais qu'Ollis n'est pas prêt à en parler, toutefois ça ne m'empêche pas d'être curieuse. Je me demande ce qui a bien pu se passer entre Jenna et lui au point de le vacciner contre les relations sérieuses.

– J'ai du mal à croire que personne n'ait retenu l'attention d'un homme comme lui durant toutes ces années.

– C'est pourtant la vérité. Je ne dis pas qu'il n'est sorti avec personne, mais aucune n'a été suffisamment importante pour qu'il ait envie de l'inviter à la maison.

– Aucune en dehors de Jenna, complété-je.

– Sawyer, aucune en dehors de toi.

CHAPITRE 29

OLLIS

Sawyer remercie chaleureusement chacun des membres de ma famille pour leur accueil, et je ressens un sentiment de fierté que je ne m'explique pas à la voir parmi eux. En fait, j'ai l'impression que c'est terriblement naturel. Comme si elle était déjà l'une des nôtres. Il n'y a pas de fausse note.

J'apprécie qu'elle ne s'attarde pas plus que ça avec Orion. C'est mon frère, et je serais prêt à tout pour lui, mais je jure que je dois parfois me retenir de lui écraser mon poing sur la figure.

Je fais l'effort d'aller vers Peter. Sawyer a raison, je n'ai pas le droit de me comporter comme une ordure avec ce type qui ne m'a rien fait. Après tout, c'est surtout ma petite sœur qui lui a forcé la main pour ces fiançailles éclair. Et maintenant que je le connais un peu mieux, je dois avouer qu'il n'est pas si terrible. Il est même gentil.

– Sawyer, si tu es prête à partir, on peut y aller ?

– Je vous raccompagne à la voiture, propose ma sœur.

J'ai bien compris qu'elle a surtout envie de profiter de Sawyer jusqu'à la dernière minute. Le feeling est immédiatement passé entre elles.

Quand elle vient me saluer, ma sœur me glisse à l'oreille en toute discrétion :

– Elle est géniale, alors s'il te plaît, ne merde pas avec elle, grand frère.

– Je n'en ai pas l'intention.

Sawyer est silencieuse durant tout le trajet du retour. Ça ne lui ressemble pas. Même lorsque je lui ai proposé de choisir la musique, elle a juste refusé d'un signe de tête. Pas moyen de lui faire décrocher un mot.

– Tu as faim, ou soif ? On pourrait s'arrêter au Starbucks en chemin et je t'autoriserai même à m'affubler d'un nouveau surnom.

Elle lève vers moi ses prunelles noisette, une lueur étrange dans le regard.

Bordel, qu'est-ce que j'ai pu faire pour la contrarier de la sorte ? Je ne m'en souviens pas, mais j'ai forcément dû faire quelque chose qui lui a déplu.

– Merci, ça ira. J'ai bien trop mangé chez tes parents.

Qu'est-ce que je disais… Sawyer n'aurait jamais refusé un Starbucks, elle adore ça, encore plus quand elle peut se payer ma tête auprès du barista.

Je déroule mentalement le cours des événements de l'après-midi et me rends compte que je me suis comporté comme un imbécile avec mon frère aîné, mais aussi avec le fiancé de ma sœur.

Je suis un véritable crétin.

Je parie que la version de moi qu'elle a découverte là-bas l'a déçue. Soudain, je me sens minable.

Je me gare devant chez elle, et alors qu'elle s'apprête à descendre, je m'éclaircis la voix.

– Sawyer, attends. Avant que tu partes, je dois te présenter des excuses.

– Des excuses, pourquoi ? s'étonne-t-elle.

– Pour la façon dont je me suis conduit tout à l'heure. Tu n'avais pas besoin d'assister à nos petites querelles avec mon frangin. Même si sa grande passion est de me chercher continuellement, je n'aurais pas dû réagir à ses attaques, pas alors que tu m'accompagnais. Si je t'ai mise mal à l'aise, j'en suis navré. Je ne veux pas que ça change ta façon de me voir.

– Tu n'y es pas du tout, Ollis. Ça n'a rien à voir avec toi, et je suis entièrement d'accord, ton frère n'a cessé de te provoquer. Mais Olivia m'a expliqué que c'était votre façon d'être.

– Si ce n'est pas ça, est-ce que j'ai dit ou fait quelque chose qui t'a contrariée ?

– Ce n'est pas toi. Enfin, je veux dire, je repense à ce que m'a dit ta sœur.

– Olivia ?

– Quand nous étions dans la cuisine pour préparer le dessert, nous discutions de plusieurs choses, et puis je ne sais plus comment le sujet a été abordé, mais apparemment, selon elle, je suis la première femme que tu amènes chez tes parents. Enfin, je veux dire, depuis…

J'avale ma salive et m'entends prononcer le prénom de mon ex.

– Jenna.

– Est-ce que c'est vrai ?

Je me rapproche, effleure le lobe de son oreille, m'enivre de son parfum sucré que j'inhale comme un camé en manque.

– Ça l'est.

– Pourquoi ?

Je caresse sa mâchoire du nez, sa peau est douce. Elle ouvre la bouche, mais cette fois, c'est pour lâcher un soupir.

Je fronce les sourcils.

– Sois plus claire.

Elle ne bouge pas. En revanche, son cœur palpite tellement fort que je le sens presque cogner à travers la fine étoffe en soie de sa blouse.

Est-ce ma proximité qui la bouscule, ou le même besoin impérieux que le mien de goûter à ses lèvres ? Je ne sais pas comment j'ai tenu jusqu'ici pour résister à l'envie de l'embrasser.

Je suis un foutu saint.

– Pourquoi moi ?

– Je n'y ai pas vraiment réfléchi.

– D'accord, merci de ton honnêteté, Ollis. Quand tu auras réfléchi, fais-moi signe.

Elle s'écarte, ouvre la portière, puis s'en va.

Minute… Qu'est-ce qui vient de se passer ?

J'étais à deux doigts de dévorer sa bouche, et l'instant d'après, plus rien.

Je ne réfléchis pas, descends de ma caisse et la rattrape alors qu'elle s'engage dans l'allée qui mène chez elle.

– Sawyer, attends.

Elle s'arrête, se retourne et croise les bras. Tout en marchant jusqu'à elle, je l'observe sans me détourner.

Un feu incandescent brille dans ses grands yeux quand je m'arrête face à elle. Seulement quelques malheureux centimètres nous séparent, et il me suffirait de faire un pas de plus pour goûter à tous ses soupirs.

– Quoi ?

– Je me suis mal exprimé. Quand je t'ai dit que je n'ai pas réfléchi, ce n'est pas ce que je voulais dire.

– Ça n'a pas d'importance.

– Si, bordel. Bien sûr que si, ça en a, sinon tu ne t'emporterais pas.

– Je ne m'emporte pas ! Je suis très calme, au contraire, rétorque-t-elle, de la colère dans la voix.

Bien sûr, mon cœur…

– J'ai conscience d'avoir été maladroit, mais c'est parce que je n'étais pas préparé à répondre à tes questions.

– Excuse-moi, la prochaine fois je t'enverrai un e-mail pour te prévenir.

– Sawyer, grondé-je. Tu veux bien me laisser t'expliquer ? Ce que j'essaie de te faire comprendre, c'est que t'inviter à ce déjeuner de fiançailles et te présenter à ma famille m'a semblé naturel. Alors oui, je n'ai pas réfléchi parce que pour moi, c'était une évidence.

– Qu'essaies-tu de me dire, Ollis ?

J'ai besoin qu'elle comprenne que je ne prends pas les choses à la légère, alors je craque.

– Tu veux dire, en dehors du fait que j'ai terriblement envie de t'embrasser ?

Contre toute attente, c'est elle qui efface la maigre distance qui nous sépare, agrippe ma chemise du poing et m'attire vers elle pour écraser sa bouche contre la mienne. Durement.

Oh, bon sang ! C'est aussi bon que dans mon imagination. Oui, il m'est arrivé de penser à notre rapprochement, à son goût sur ma langue, à nous.

Souvent.

À présent qu'elle m'a donné le feu vert, j'entoure sa taille de mon bras et la colle à moi de manière un peu brusque.

Je durcis instantanément et je me demande ce que je ressentirai quand je serai en elle, parce que je sais maintenant que ça arrivera, aussi vrai que le ciel est bleu et que je m'appelle Ollister Shannon Fingal MacDonnell.

L'excitation fait bouillir le sang dans mes veines.

J'ai désiré ses lèvres, ses délicieuses lèvres, à la seconde où elle m'a envoyé me faire voir. Dès cet instant, j'ai su que cette femme n'était pas comme les autres.

Des semaines que j'ai envie d'elle sans même me l'avouer, mais à présent que ma langue s'enroule autour de la sienne, et que j'avale son souffle, la réalité m'explose à la gueule.

C'est elle que je veux. Elle et aucune autre.

Mon cœur cogne fort contre les parois de ma cage thoracique et chaque coup semble résonner pour elle.

Sawyer, Sawyer, Sawyer...

Là, en plein milieu de la rue, à la vue de tous, j'aspire sa lèvre inférieure entre mes dents et l'embrasse comme si ma vie en dépendait. Si je m'écoutais, j'agripperais son cul superbe, la soulèverais afin qu'elle croise ses jambes dans mon dos pendant que je ferais le chemin jusqu'à ma caisse et la plaquerais contre mon capot pour la baiser.

Je suis à deux doigts de m'exécuter et il me faut faire appel à tout mon sang-froid pour me retenir de passer à l'acte.

Le pire, c'est que je suis prêt à parier que Sawyer ne s'y opposerait pas.

Ce qui me fait dire ça ?

Oh, trois fois rien… le fait que ses mains sont passées sous ma chemise et que ses ongles caressent, puis griffent les muscles de mes abdos tandis que ses hanches ondulent contre les miennes.

Je m'apprête à lui proposer de nous casser d'ici pour aller à mon appartement quand…

Un toussotement.

Suivi par un éclat de voix.

Sawyer s'écarte brusquement, haletante, les lèvres délicieusement rougies par nos baisers, et le souffle court.

– Sawyer, c'est toi ?

CHAPITRE 30

SAWYER

La silhouette de ma mère se détache dans l'encadrement de la porte d'entrée.

Oh, merde !

C'est si gênant.

Je souffle sur la mèche folle qui effleure mon visage sans la quitter des yeux. Du coin de l'œil, je remarque qu'Ollis réajuste son pantalon. Je me retiens d'éclater de rire.

Bon sang, mais qu'est-ce qui nous a pris ?

– Ahem… Tu es là depuis longtemps ? demandé-je en dansant d'un pied sur l'autre.

Elle ramène les pans de sa robe de chambre sur elle, sans se départir de son air horrifié.

– Suffisamment pour découvrir que ma fille unique se donne en spectacle au beau milieu de notre allée.

Je trouve son ton moralisateur un brin exagéré. Je ne faisais rien de mal. D'accord, nous étions en train de nous embrasser *avec panache*, mais ce n'était qu'un baiser.

Je veux dire, je porte toujours mes fringues, hein !

– Je ne comprends pas, tu n'étais pas censée étudier avec ton groupe de travail, aujourd'hui ? ajoute-t-elle en lançant un regard noir à Ollis.

Je ferme brièvement les yeux.

Ça recommence...

Je parie qu'elle a encore une fois passé la journée complètement déconnectée de la réalité, à visionner ses foutues émissions de bonimenteurs. Je n'ose imaginer le nombre de commandes qu'elle a dû passer en mon absence.

– Non, maman. J'étais chez Ollis et sa famille. Tu te souviens d'Ollis ? Tu l'as déjà rencontré.

– Comment pourrais-je l'oublier ?

Sa réponse laisse entendre qu'il s'agit d'un compliment, mais dans sa bouche, ça ne sonne pas pareil.

C'est même affreusement grossier.

Ollis ne s'en formalise pas et la salue.

– Bonsoir, madame Bennett. Je suis ravi de vous revoir. Comment allez-vous ?

– Je pense que vous feriez mieux d'y aller.

N'importe qui d'autre l'aurait mal pris, mais pas Ollis. Il sait se montrer mature et d'une patience infinie, même quand la personne en face est injuste envers lui.

Cet homme monte chaque jour un peu plus dans mon estime.

– Saw, je vais rentrer. Tu m'appelles ce soir, dès que tu es libre ?

Je fais oui de la tête.

Et alors que je crois qu'il va simplement s'en aller, il me surprend quand il se penche vers moi et capture mes lèvres pour un rapide baiser, avant de faire demi-tour et de partir.

Mon regard glisse sur son dos, ses épaules larges, et les veines en relief qui cheminent le long de ses avant-bras.

Aussitôt qu'il démarre, je monte les trois marches du perron, contourne ma mère et rentre à la maison.

– Tu n'as rien à me dire ?

– Tu n'avais pas besoin de te montrer aussi désobligeante avec Ollis. Tu sais, c'est quelqu'un de bien, et si tu lui laissais une chance, tu t'en rendrais compte par toi-même.

– Donc, si je comprends bien, tu sors avec cet homme ?

C'est tout ce qu'elle a retenu.

Je me laisse tomber sur le sofa, attrape la télécommande et change de chaîne. Je ne peux vraiment plus encadrer les deux présentateurs à l'écran.

– Non. Oui… Peut-être… Je ne sais pas.

Je pousse un profond soupir et ajoute :

– Écoute, nous n'avons encore rien décidé. Ça s'est fait comme ça, alors c'est tout nouveau, d'accord ? Tout ce que je sais, c'est que je tiens à lui. Beaucoup. Et je crois… que c'est réciproque.

Je sens une douce sensation d'excitation se répandre dans mes veines.

Ma mère se plante face à moi, l'index pointé dans ma direction.

– *Tu crois* ? Tu es constamment avec lui, tu sors tout le temps, tu négliges tes études et tu lui roules des patins dans la rue. Je ne te reconnais plus.

Sa voix a grimpé dans les aigus.

– Maman, tu ne trouves pas que tu exagères ? Et tu n'as pas besoin de crier, je suis juste devant toi.

– Je n'ai pas besoin de crier ? Alors tu voudrais peut-être que je t'applaudisse ? Que je salue ton comportement de ces dernières semaines ?

– À aucun moment je n'ai dit ça. Seulement, tu t'emportes pour rien. Tu ne veux pas t'asseoir, s'il te plaît ?

– Et faire comme si ton comportement était parfaitement normal ?

Je hasarde un regard autour de nous.

La table basse est couverte de miettes de chips. Le tas de courrier empilé sur le manteau de la cheminée, dont la grande moitié n'est pas encore ouverte, rivalisera bientôt avec la tour du Skyspace. L'évier déborde de vaisselle sale. Sans compter les emballages et cartons vides de ses achats qui pullulent un peu partout dans le salon et que je n'ai pas eu le temps de renvoyer.

Et c'est moi qui ai un problème de comportement ?

Je m'oblige à prendre du recul et à mettre de l'eau dans mon vin. Cette version de ma mère, ce n'est pas elle. Elle est complètement manipulée par la maladie, tel un pantin désarticulé. Je le sais, mais parfois, c'est dur de faire la part des choses.

– Je ne veux pas me disputer avec toi, maman.

– Dans ce cas, il fallait y penser avant de te conduire comme une gamine irresponsable. Que dirait ton père…

– Stop ! m'écrié-je en bondissant sur mes pieds pour la regarder bien en face. Tu n'as pas le droit. Tu n'as pas le droit de te servir de lui. Pas comme ça. Pas à chaque fois que tu as des reproches à me faire. C'est cruel, maman, tu sais aussi bien que moi combien ça me fait du mal.

Elle ne nie pas.

– Si c'est le seul moyen que j'ai de t'ouvrir les yeux, murmure-t-elle.

– C'est faux.

Au contraire, invoquer mon père me fait l'effet d'un nœud coulant qui se resserre autour de ma gorge.

Ma vue se brouille, mais je refuse de laisser couler une seule larme, alors je cligne frénétiquement des yeux. J'inspire profondément afin de me calmer, mais les sensations sont trop réelles. Le bruit, la lumière des gyrophares, les cris et cette pluie gelée qui me glace jusqu'aux os…

– Ma chérie, je veux uniquement ton bien.

– Alors laisse-moi vivre.

Sa main vient caresser le sommet de mon crâne, puis glisse le long de mes cheveux comme elle le faisait quand j'étais petite. Mais je ne suis plus une enfant et je peux prendre mes propres décisions.

– Je sais que tu ne veux pas l'entendre, mais Saw… Imagine une seconde ce qu'il penserait de tout ça s'il était encore là.

– Il n'est plus là !

Je hurle tellement que mes nerfs lâchent.

Et tandis qu'un mélange de tristesse et de colère se propage en moi, je recule d'un pas pour me détacher d'elle.

Un sanglot déchire ma voix alors que je reprends :

– Il n'est plus là… Mais s'il avait été là, tu sais ce qu'il aurait dit ? Il m'aurait encouragée à vivre ma vie et à profiter de chaque minute. Et c'est aussi ce qu'il t'aurait conseillé de faire. Maman, que ce soit clair, je ne peux plus continuer comme ça, à faire comme si tout allait bien. Il n'y a plus rien qui va depuis qu'il est parti. Toi et moi, on se contente de survivre. Parfois, j'ai l'impression que papa a emporté avec lui toute la joie et tout le bonheur de notre famille. J'ai la certitude que ce n'est pas ce qu'il aurait souhaité ni pour toi ni pour moi.

– Tu parles en son nom, maintenant.

– Mais enfin, regarde-nous ! Nous ne sommes plus que l'ombre de nous-mêmes, comme si nous étions mortes avec lui. Parfois, j'en viens même à me dire que j'aurais préféré ne pas m'en sortir ce jour-là…

Je fais volte-face et me précipite vers la sortie.

À l'extérieur, je prends une profonde inspiration et marche d'un pas vif. J'ai juste envie de m'éloigner le plus possible d'ici.

La rue est déserte, mis à part quelques passants ici et là. L'air frais couplé au silence me fait du bien, même si ma veste est légère et que je commence à grelotter.

Malgré tout, je ne suis pas prête à retourner chez moi, alors je continue d'errer sans but.

Il n'y a que moi et les étoiles. À mesure que le ciel s'obscurcit, elles sortent de leurs cachettes et s'incrustent dans le rideau bleu marine au-dessus de ma tête, comme autant de cristaux scintillants.

Les larmes continuent de couler. Au premier banc que je rencontre, je m'assieds et fixe l'horizon, tandis qu'un frisson remonte le long de mon échine.

Je devrais rentrer. L'ancienne moi serait déjà en train de rebrousser chemin.

Sans réfléchir, je récupère mon téléphone puis, les doigts tremblants, je déverrouille l'écran d'accueil, en veillant à ne pas laisser glisser l'appareil de mes mains. Je balaie la liste de mes contacts et mes yeux s'attardent un instant sur le nom que j'ai utilisé pour enregistrer son numéro. « Frodon Sacquet ».

J'ai envie de ses bras chauds et réconfortants, alors je l'appelle avant de me raviser.

Il décroche à la troisième sonnerie et sa voix profondément rauque me répond.

– Je te manque déjà, princesse ?

J'essuie mes joues et ferme les yeux.

– Sawyer, est-ce que tu pleures ? Qu'est-ce qui ne va pas, bébé ?

– Ollis, je suis désolée de te demander ça, mais est-ce que je peux dormir chez toi ce soir ? l'interrogé-je d'une voix chevrotante.

L'espace d'une seconde, j'ai peur qu'il me repousse.

– Quoi ? Ne t'excuse pas, et évidemment que tu peux. Dis-moi où tu es et je viens te chercher immédiatement.

– Ça ira, je vais prendre un Uber.

Il finit par capituler et m'envoie un texto avec son adresse. Je l'enregistre dans l'application, et moins de cinq minutes plus tard, je suis dans le SUV d'un certain Kâmil qui a un score de cinq étoiles, et qui m'emmène à l'appartement d'Ollis.

Ollis qui m'attend devant la porte vitrée de son immeuble.

Sans hésiter et le cœur battant, je me précipite vers lui. Ma tête se niche instinctivement dans le creux de son épaule, tandis que ses bras m'entourent.

– Hé, je suis là, me murmure-t-il. Ça va aller, d'accord ?

Je le crois sans hésiter, parce que c'est Ollis et que j'ai entièrement confiance en lui.

CHAPITRE 31

OLLIS

Sawyer est bouleversée.

Ses yeux sont rouges d'avoir trop pleuré. Elle frissonne et sa peau est glacée.

Assis près d'elle, je la prends dans mes bras et nous restons là, sans parler, pendant un moment tandis que je lui caresse le dos pour lui faire comprendre que je suis à ses côtés et que tout ira bien, qu'elle ne craint rien avec moi et qu'elle peut prendre le temps qu'elle veut pour se remettre.

Ses épaules recouvertes d'un plaid, elle semble minuscule et si vulnérable. Je ne l'ai jamais vue comme ça. Je ne sais pas ce qui s'est passé avec sa mère pour qu'elle soit dans cet état, elle ne m'a encore rien dit, mais ça me broie de l'intérieur de la voir ainsi.

– Est-ce qu'on t'a fait du mal, physiquement ?

Elle secoue la tête.

– Ce n'est rien de tout ça, Ollis.

Elle s'écarte et retire le plaid en marmonnant.

– Je suis désolée de débarquer comme ça et de m'imposer chez toi. Tu dois avoir plein de choses à faire, mais je ne savais pas où…

Je la ramène à moi et la coupe instantanément en prenant son visage entre mes mains.

– Arrête tout de suite de dire de telles conneries. Tu as bien fait de m'appeler. C'est le contraire qui m'aurait méchamment contrarié, d'accord ?

J'essuie ses pommettes avec la pulpe de mes pouces pour effacer toute trace de ses larmes. Elle se détend un peu et se blottit dans mes bras. J'aime l'avoir contre moi, la sensation de son corps menu contre le mien.

– Est-ce que tu veux m'en parler, me dire ce qui s'est passé ?

Elle lève son regard brillant vers moi, et au lieu de m'envoyer me faire voir comme elle sait si bien le faire, elle me raconte la dispute avec sa mère d'une voix épuisée.

Comment ça a commencé. Et comment ça s'est terminé, lorsqu'elle a quitté précipitamment sa maison pour aller se réfugier des dizaines de rues plus loin.

Enfin, elle me parle de son père.

Je saisis des bribes d'information, reconstitue dans ma tête un puzzle incomplet. Chacun de ses aveux lui arrache une larme, et bientôt, son visage se retrouve noyé.

Quand elle termine son récit, elle semble à bout de forces, mais plus calme, soulagée de s'être confiée. Quant à moi, je mentirais si je disais que ce moment ne m'a pas ébranlé.

Depuis le premier jour, Sawyer s'est toujours montrée si forte et si indépendante, alors découvrir cette nouvelle facette d'elle, vulnérable et fragile, prouve à quel point elle me fait confiance et combien nous nous sommes rapprochés.

Pendant qu'elle part se doucher pour évacuer le stress et les tensions de cette journée, je récupère le menu du meilleur traiteur de la ville afin de nous commander à manger. Mon portable en main, prêt à composer le numéro, je frappe à la porte de la salle de bains.

– Saw, ça te dit des huîtres ?

– Euh, pas vraiment.

– Et une omelette à la truffe ?

Elle passe la tête par la porte et grimace.

– Ollis, une pizza au fromage de chez Pizza Hut, tu crois que c'est possible ?

J'ai l'habitude de commander chez mon traiteur favori, mais pour Sawyer, je peux faire un effort. Je suppose que je survivrai à un peu de cholestérol…

– OK, je vais vérifier les avis sur le Net.

Je passe commande et, en attendant que le livreur arrive, j'envoie un message à Mo pour le prévenir que je ne viendrai pas ce soir. Les gars et lui ont prévu une petite sauterie au Closet.

Moses : Comment je peux te faire
changer d'avis ?

J'entends l'eau dans la cabine, et je l'imagine ruisseler sur le corps nu de Sawyer.

Ollis : Pas moyen. Passe une bonne
soirée et salue les gars pour moi.

Je range mon téléphone et sors deux bières du réfrigérateur. J'en ouvre une, pose l'autre sur la table pour Sawyer, et je me laisse tomber sur le canapé. J'attrape la télécommande, puis allume l'écran plat sur la chaîne des sports qui rediffuse un combat d'arts martiaux mixtes entre l'Irlandais Connor McGregor et l'Américain Dustin Poirier.

Les deux boxeurs s'affrontent au centre d'une cage, et c'est l'Irlandais qui mène la confrontation. Il met son adversaire en déroute en lui assénant un crochet du poing gauche derrière la tête. Poirier tombe au sol et McGregor continue de le frapper à la nuque.

– C'est super violent comme sport, non ?

Je me retourne et découvre Sawyer dans l'encadrement de la porte. Elle est belle à couper le souffle.

Ses cheveux sont relevés en un chignon flou sur le sommet de sa tête, dévoilant sa nuque fine et délicate.

– C'est un peu le principe du MMA.

Je lui ai prêté de quoi se changer : un de mes tee-shirts et un short de sport dans lesquels on pourrait en caser aisément deux comme elle.

– Ça te va bien.

Sawyer baisse la tête sur sa tenue.

– Merci. En plus, c'est super confortable. Je suis très tentée de la garder, sache-le.

– Ne te gêne pas.

Elle traverse la pièce et vient s'installer à mes côtés, puis se penche pour saisir sa bière sur la table basse. Ce faisant, son bras frôle ma jambe et je remarque que sa peau sent mon odeur.

Ça aussi, je pourrais m'y habituer, songé-je tandis qu'elle pose la tête contre mon épaule.

J'ai très envie de l'embrasser, encore.

De l'entendre haleter sur ma langue.

De sentir sa peau nue contre la mienne.

Mais ce n'est pas le moment de me laisser submerger par mes désirs. De plus, nous n'avons pas abordé le sujet de notre baiser de tout à l'heure et je ne compte pas le faire maintenant. Je ne veux pas qu'elle croie que je cherche à profiter de la situation.

J'avale plusieurs gorgées de ma bière et apprécie simplement le moment. Ça faisait longtemps que je ne m'étais pas senti aussi en paix avec moi-même et avec mon esprit.

La sonnerie de la porte vient briser la quiétude de ce moment. Sawyer se raidit à mes côtés.

– Tu attendais quelqu'un ? me demande-t-elle.

Est-ce qu'elle s'imagine que j'ai un rencard alors qu'elle est partout dans ma tête depuis des semaines ?

– Nope. C’est sûrement notre dîner.

J’effleure de l’index le bout de son nez froncé avant de la quitter pour aller ouvrir.

Et en effet, c’est bien le livreur. Je reviens les bras chargés de deux cartons de pizzas qui remplissent l’appart d’une odeur alléchante.

Sawyer nous sert une part chacun et nous trinquons à la victoire de McGregor qui vient de remporter le match avec un KO retentissant.

– Ce type est franchement flippant, je n’aimerais pas me retrouver enfermée avec lui quelque part, déclare Sawyer en mordant dans sa part de pizza.

– Tu plaisantes ! Ce que tu vois à l’écran, c’est le boxeur. En dehors du ring, il est doux comme un agneau.

– Qu’est-ce que tu en sais ?

– Il est déjà venu au salon.

– Non, tu déconnes ? Je ne te crois pas ! s’exclame-t-elle. Il est passé pour faire quoi ?

Elle s’approche et je remarque que ses yeux s’attardent sur ma bouche. Est-ce qu’elle pense à la même chose que moi ?

– À ton avis ? Pour se faire tatouer. Tu vois l’horloge sur son avant-bras gauche ? C’est Tristan qui la lui a faite. Quand tu passeras au salon, je te montrerai la photo qu’on a prise avec lui. Elle est accrochée sur l’un des murs avec les autres personnalités qui font un crochet par chez nous.

– Et vous avez reçu beaucoup de célébrités ?

– Quelques-unes. Pour être honnête avec toi, il y en a un paquet que je ne reconnais pas tout de suite. Mais il fut un temps où Tris avait un pied dans le showbiz, alors, quand ils viennent au salon, beaucoup veulent se faire tirer le portrait avec lui.

– C'était une rock star ou un truc du genre ?

Je bois une gorgée de bière et acquiesce. Tristan exècre au plus haut point cette période de sa vie. S'il nous en a parlé à Moses et moi, c'était surtout pour que l'on comprenne pourquoi les clientes faisaient tout pour obtenir un autographe et prendre une photo avec lui. Heureusement, cette notoriété due à son statut de star de la téléréalité a été remplacée par une solide réputation dans le milieu. Mais tout ça concerne la vie personnelle de Tristan, et je ne me vois pas confier ses secrets.

– On peut dire ça, balancé-je sans rentrer dans les détails.

– Et moi, j'aurai le droit à ma photo aussi, une fois que tu m'auras tatouée ?

– Avec Tristan, tu veux dire ?

– Je veux dire avec toi, idiot.

– Alors tu vas me laisser encrer ta peau ?

– Ça m'en a tout l'air.

C'est tout ce que j'avais besoin d'entendre, ce soir. Elle va me confier une partie de son corps pour que je la marque pour l'éternité.

Alors que le match suivant débute, Sawyer étouffe plusieurs bâillements.

– Sawyer, loin de moi l'idée de jouer au con moralisateur, mais tu sembles épuisée.

– Je n'ai pas sommeil, déclare-t-elle en étouffant un nouveau bâillement.

Puis d'ajouter :

– Oups, je crois que tu as raison.

– Allez, viens, mon ange, je t'accompagne à la chambre.

Je me lève, lui tends la main pour l'aider à se relever et pendant une seconde qui s'étire dans le temps, nous partageons le même air. Ses yeux magnifiques fixent alternativement les miens, puis ma bouche, comme si elle m'implorait de la dévorer.

Comme aucun de nous n'est résolu à bouger, c'est moi qui prends l'initiative de m'écarter.

Dans d'autres circonstances, je n'aurais pas hésité à capturer ses lèvres et à l'allonger à même le canapé pour finir ce qu'on avait commencé devant chez elle.

Oui, mais voilà, si elle est ici, c'est avant tout parce qu'elle est bouleversée. Et quel genre d'enfoiré je serais si je profitais de sa vulnérabilité pour la mettre dans mon lit ?

Techniquement, tu la mets quand même dans ton lit…

Une fois dans ma chambre, Sawyer se tourne vers moi et m'observe à travers ses cils.

– Ollis, tu veux bien me rappeler pourquoi on ne peut pas dormir dans le même lit, déjà ? murmure-t-elle.

J’avale ma salive, m’obligeant à me détacher de la vision de son corps splendide niché au milieu de mes draps.

– Cette soirée a été chargée pour toi émotionnellement parlant, tu as besoin de te reposer.

– Donc tu crois savoir mieux que moi ce dont j’ai besoin ? Intéressant.

Au moment où je m’apprête à partir, elle m’arrête, ses doigts délicats enroulés autour de mon poignet.

– Et si moi, j’ai envie de plus ? murmure-t-elle

J’en ai vraiment envie, au moins autant qu’elle, mais je m’oblige à faire abstraction de ma température corporelle qui monte en flèche et de mon sang qui bouillonne dans mes veines.

– Bonne nuit, Sawyer.

À cet instant, je prends la pleine mesure des conséquences de ma réponse fermée. Ses prunelles se voilent d’une lueur de déception.

Je l’ai blessée.

La dernière chose que j’aurais voulue. Je prends quelques secondes pour réfléchir, et contre toute attente, je me ravise. Après tout, la décision lui appartient.

– Et puis merde !

J’envoie valser mes principes à la noix. Et avant de le regretter, je reviens sur mes pas et fonds sur elle.

CHAPITRE 32

SAWYER

– Bonne nuit, Sawyer.

Les joues cramoisies, je tente de refouler la déception qui déjà s'ajoute à la douleur cuisante de l'humiliation. Je comprends ses intentions, sauf que mon amour-propre en prend tout de même un sérieux coup.

Ça m'apprendra à vouloir être entreprenante !

À présent, je n'attends qu'une chose : qu'il s'en aille pour que je puisse recoller les fragments de ma dignité.

Mais Ollis est plein de surprises, car il s'arrête soudain en plein milieu de sa chambre et ne bouge plus. Le seul mouvement vient de ses larges épaules s'agitant au rythme de ses respirations.

– Et puis merde !

Je retiens mon souffle. Un battement de cœur, puis un autre, et la seconde suivante, il fait volte-face et se tient devant moi, prenant ma joue en coupe.

J'ai conscience de sa proximité, de sa paume brûlante contre ma peau.

La tension dans la pièce grimpe en flèche et l'air crépite autour de nous. Je ne bouge pas, ne cille pas, j'ai trop peur qu'il se ravise si jamais je me détournais ne serait-ce qu'un instant. Je ne suis pas certaine de pouvoir encaisser un nouveau rejet.

Et comme s'il luttait de toutes ses forces pour ne pas fondre sur ma bouche qu'il détaille avec envie, il murmure d'une voix rocailleuse :

– Permission de t'embrasser ?

J'acquiesce.

– Putain, merci ! souffle-t-il avant de s'emparer doucement de mes lèvres.

Ses baisers sont tendres, patients, comme s'il me murmurait ses secrets les mieux gardés. Une de ses mains caresse ma nuque, tandis que l'autre se loge dans le bas de mon dos et me ramène contre lui, plaquant davantage ma poitrine contre son torse.

Je connaissais de lui l'homme impétueux, fougueux, extraverti et sûr de lui, mais celui que je découvre ce soir me plaît tout autant : attentif et doux, une force tranquille.

Je m'aperçois que nous sommes sur le point de basculer, de donner une nouvelle dimension à notre relation, alors même que j'étais fermement décidée à privilégier mon plan de vie tout tracé : pas de distraction et encore moins de relation amoureuse. C'était pourtant simple !

Puis Ollis a déboulé dans ma vie, pareil à un raz-de-marée, pour en chambouler les règles.

Je devrais me sentir nerveuse de faire une entorse à mes convictions, ou complètement flippée à l'idée de me mettre à nu, sauf que c'est tout l'inverse. L'impatience me gagne et une chaleur infinie prend naissance entre mes jambes.

Je ne suis pas vierge, pourtant je jure de n'avoir jamais ressenti avec personne d'autre ces sentiments qui affolent mon cœur, un peu comme si je découvrais l'amour pour la première fois.

Avec une lenteur mesurée, Ollis me bascule en arrière, me surplombant tout en veillant à prendre appui sur son coude afin de ne pas peser de tout son poids sur moi.

Mes mains, comme animées de leur propre volonté, descendent jusqu'à ses abdos, puis jouent avec l'ourlet de son tee-shirt. De son côté, il n'est pas en reste, caressant ma bouche avec sa langue et avalant chacun de mes soupirs, tel le plus précieux des trésors. Jamais je ne me suis sentie si désirée.

Naturellement, l'envie se fait plus pressante, la faim, plus dévorante, et nos gestes fous, incontrôlés, traduisent notre fougue.

Ollis délaisse un instant ma bouche et trace la ligne de ma mâchoire du bout du nez, avant de fondre sur ma clavicule pour la mordiller. Bientôt, il aspire la peau tendre de mon cou entre ses lèvres.

La sensation est divine, si bien que mes orteils se recroquevillent et que mon ventre se tord. Je bascule la tête sur le côté et ferme les yeux brièvement, appréciant l'effet que je semble avoir sur lui.

Il s'écarte, et dans ses yeux, j'ai l'impression d'être la femme la plus belle qui puisse exister. La sensation, grisante, m'offre une confiance en moi que je n'ai jamais ressentie auparavant. Je n'irais pas jusqu'à me déshabiller devant lui en pleine lumière, mais je dois bien avouer que j'aime la femme que je deviens quand je suis entre ses bras.

Ollis tire sur mes cheveux, inclinant mon visage vers lui, tandis que j'esquisse un mince sourire, impatiente d'unir nos lèvres à nouveau.

– Tu me rends fou, princesse… chuchote-t-il entre deux baisers.

Toi aussi, Ollis. Toi aussi…

Je noue mes doigts derrière sa nuque pour qu'il revienne. Heureusement, il comprend le message implicite, nos dents s'entrechoquent et je ne peux retenir le gémissement qui m'échappe et meurt sur sa langue.

Dans le tumulte de nos mouvements passionnés, il retire mon short et je sens son érection pousser contre ma hanche.

Honnêtement, je n'ai pas besoin de plus de préparation. Si je m'écoutais, la lumière serait déjà éteinte, et nous serions en train de nous consumer à la lueur de la lune.

Je suis prête à passer à l'étape supérieure avec lui. Je suppose que c'est ce que l'on ressent quand c'est le bon moment, la bonne personne et que les étoiles sont alignées.

Alors que l'urgence nous gagne l'un et l'autre, je n'y tiens plus et tends le bras vers sa lampe de chevet afin de plonger la pièce dans l'obscurité.

C'est seulement à cette condition que je pourrai ôter le haut et me dévoiler à lui, mais Ollis s'empare de mes doigts en plein vol et les porte à sa bouche pour déposer un baiser au dos de ma main.

– Quelque chose ne va pas ? demande-t-il.

Oui.

– Non.

Il affiche un regard si compréhensif que ça me fait mal de lui cacher la vérité. Mais comment lui expliquer que je me cache sous cette carapace de nana qui n'a pas la langue dans sa poche afin de repousser les autres, alors qu'en réalité, je n'ai tout simplement pas confiance en moi et en mon corps ?

– Saw, si tu as changé d'avis ce n'est grave, d'accord ? Tu es libre de refuser. Je ne t'en voudrai jamais de prendre ton temps.

Malgré son érection évidente que je sens pulser à travers nos vêtements, il n'y a pas l'ombre d'un reproche dans sa voix. Bon sang, cet homme est si… parfait.

Il devrait y en avoir plus, des comme lui.

– Ce n'est pas ça et tu peux me croire, *j'en ai vraiment envie.*

La pulpe de son doigt dessine des cercles invisibles sur mon épaule, mais ses yeux gris se voilent d'une lueur d'incompréhension.

– Tu es… Est-ce que ce sera ta… première fois ? m'interroge-t-il, incertain.

– Non, ce n'est pas ça.

Ollis bascule sur le côté, puis me ramène contre lui, avant de caresser lentement et patiemment mes cheveux.

Je lui dois la vérité, mais c'est difficile de lui révéler ce complexe que je m'obstine à dissimuler sous mes fringues depuis des années.

– Ollis, ça n'a rien à voir avec toi, c'est moi.

Cette fois, il n'y a aucun moyen d'y échapper alors tant pis, je me lance.

– Je porte les stigmates d'un passé où j'avais un problème avec mon image… et la balance. Après la mort de mon père, j'ai perdu beaucoup de poids. Je suis passée de ronde à celle que je suis aujourd'hui. Résultat, j'ai encore beaucoup de mal à accepter mon corps tel qu'il est actuellement.

Ollis fronce les sourcils.

– Et tu penses que ça a une quelconque importance à mes yeux ? Ou que ton enveloppe charnelle peut impacter ce que je ressens, ici ? m'interroge-t-il en pointant l'endroit où bat son cœur.

J'ai peur que son regard sur moi change quand il verra les zébrures argentées que je cache sous mes vêtements.

– Je peux te montrer mes cicatrices en premier si tu préfères.

Il se redresse, saisit le col de son tee-shirt et s'en débarrasse, dévoilant au passage une musculature à se damner.

Sa peau est recouverte d'encre, telle une fresque. Chaque trait est d'une finesse remarquable et rejoint les autres pour donner un tableau superbe.

– Donc tu t'es dit que pour me redonner confiance en moi, tu allais me mettre sous le nez ton corps parfait ?

– C'est parce que tu ne vois pas, mais regarde bien et tu comprendras.

Je me cale sur un coude, et je fixe d'un air perplexe ses épaules larges, son torse sculpté, la fine toison sombre qui le parsème jusqu'au nombril et disparaît sous l'élastique de son boxer. Je poursuis mon analyse, appréciant ce que je vois, quand soudain, je m'arrête sur le haut de ses bras.

Un détail me saute aux yeux.

Elles sont presque invisibles sous les tatouages, mais il suffit de s'y attarder un peu pour deviner leur existence.

Des cicatrices de scarifications sont bien là, alignées par dizaines.

– Ollis… murmuré-je, tandis qu'une boule d'émotion se loge dans ma gorge. Pourquoi ?

– Parce qu'à l'époque, il m'était difficile de m'exprimer avec des mots

J'approche timidement ma main.

– Je peux ?

Il hoche la tête. Je passe mon index sur sa peau, et sens sous la pulpe de mon doigt les dizaines de lacérations bien alignées.

Mes yeux s'embuent.

Elles sont si nombreuses, Seigneur...

Ses pouces effacent mes larmes, après quoi il dépose un baiser sur le bout de mon nez.

– Mes cicatrices. Tes cicatrices.

Pour la première fois, je vais montrer celle que je suis.

Je ferme les yeux, tandis que mes doigts agrippent l'étoffe en coton du tee-shirt que je porte et le remonte doucement pour m'en délester. Petit à petit, je dévoile mes hanches, mon ventre, puis ma poitrine menue et enfin, le retire entièrement.

Je sens son souffle caresser ma peau qui se hérisse.

– Sawyer, regarde-moi.

Les paupières closes, je secoue la tête. J'ai peur de lui faire face.

Je veux dire, je sais qu'il est très fréquent d'avoir des vergetures, toutefois je les ai toujours trouvées particulièrement repoussantes. Alors pourquoi penserait-il différemment ?

Lentement, je cède et ouvre une paupière, puis l'autre.

Ollis n'a pas bougé d'un iota, son regard brillant me contemplant avec une lueur… d'admiration ?

– Tu es… si belle, putain.

OK, ce type doit être monté à l'envers.

J'ai énormément de mal à rester dénudée face à lui, et je prends sur moi pour ne pas enfiler mon tee-shirt dans l'instant.

– Tu crois qu'on peut reprendre où nous en étions ou tu préfères continuer à me fixer ? Parce qu'autant être sincère avec toi, j'hésite à te bander les yeux. Et à te bâillonner aussi.

Peut-être qu'ainsi, il arrêtera de dire des conneries.

Il trace le contour d'une zébrure argentée sur la peau de mon ventre, tandis que je pique un fard.

Il fallait vraiment que je tombe sur le seul mec de Californie qui a une fascination pour les vergetures.

CHAPITRE 33

OLLIS

Sawyer est une femme magnifique, ça, je le savais déjà. Mais, en cet instant, je suis en admiration face au spectacle qu'elle m'offre. Elle est allongée sur mon pieu, au milieu de mes draps froissés, et porte mon boxer pour tout vêtement.

J'ai l'impression de rêver.

Je reste sans voix, ce qui est inédit pour moi.

Combien de fois ai-je imaginé ce moment, au juste ? Trop pour pouvoir les compter.

Sawyer flipperait sévèrement si elle avait connaissance de la nature indécente des pensées qui défilent dans ma tête, et de ce que je meurs d'envie de lui faire.

Je refuse qu'elle se sente gênée de ce corps sublime qui raconte son histoire. Je donnerais tout pour qu'elle puisse se voir avec mes yeux, et peut-être alors se rendrait-elle compte du point auquel elle est belle.

Sans hésiter, je tends le doigt vers son ventre, et ça n'y manque pas, elle se crispe.

– Là, je vois ton courage.

Elle ne comprend pas immédiatement ce que je fais, mais elle ne se renfrogne pas. Alors je continue et glisse mon doigt vers le pli de sa hanche. Sa peau est tellement douce. Je prends conscience que je ne voudrais être nulle part ailleurs qu'ici, avec elle.

– Et là, c'est ta persévérance. Ici, je vois ta ténacité, déclaré-je en dessinant la suivante.

Toutes ces cicatrices qu'elle aimerait faire disparaître font partie d'elle et ont sculpté celle qu'elle est aujourd'hui : une femme déterminée, intelligente, généreuse, et dont le courage pourrait faire pâlir d'envie n'importe quelle grosse tête de son université.

Je ne veux pas qu'elle ait honte, pas avec moi. Peu à peu, à mesure que mes mains glissent sur chaque courbe de son corps, ses épaules, ses bras, son ventre, mes caresses agissent comme un baume, et Sawyer se détend entre mes bras. La gêne disparaît face à cette chose inexplicable qu'il y a entre nous. Notre évidence…

Et bientôt, une passion dévorante nous engloutit, nous consume. Nos corps se retrouvent, nos souffles se lient au point que je ne distingue plus à qui appartiennent les gémissements de plaisir qui résonnent contre les murs de ma chambre.

Lorsque mon doigt dessine un chemin sinueux de son nombril à la pointe de ses seins, elle ne tressaille plus que de plaisir.

Après mon index, c'est au tour de ma langue de se délecter de chaque partie de son corps. C'est un tel pied de tourner autour de ses pointes érigées et de les voir se recouvrir de chair de poule… Je savoure chaque centimètre de peau que j'explore, et lorsque j'arrive à la lisière de son sous-vêtement, Sawyer lève ses hanches pour venir à ma rencontre. J'insinue mon index sous l'élastique de son boxer, avant de le glisser en elle, son humidité me révélant tout ce que j'ai besoin de savoir. Je sais désormais que les frissons qui la traversent ne sont plus dus à une quelconque gêne, mais à l'effet que je lui fais.

Je me dirige grâce à ses réactions, à sa respiration qui s'emballe et se fait plus haletante. J'insère un second doigt, vais et viens en elle en accélérant la cadence, et avant qu'elle ne bascule, je retire mes doigts trempés puis ouvre le tiroir de ma table de chevet pour saisir un préservatif et l'enfiler.

Je me positionne au-dessus d'elle, glisse mon sexe contre son intimité brûlante, et Sawyer se cambre pour venir à ma rencontre, tout en s'accrochant à ma nuque. Je mets fin à toute la frustration qui nous consume depuis des semaines, et m'enfonce d'un coup en elle, nous arrachant tour à tour des râles de plaisir. Désormais il n'y a plus rien de contrôlé dans nos gestes, dans nos hanches qui se heurtent avec fougue, dans les ondulations de nos corps fiévreux, dans nos bouches qui s'écrasent l'une contre l'autre, dans ses dents qui se plantent dans mon épaule.

Des gouttes de sueur perlent sur mon front, tandis que je la pénètre vite et fort.

Jamais je ne pourrai me lasser de ce que je ressens alors que je pousse en elle, me retire, puis recommence.

C'est puissant, terriblement addictif, la meilleure des drogues qui soient. Et quand elle explose, c'est mon nom qui s'échappe de ses lèvres comme une prière. Je la rejoins alors au firmament de l'extase.

Sawyer retombe inerte sur le matelas, encore engourdie de plaisir, pendant que je roule sur le côté et me débarrasse du préservatif. Elle reprend doucement ses esprits, sa peau satinée recouverte d'un voile brillant de transpiration. Je l'attire à moi, embrasse sa tempe et ferme les paupières un instant, profitant de cette bulle de plénitude.

Pour la première fois, le chaos qui règne dans ma tête est remplacé par le silence, un silence apaisant. Ça fait du bien.

Elle me fait du bien.

Je suis perdu dans la contemplation de la lune qui brille à travers la baie vitrée.

– Si j'avais su que ce serait aussi génial, j'aurais accepté bien avant ton invitation à manger des tagliatelles à l'arrabiata, lance-t-elle en se tournant dans ma direction pour me faire face.

– En effet, princesse, et je n'aurais pas eu à passer toutes ces semaines à te faire la cour.

Sawyer éclate de rire, et je savoure de la voir heureuse. Elle est si belle qu'il m'est impossible de détourner le regard.

– Je ne savais pas que tu jouais de la guitare, observe-t-elle en pointant du doigt l'instrument calé dans le coin de ma chambre.

– Oh, je me débrouille à peine. Olivia me l'a offerte il y a quelques années, à Noël, parce qu'elle avait eu l'idée fantasque de créer un groupe avec Orion et Owen dont elle serait la chanteuse.

– Ça lui ressemble bien. Et donc, qu'est-il arrivé au MacDonnell's band ?

Je jette un coup d'œil vers elle.

– Une carrière éphémère, j'en ai bien peur. Après un show inoubliable dans la salle à manger la plus en vogue de tout Pasadena, ils se sont séparés à tout jamais au grand soulagement de la communauté.

– J'adorerais t'écouter… Tu voudras bien m'en jouer un jour ?

Ses longs cils dessinent une ombre sur ses pommettes délicieusement fardées de rose. Elle est carrément à tomber. J'enroule mes bras autour de sa taille et la ramène contre moi.

– Je ne peux rien te refuser, soufflé-je.

Pendant le reste de la soirée, nous flottons dans la plénitude. Je l'écoute d'une oreille attentive me parler d'elle, de ses projets après l'université, de sa mère et de sa passion du télé-achat. Puis une boule d'émotion se loge dans sa gorge lorsqu'elle évoque son père.

– C'était un éternel rêveur. Il adorait la vie, me répétait que le secret pour être heureux, c'était de ne rien attendre, mais d'y croire quand même de toutes ses forces. Il me manque terriblement…

Elle s'ouvre à moi sans barrière et sa confiance gonfle mon cœur d'un sentiment de fierté.

– Il n'était pas seulement mon père, mais aussi mon meilleur ami, ajoute-t-elle dans un murmure.

Sa peine me brise. Forcément, je pense aussi à mon propre père. Il n'y a pas grand-chose qui me fait plus peur dans ce monde que le perdre. La dernière fois que j'ai vécu un deuil, il m'a fallu des années de thérapie pour essayer de m'en remettre. *Essayer.*

– Que lui est-il arrivé ? demandé-je.

– Un accident de voiture, il y a cinq ans. C'était au carrefour Jefferson.

Comme un flash, je me remémore sa crise d'angoisse et une partie de moi ne peut pas croire à la coïncidence.

Impossible…

À mesure qu'elle me raconte le fil des événements, je me décompose. Elle décrit avec une précision effarante l'accident.

Mon accident.

Celui qui a détruit ma vie.

– Par la suite, la police nous a expliqué que le conducteur de la voiture de sport avait trop bu.

Je m'en souviens.

Mes mâchoires se crispent. En fait, c'est simple, je me souviens de chaque seconde de cette soirée maudite.

Mon cerveau refuse d'y croire.

À la fin de son récit, Sawyer est en pleurs. Je la prends dans mes bras, la réconforte en me promettant de lui raconter ma version de l'histoire.

Un jour…

CHAPITRE 34

SAWYER

Passer tout un week-end à me prélasser et faire l'amour ne m'était plus arrivé depuis… euh, correction : c'est la première fois que ça m'arrive.

Et je n'avais pas idée du point auquel c'est enivrant.

Entre Ollis et moi, il y a ce truc, celui qui fait courir des décharges électriques dans les veines.

Jamais je ne me suis sentie aussi proche de quelqu'un… C'est sûrement ce qui m'a poussée à me confier aussi librement à lui.

Il a été patient et merveilleux, s'est ouvert à moi et m'a mise en confiance. Je suis convaincue que si notre connexion a été aussi intense et puissante, c'est parce qu'il a enfin posé les armes.

Une odeur alléchante de café chatouille mes narines. Je m'étire et entrouvre les paupières, le corps endolori de la plus délicieuse des manières.

– Oh, bon sang ! m'écrié-je. C'est réel !

Ce matin, j'ai fait une folie.

J'ai pris la décision de sécher la matinée de cours pour aller me faire tatouer. L'ancienne moi serait mortifiée d'avoir une absence et de devoir rattraper les cours, mais la Sawyer d'Ollis bouillonne d'excitation. Un sentiment inédit d'euphorie m'électrise, un peu comme si je m'étais envoyé un shot énorme d'endorphine.

Je me glisse hors du lit, avance jusqu'à la commode et récupère un tee-shirt dans le premier tiroir. Je l'enfile, et avant de quitter la chambre, je fais un tour sur moi-même pour découvrir la chambre d'Ollis.

La décoration est sobre, dans les tons bleus, avec des meubles en bois brut. Au mur, une toile attire mon attention. Elle représente une série de plusieurs esquisses au fusain. Je m'approche pour les regarder de plus près. C'est magnifique. Le trait est minutieux, délicat, et me rappelle les modèles de tatouages que l'on peut trouver sur Instagram.

Si elles sont encadrées et suspendues, je suppose qu'elles doivent avoir une valeur particulière pour Ollis. Je me demande bien laquelle…

J'attache mes cheveux dans un chignon flou, et après un rapide passage par la salle de bains, je pars à la recherche de mon hôte, impatiente de le revoir.

Je le trouve debout devant l'immense baie vitrée du salon, l'air d'être en pleine réflexion, le regard fixé sur l'horizon. Pieds nus, un mug fumant à la main, il est seulement vêtu de ses tatouages et d'un jean qui tombe bas sur ses hanches. La vision m'étourdit. Je me rends compte que j'aurais pu passer à côté de lui, simplement parce que je me suis arrêtée à son apparence de séduisant bad boy.

Sans réfléchir, je réduis la distance qui nous sépare et viens me coller à lui comme une moule à son rocher. La poitrine plaquée contre son dos, je passe mes bras autour de sa taille et ferme brièvement les yeux après avoir déposé un baiser sur son omoplate.

– Bonjour, murmuré-je en humant sa peau.

Elle sent bon le bois de santal, le musc blanc et les matinées d'automne.

Ollis opère un demi-tour, et je me retrouve à présent face à son torse. De l'index, il lève mon menton vers lui et m'embrasse.

– Bonjour, princesse. Bien dormi ?

– Comme un bébé. Rien de mieux que trois orgasmes pour prévenir les insomnies, plaisanté-je.

– J'espère que tu es affamée, je t'ai préparé un petit déjeuner, ajoute-t-il en changeant de sujet. Ce ne sont pas des tagliatelles à l'arrabiata, rassure-toi, mais une montagne de pancakes.

En réalité, je n'ai pas faim de nourriture, mais puisqu'Ollis a fait l'effort de cuisiner pour moi…

– C'est parfait. Mais avant, tu aurais un chargeur à me prêter, s'il te plaît ? lui demandé-je. Je voudrais envoyer un message à ma mère.

– Bien sûr, tu en trouveras un dans le premier tiroir de la table de nuit.

– Top, je te remercie, réponds-je en l'embrassant au coin des lèvres.

– Fais vite.

Je trottine jusqu'à la chambre et fonce droit sur la commode. Seulement voilà, il n'y a pas de chargeur en vue. En revanche, c'est autre chose qui attire immédiatement mon attention.

Un faire-part de mariage lilas avec un liseré argenté. Sa particularité : il est froissé, comme si quelqu'un hésitait entre s'en débarrasser et le conserver. Malgré son état, je parviens à discerner le nom des futurs mariés, calligraphié dans une fine police sophistiquée.

Jenna Harrington & Daniel Palmer.

Jenna… La Jenna d'Ollis, enfin, je veux dire, son ex-femme.

Je n'ose pas y toucher. Je n'en ai pas besoin, je le reconnais puisque c'est celui qu'il tenait fermement entre ses mains la première fois que nous nous sommes rencontrés, chez Tomer.

Dans mes souvenirs, il était complètement captivé par l'objet. Je comprends pourquoi à présent.

Je n'ai pas les détails de leur histoire, seulement quelques bribes que j'ai réussi à glaner ici et là, et d'après mes conclusions, ça ne s'est pas bien terminé entre eux.

Dans ce cas, pourquoi avoir gardé l'invitation ?

À moins qu'il compte s'y rendre, qu'en sais-je, après tout ? Ollis n'est pas très loquace lorsqu'il s'agit de son passé.

– Je me suis planté, Saw, le chargeur n'est pas dans le tiroir. Il était dans la cuisine. J'ai dû oublier de le ranger.

Je ne l'ai pas entendu me rejoindre.

– Tiens, le voilà. Qu'est-ce qu'il y a de si fascinant dans mon tiroir pour te retenir aussi longtemps loin de moi ?

Je n'ai pas besoin de répondre, il comprend par lui-même et se décompose.

– Je sais à quoi ça ressemble… mais laisse-moi t'expliquer. Ce n'est pas ce que tu crois.

– Ne t'inquiète pas, tu ne me dois aucune explication, le coupé-je.

Je lui prends le chargeur des mains, branche mon téléphone, et quand c'est fait, Ollis s'assied sur le bord du lit et m'attire entre ses genoux. L'air accablé qu'il affiche me fait mal.

– Tu as le droit d'exiger des explications. Ce serait parfaitement normal, Sawyer, insiste-t-il, son front contre mon ventre.

Je prends son visage entre mes mains.

– Ollis, c'est ton ex-femme, vous avez été mariés. Quoi qu'il se soit passé entre vous, il est parfaitement normal que tu aies toujours de l'affection pour elle. Je me doute que ce faire-part a dû te secouer. Tu n'as pas à te justifier pour ça.

Ses yeux gris débordent de tendresse.

– Quand aura lieu la cérémonie ?

– Le week-end prochain.

– Tu hésites à y aller, n'est-ce pas ?

– J'ai confirmé ma présence, mais je change d'avis un jour sur deux. Certains jours, j'ai juste envie de brûler le carton d'invitation et de tout oublier, mais Olivia pense que ça pourrait être une bonne chose, tu sais, pour tourner définitivement la page et aller de l'avant.

Je mentirais si je disais que je ne ressens pas un léger pincement au cœur. Mais il a un passé et je ne peux pas le lui reprocher. C'est étrange comme sensation, de devoir désormais composer avec un autre être humain qui, en peu de temps, a pris toute la place dans ma tête et dans ma vie.

– Est-ce que tu… tu l'aimes encore ?

La question m'a échappé, et quand je me rends compte de ce que j'ai fait, je balbutie des excuses inintelligibles.

– Excuse-moi, je ne… enfin… Je n'aurais pas dû te demander ça…

– Non, Sawyer. Je ne suis plus amoureux de mon ex-femme.

– Vraiment ? demandé-je avec un soupçon d'incertitude dans la voix. Comment peux-tu en être sûr ?

– Je le sais, parce que c'est toi que j'aime.

Il... quoi ?

Pendant une seconde, je crois rêver.

– Sawyer, tu dois savoir une chose essentielle. Si je ne t'avais pas rencontrée, jamais je n'aurais envisagé la possibilité de revoir Jenna.

– Qu'est-ce que tu dis ?

– C'est la vérité. Je me contentais de survivre, un jour après l'autre. Mais par un coup du destin, tu es entrée dans ma vie, et pendant des semaines, j'ai essayé de comprendre quel était ce sentiment que tu faisais naître en moi, et je dois bien me rendre à l'évidence que c'est de l'amour. Je t'aime, Sawyer Maree Bennett.

– Ollis…

Sans réfléchir, je fonds sur lui et écrase mes lèvres sur les siennes.

Ollis agrippe mes fesses, et ensuite, tout va très vite. Je rebondis sur le matelas, Ollis au-dessus de moi, et dans un enchaînement parfaitement synchronisé, nos vêtements disparaissent, puis en quelques secondes, il se protège. Quand sa bouche se plaque sur la mienne et qu'il me pénètre centimètre après centimètre, je ne peux m'empêcher de laisser échapper un gémissement de plaisir.

Puis un autre, et encore un autre…

Nos baisers ont un goût d'impatience. Nos hanches ondulent sur un tempo qui n'appartient qu'à nous, et nos respirations se mêlent au point que je ne sais plus si j'ai encore besoin d'oxygène pour vivre, ou seulement de lui.

Lui…

Est-il possible de développer une addiction pour un être humain ?

Après un petit déjeuner composé de pancakes, d'œufs brouillés et de sexe, nous sommes en route pour le salon de tatouage.

Aujourd'hui sera le jour où je vais faire encrer ma peau. Nous n'avons pas reparlé du carton d'invitation, et je ne veux pas faire partie de ces petites amies qui ne supportent pas que leur mec ait eu un passé avant elles. De toute manière, le mariage approche, je suppose donc que je serai vite fixée, d'une manière ou d'une autre.

Dès qu'Ollis arrête sa voiture près du Stairway to Heaven, il pivote vers moi et m'embrasse.

Sans s'écarter, il murmure contre mes lèvres :

– Tu es sûre de toi ? Ce n'est pas trop tard pour changer d'avis, tu le sais ? On pourrait toujours remettre la séance à un autre jour…

Changer d'avis ? Hors de question !

Ollis est surtout anxieux à l'idée que je souffre de la piqûre de l'aiguille. Mais c'est un projet que je mûris depuis longtemps. Me connaissant, il devrait savoir que je ne me permettrais pas de faire quelque chose d'irréfléchi.

– Ollis, si tu ne te sens pas de me tatouer toi-même, je peux prendre rendez-vous avec un de tes collègues. Je suppose que tu leur fais confiance, et moi j'ai confiance en ton avis.

Il arque un sourcil dans ma direction.

– Hors de question que tu confies ton corps à quelqu'un d'autre.

Il dépose à nouveau un baiser sur ma bouche, puis sort de la voiture et en fait le tour pour m'ouvrir, avant d'entrelacer nos doigts. Je lève le nez face à la devanture et lis à haute voix :

– « Stairway to Heaven ». C'est très beau, c'est une référence aux Led Zeppelin ?

– Au départ, quand c'était le Stairway, oui, ensuite Tristan a fait ajouter la deuxième partie en hommage à sa femme, Heaven.

– C'est romantique à souhait.

Je ne connais pas Tristan, mais je l'apprécie déjà.

Ollis pousse la porte, je le suis à l'intérieur, et j'ai aussitôt l'impression d'avoir basculé dans le studio d'un groupe de rock. L'entrée est spacieuse, avec un comptoir sur la droite face à une rangée de sièges. Dans la pièce principale, où résonnent des notes de métal, j'aperçois le bureau situé dans une alcôve, à côté de box où s'affairent des tatoueurs aux bras aussi encrés que ceux d'Ollis, et qui se retournent à notre arrivée.

– Les gars, arrêtez tout, je dois vous présenter quelqu'un, lâche Ollis d'une voix forte.

Je tourne aussi sec la tête vers lui et murmure entre mes dents serrées :

– L'annonce publique était vraiment nécessaire ?

– Absolument nécessaire, confirme-t-il fièrement.

Les deux tatoueurs s'essuient les mains et viennent vers nous. L'un des deux a les cheveux châtain clair ramenés en arrière, une barbe épaisse, et un petit air de Charlie Hunnam.

– Enchanté et bienvenue au Stairway to Heaven, m'accueille-t-il. Je suis Tristan Jaymes.

– Enchantée, Sawyer Bennett. J'ai beaucoup entendu parler de vous.

– Ne l'écoute surtout pas, tout ce qu'il t'a dit sur moi est faux, plaisante Tristan.

Le second à nous rejoindre a un look de hipster chic avec des dreads blondes enroulées dans un large chignon. Il porte une paire de lunettes à grosse monture et des écarteurs à chaque oreille.

– Moses Malone, se présente-t-il à son tour.

Ollis glisse son bras autour de ma taille et me rapproche de lui.

– Les mecs, laissez-moi vous présenter celle qui a maté le grand Ollister MacDonnell.

Deux paires d'yeux exorbités nous dévisagent tour à tour.

– Est-ce que c'est vrai, Sawyer ? demande Tristan.

Le cœur battant, j'observe brièvement Ollis. Il arbore ce fameux sourire en coin qui me rend folle.

Je confirme d'un signe de la tête.

– Est-ce qu'il t'a payée pour nous dire ça ? m'interroge l'autre.

Un rire m'échappe.

– Non, il ne m'a pas payée, vous avez ma parole.

Avant de comprendre ce qui m'arrive, quatre bras massifs s'enroulent autour de moi.

– Bienvenue dans la famille, Sawyer ! déclarent-ils comme un seul homme.

La réaction de ses meilleurs amis me touche infiniment. Et à mesure que je rencontre les gens qui comptent le plus pour Ollis, je me sens faire partie d'une famille, de sa famille.

CHAPITRE 35

SAWYER

Nous sommes assises à une table du Providence, et en attendant que le serveur apporte nos plats, je raconte à la sœur d'Ollis ma première séance de tatouage.

– Est-ce que tu as eu mal ?

– En fait, c'est surtout ton frère qui avait l'air de souffrir à ma place, lui avoué-je. Il me présentait ses excuses chaque fois qu'il piquait ma peau.

– Mon frère, ce cœur sensible.

Nous éclatons de rire en chœur.

– Tu veux bien me le montrer encore ? me demande Olivia d'une voix excitée.

Je lève le bras vers elle. La peau est encore un peu à vif, mais je n'ai plus du tout mal.

– Il est magnifique.

En effet, je suis d'accord avec elle.

Je suis son regard en direction du tatouage qui orne désormais l'intérieur de mon poignet.

J'ai choisi d'encrer *Chase your dreams* en hommage à mon père. Et depuis qu'Ollis m'a tatouée, chaque fois que je pose les yeux dessus, je peux entendre la voix de mon père me murmurer ces mots…

« Rends l'impossible possible, ma petite Sawyer. Ne laisse personne te faire douter de tes capacités, il y en aura sur ton chemin pour te faire croire que tes rêves sont trop grands. Ils ne le sont pas. Alors poursuis-les, et surtout, réalise les plus fous d'entre eux... Fais-le pour moi, mais surtout pour toi, mon ange, poursuis tes rêves ! »

– Et donc, tu es prête pour le deuxième tatouage ? Il paraît qu'après avoir goûté à l'aiguille, on devient vite accro, tu le savais ?

– C'est drôle parce que Moses m'a dit exactement la même chose. Et tu sais quoi ? J'ai déjà hâte de recommencer, mais pas tout de suite. Je veux laisser le temps à Ollis de se remettre de celui-là d'abord, plaisanté-je.

Le regard en amande d'Olivia s'éclaire soudain.

– Attends, tu connais Moses ?

– Affirmatif.

– Mais alors, Ollis t'a enfin présentée aux garçons ?

J'acquiesce à nouveau.

– Ça ressemble à des présentations officielles !

Je saisis mon verre et avale plusieurs gorgées d'eau.

– Disons que… Depuis le week-end dernier, nous sommes officiellement en couple, confié-je dans un souffle qui s'évanouit aux bords de mes lèvres.

– Oh. Mon. Dieu ! Je suis tellement heureuse pour vous deux, s'extasie-t-elle, la voix chevrotante comme si elle était à deux doigts d'éclater en sanglots.

– Olivia, tu es sûre que ça va ? Je ne voulais pas te faire pleurer.

Cette dernière ferme brièvement les yeux en souriant.

– Oui, je vais on ne peut mieux. Ne t'en fais pas, ce sont des larmes de joie. Uniquement des larmes de joie. Ça fait du bien de retrouver mon frère tel qu'il était avant. Et avec Orion et Owen, nous sommes d'accord pour dire que ce miracle, c'est à toi qu'on le doit.

– Je n'ai pas l'impression d'avoir fait quoi que ce soit de spécial.

– Tu l'aimes, c'est suffisant pour nous.

Je ne la contredis pas, puisque c'est la stricte vérité. J'aime Ollis, j'en suis à présent certaine. Et le plus drôle, c'est que je ne sais pas à quel moment précis je suis tombée amoureuse de lui.

Probablement quand il m'a proposé de cuisiner pour moi alors qu'il venait de me faire virer depuis moins de cinq minutes.

C'est pile poil le moment que choisit Ollis pour m'envoyer un message.

Frodon Sacquet : Comment
se déroule ton déjeuner
avec ma frangine ?

Je tape une réponse et la lui envoie dans la foulée afin de le taquiner un peu.

Sawyer : Ça se passe très bien,
et si jamais tu te poses la question,
nous n'avons pas du tout parlé de toi.

Les trois points de suspension s'affichent, suivis par un nouveau texto de sa part.

Frodon Sacquet : Tant que je ne quitte
pas ta tête et ton cœur…

– Je parie que c'est lui, déclare Olivia. Tu n'as pas besoin de répondre, ton visage parle pour toi. Il s'est éclairé à la seconde où tu as déverrouillé ton téléphone.

C'est drôle, car je pourrais en dire tout autant d'elle à la minute où j'ai évoqué Moses.

La boutique dans laquelle nous nous retrouvons après le déjeuner est grande et lumineuse. Son sol en marbre étincelle. Une vendeuse nous présente une sélection de robes blanches, toutefois aucun modèle ne trouve grâce aux yeux d'Olivia pour le moment.

Trop de dentelles, de mousseline, de fanfreluches.

À ce stade, ce n'est plus de la haute couture mais de la pâtisserie.

Peut-être aussi que je ne suis pas la mieux placée pour l'accompagner, je veux dire, je ne connais rien de ses goûts en matière de mode. Dans ces conditions, difficile d'être une partenaire de shopping à la hauteur et de bien la conseiller dans ses choix.

Je m'arrête sur une robe de mariée en satin de couleur champagne qui capte mon attention. Le bustier est entièrement incrusté de perles et le jupon a une coupe sirène qui conviendrait bien à la morphologie d'Olivia, enfin je crois.

– Que dis-tu de ce modèle ?

– Elle est jolie.

Pour autant, son visage n'exprime aucun entrain.

– C'est aussi ce que tu as répondu pour la précédente, et pour celle d'encore avant.

– Je suis désolée, tu dois me trouver versatile et capricieuse.

– Absolument pas. J'ai surtout l'impression de ne pas être la personne qualifiée pour t'aider à choisir. Ta mère peut peut-être te rejoindre ? Je suis certaine qu'elle saura t'aider mieux que moi.

– Je ne veux pas l'impliquer dans tout ça et lui rajouter une charge supplémentaire. Elle a déjà beaucoup à penser.

– Peut-être devrions-nous changer de boutique, qu'en dis-tu ?

Olivia acquiesce.

– Oui, tu as raison ! Allons ailleurs. J'en connais une autre à quelques rues d'ici. On peut même y aller à pied si tu n'es pas contre un peu de marche.

– Ça me va !

Nous quittons finalement les lieux, et je lui emboîte le pas jusqu'à la sortie. Je profite du chemin pour la questionner sur l'avancée des préparatifs.

– Vous avez arrêté la date avec Peter ?

– Pas encore.

– Ah.

Je ne suis pas une professionnelle, mais il me semble qu'il y a des étapes à respecter pour un mariage réussi, et la première de toutes consiste à fixer une date, non ?

– Tu comptes faire appel à un wedding planner ?

– Non, ce n'est pas prévu. Ce sera une cérémonie en petit comité, alors je n'en aurai pas besoin.

J'étais loin de m'attendre à une telle réponse. J'aurais parié sur un mariage en grande pompe, mais Olivia est une femme étonnante.

– Ça te surprend, n'est-ce pas ?

Je grimace légèrement.

– Un peu.

– En réalité, je n'ai rien contre le fait d'organiser une grande fête avec son lot d'invités, seulement voilà, l'état de santé de mon père ne lui permettra pas de supporter le rythme qu'implique ce genre de cérémonie fastueuse.

– Je comprends. Et ton fiancé, il voit les choses comment, lui ?

Elle pousse un long soupir avant de se rembrunir.

– Disons qu'il n'est pas très impliqué dans les préparatifs, alors j'ai carte blanche.

– Et à toi, ça te convient ?

– Oui, c'est super. Au moins, tout sera à mon goût.

C'est étrange, mais j'ai l'impression qu'elle essaie surtout de s'en convaincre, elle. Du coup, je m'interroge sur les raisons qui la poussent à vouloir se marier.

– Donc si je comprends bien, la seule mission de ton fiancé est de se trouver un smoking ?

– Et d'arriver à l'heure, plaisante-t-elle.

J'avale ma salive et, puisque nous en sommes à parler de cérémonie, je saisis la perche.

– En parlant de mariage, je ne sais pas si tu es au courant, mais ton frère a reçu un carton d'invitation…

– Pour le mariage de Jenna, termine-t-elle à ma place.

– Donc, tu sais aussi qu'il hésite à y aller.

Olivia acquiesce, l'air contrit.

– Sawyer, tu dois savoir une chose : s'il tient à se rendre là-bas, ce n'est pas parce qu'il a des sentiments pour son ex, tu peux me croire sur parole. Je ne l'ai jamais vu aussi heureux qu'avec toi, pas même avec Jenna. Alors, s'il te plaît, ne lui en veux pas.

– Rassure-toi, Olivia, tu n'as pas besoin de plaider sa cause. J'ai pleinement confiance en ton frère, et justement, j'aimerais l'encourager à y aller.

– Je te demande pardon ?

– Je voudrais qu'Ollis se sente libre de se rendre à ce mariage. J'ai l'intime conviction qu'il en a besoin pour tourner cette page.

– Dans ce cas, pourquoi tu ne l'accompagnerais pas ?

– Euh… pour le coup, je ne suis pas sûre du tout que ce soit une bonne idée, ça.

– Pourquoi ? Moi, je trouve que c'est une excellente idée au contraire. Je suis certaine qu'avec toi à son bras, il se sentira fort pour affronter son passé.

Se pourrait-il qu'Olivia ait raison ?

– Qu'est-ce qui te dit que ton frère sera d'accord ?

– Fais-moi confiance, je le sais.

À la boutique suivante, et malgré un large choix de tenues, le constat est le même : Olivia ne trouve rien qui lui plaise.

En revanche, j'ai choisi ma robe pour me rendre au mariage de l'ex-femme de mon nouveau petit ami.

CHAPITRE 36

OLLIS

Je fais une grossière erreur.

Enfin, je crois.

Un sentiment ineffable me tord le ventre, mélange d'appréhension, de doute et de colère. Mon humeur est aussi changeante que celle d'une femme enceinte. D'ailleurs, j'ai failli rebrousser chemin une bonne dizaine de fois, et alors que le GPS sur mon téléphone indique que nous serons sur place dans moins de deux minutes, j'ai peur de mes réactions face à Jenna. Mes doigts se crispent autour du volant. Le regard fixé sur la route, je n'ai jamais roulé aussi lentement.

Vais-je m'emporter, et ruiner la cérémonie ? Ou réussir à garder mon calme ? Vu mon degré de nervosité, cette éventualité est fort peu probable.

Bon sang !

Pourquoi je me rends aux noces de mon ex-épouse, déjà ?

Selon Olivia, je dois le faire. Mes frères partagent son avis. Quant à Sawyer, je suppose qu'elle est dans la même équipe que ma famille, sans quoi elle ne serait pas assise à mes côtés, sa main sur ma cuisse pour l'empêcher de bouger frénétiquement.

– Ollis, ça va aller, m'encourage-t-elle d'une voix douce.

Elle ne dirait pas la même chose si elle savait. Je m'en veux de lui cacher la vérité, mais je ne peux rien lui dire, pas alors que j'ai besoin d'elle.

Je n'ai pas la force de la perdre.

Je m'arrête au feu suivant, pivote vers elle et me prends de plein fouet sa compassion et sa gentillesse. Je lis tout ce que j'ai besoin de savoir dans ses yeux noisette. Je me raccroche à elle. Bordel, elle est si belle…

Elle porte une robe longue à fines bretelles couleur vert d'eau incrustée de perles, qui met en valeur sa peau dorée. Ses cheveux sont attachés dans une simple queue-de-cheval, et une couche de mascara vient rehausser ses longs cils.

Je tends la main vers elle, caresse du regard l'intérieur de son poignet à l'endroit où elle m'a fait l'honneur de me laisser la tatouer, puis, de la pulpe du doigt, je remonte le long de son bras jusqu'à la courbe de son épaule, lui arrachant un frisson. Sa peau est douce et Sawyer, terriblement réceptive. Je trace ensuite la ligne de sa mâchoire et m'arrête à la commissure de sa bouche sensuelle.

– Tu as raison, ça va le faire… Tant que tu es avec moi, tout ira bien, murmuré-je en redémarrant.

Sawyer m'offre un sourire qui m'ébranle. Je l'aime tant que j'en ai mal dans la poitrine.

– Et si ça te préoccupe encore une fois là-bas, tu n'auras qu'à les imaginer à poil, me lance-t-elle. Tu verras, il paraît que c'est une méthode radicale !

Quelques minutes plus tard, nous arrivons sur le lieu de la cérémonie. Le parking regorge de voitures rutilantes. Je gare ma Dodge Viper au plus près de la sortie, de sorte que nous puissions partir rapidement, et fais le tour pour ouvrir à Sawyer.

C'est main dans la main que nous pénétrons dans le domaine MacArthur qui s'étale sur plusieurs hectares, l'un des plus prestigieux et des plus ostentatoires que l'on peut trouver de ce côté de la ville. En plein cœur des jardins se trouve le bâtiment principal, un ancien monument historique avec des sculptures d'anges sur chaque angle extérieur, un mélange d'Art déco et de Renaissance gothique converti en lieu de fête. C'est là que se tiendra la cérémonie.

De quoi en mettre plein la vue à leurs invités. Pour s'offrir un tel endroit, les mariés n'ont pas dû lésiner sur le budget.

Comment je le sais ? Très simple, c'est ici même que s'est tenu le mariage d'Orion et de sa femme.

Nous empruntons le chemin de pierre bordé de fleurs jusqu'au lieu de réception. Au loin, une musique entraînante s'élève et ce n'est qu'en arrivant sur les lieux que nous découvrons la scène depuis laquelle joue un quatuor à cordes.

À mes côtés, Sawyer est particulièrement silencieuse et je l'en remercie intérieurement. Je ne sais pas si j'aurais pu supporter qu'elle s'extasie sur tout ce qu'elle voit.

Une hôtesse habillée de mauve nous oriente vers les jardins où se tiendra la réception, mais en attendant le début de la cérémonie et l'échange des vœux, nous sommes invités à nous rendre sous le barnum pour une dégustation de vin blanc.

Une foule d'invités est déjà présente sous le chapiteau et s'amasse près du buffet. Je reconnais parmi eux quelques têtes, dont la sœur de Jenna, Rosie.

Elle n'a presque pas changé. Elle est habillée d'une robe de cocktail en satin corail et discute avec un couple. Je ne l'ai plus revue depuis cette époque. Je donne le change, mais à l'intérieur de moi, ça bouillonne déjà.

Quand nous avons mis fin à notre relation, Jenna et moi, j'ai volontairement coupé tout contact avec les membres de sa famille. Continuer à les fréquenter était au-dessus de mes forces. Alors être ici me chamboule plus que je ne veux l'admettre. Était-ce une bonne idée de venir ? J'en doute.

Je serre les doigts de Sawyer, me raccroche à elle. Sans sa présence à mes côtés, je me serais déjà tiré depuis longtemps. Que dis-je, je ne serais jamais venu.

Elle m'instille du courage, le courage d'affronter mon passé.

Nos coupes en main, nous nous tenons à l'écart des discussions, au cas où quelqu'un serait tenté de nous adresser la parole. Plusieurs serveurs se promènent parmi les convives, l'un d'entre eux s'arrête près de nous et tend son plateau dans notre direction.

Sawyer se penche vers moi et me demande tout bas, de sorte que personne ne puisse l'entendre :

– Ollis, c'est bien du caviar ou je rêve ?

J'acquiesce discrètement.

– Oh ! Je n'en ai jamais goûté. Je me demande quel goût ça a, murmure-t-elle en saisissant un toast.

Aussitôt que le serveur s'en va, elle pivote vers moi, un sourcil arqué dans ma direction.

– Tu n'en prends pas, toi ?

Je secoue la tête et l'attire contre moi avant de l'embrasser sur la tempe.

– Je n'aime pas ça.

– Ah, c'est vrai ! Tu as l'habitude de tout ça. Tu es tellement normal qu'il m'arrive parfois d'oublier que toi et moi, nous ne venons pas du même monde.

– Tu penses que ceux qui ont du fric ne sont pas normaux ? Intéressant…

Elle me flanque un léger coup de coude dans les côtes.

– Ne sois pas bête ! Tu m'as très bien comprise.

Il m'est difficile de résister à son sourire taquin.

– Bon alors, et ce caviar ?

Sawyer goûte à son toast, mâche lentement, les yeux plissés, puis grimace avant de déglutir.

– Verdict… Un peu gluant, mais savoureux.

– Ça, c'est parce que c'est du Beluga. Il a un côté très gras comme du beurre et laisse une saveur de noisette en bouche.

Elle avale d'un trait sa coupe de vin pour faire passer le goût iodé et, au passage de l'un des serveurs, elle saisit un nouveau toast.

– Je ne sais pas ce qui me surprend le plus, dit-elle en trempant ses lèvres dans son verre, qu'il existe plusieurs sortes de caviar ou que tu parviennes à les identifier sans même y goûter.

Je ressens le besoin de m'éloigner de la foule qui nous entoure histoire d'avoir un peu d'air, je nous conduis donc hors du barnum.

– Viens, suis-moi, allons voir la volière, je crois savoir qu'il y en a une à l'intérieur du parc, près de la fontaine.

– Vraiment ? J'adorerais voir ça ! Mais, comment tu sais tout ça, toi ?

Puis d'ajouter :

– Non… ne dis rien. Je parie que tu venais jouer ici quand tu étais gosse ? glousse-t-elle, les pommettes roses.

Je secoue la tête, amusé par sa façon de me taquiner. Dans le mouvement, mes yeux croisent ceux de Rosie, et alors que je m'attends à un regard peu amène (après tout, j'ai coupé tout lien presque du jour au lendemain), c'est finalement le contraire qui se passe : elle m'offre un sourire contrit.

Je suppose que me voir lui rappelle le passé, notre complicité perdue, et une flopée de souvenirs liés à une époque qui n'existe plus et dont personne ne souhaite se souvenir.

À ma grande surprise, elle se détache du couple avec qui elle était en grande discussion et marche dans ma direction.

Sawyer la remarque à son tour.

– Tu la connais ?

Je me raidis et me contente d'opiner du chef, ne sachant pas comment je suis censé réagir. Simplement la saluer, la prendre dans mes bras ou faire volte-face dans l'instant pour me casser d'ici ?

Visiblement, j'ai choisi de rester.

– Bonjour Shannon, me salue-t-elle.

Ce nom… Il n'y a que deux personnes qui l'utilisent. Elle et… Jenna.

– Bonjour, Rosie.

Son regard passe de Sawyer à moi puis à nos doigts entrelacés, mais il n'y a aucune trace d'animosité dans ses yeux. Seulement un voile de tristesse.

– Sawyer, je te présente Rosie, la sœur de…

Je m'interromps brusquement. En fait, je m'aperçois qu'il m'est impossible de finir ma phrase.

Prononcer son prénom à haute voix m'est difficile, non pas parce que j'ai encore des sentiments pour elle, mais parce que je crains la douleur familière qui y est rattachée.

Heureusement, Rosie poursuit comme si de rien n'était et comme si la situation n'était pas gênante.

– Je suis la sœur de Jenna. Enchantée Sawyer, je suis ravie de faire ta connaissance.

– Pareillement.

Les deux femmes échangent une poignée de main amicale, puis Rosie se tourne vers moi.

J'entretenais d'excellentes relations avec elle, je la considérais comme ma petite sœur, au même titre qu'Olivia. Puis, du jour au lendemain, plus rien. Pas parce que je lui en voulais, mais parce que ça faisait trop mal.

Rosie est en fait un dommage collatéral de notre rupture.

– Shannon, je suis contente de te revoir. Tu as l'air en forme.

J'avale ma salive.

– Toi aussi.

Le malaise est palpable.

– Merci d'être venu, nous n'étions pas sûrs que tu acceptes l'invitation.

Jusqu'à ce matin, je n'en avais aucune certitude non plus.

– Jenna aimerait te parler avant que la cérémonie débute, si tu es d'accord, évidemment.

Quoi, maintenant ? Mais je ne suis pas prêt, pas encore… c'est trop tôt.

– En fait, Sawyer et moi étions sur le point de partir admirer la volière, m'excusé-je afin de gagner encore du temps.

– Ollis, ça ne me dérange pas de m'y rendre toute seule, intervient Sawyer.

Mais que fait-elle…

– Tu ne sais pas où elle est.

– Ne t'inquiète pas pour moi, je trouverai facilement. J'ai un super sens de l'orientation.

C'est faux.

– Et si tu te perds ?

– Je ne me perdrai pas. Et si c'est le cas, je pense réussir à m'orienter grâce à la musique.

Je discerne dans les prunelles de Sawyer de la détermination, aussi je n'insiste pas.

– Bien, je ne serai pas long.

Je me penche vers elle, embrasse sa tempe, puis pivote vers Rosie.

– Allons-y.

Je la suis à travers les jardins, et nous pénétrons dans l'enceinte du bâtiment centenaire, là où se tiendra l'échange des vœux. La décoration intérieure est tout aussi somptueuse que celle du jardin. Partout, des rubans de satin, des dorures, de la dentelle fine et des bouquets de lys. C'est classe, très différent de notre mariage.

Je reconnais bien là les goûts de Jenna. Elle rêvait d'un grand mariage comme ceux des stars, mais tous ces trucs pompeux n'étaient pas faits pour moi. Alors à l'époque, nous avions trouvé un compromis et nous étions mis d'accord sur une cérémonie dans la propriété de sa famille. Quelque chose de sobre et de simple.

Il y avait tout de même un wedding planner – sa mère avait insisté sur ce point – mais la déco était moins chargée. Quand je vois tout ce faste, je me demande si Jenna n'avait pas renoncé à un mariage en grande pompe uniquement dans le but de me faire plaisir.

Après toutes ces années, elle l'aura enfin eu, son mariage de princesse.

Le trajet se fait dans un silence embarrassant que je n'ai pas la force de briser. Je me sens minable de ne pas avoir le courage de faire la conversation : ne serait-ce que lui demander comment elle va ou ce qu'elle devient.

Heureusement, Rosie ne s'en formalise pas. Je l'ai connue adolescente, vive et téméraire, elle est à présent une femme adulte. Et je n'ai plus rien du mec qui a épousé sa grande sœur. Nous étions comme frère et sœur, mais cinq longues années de silence radio ont creusé un gouffre dans notre relation.

– C'est par ici, m'indique-t-elle.

Nous empruntons un corridor, dépassons une première porte, puis une seconde, et enfin elle s'arrête devant la troisième, en chêne sculpté, et me demande de l'attendre là une seconde.

L'idée de battre en retraite m'effleure, mais déjà le battant s'ouvre.

– Shannon, tu peux entrer, elle t'attend.

Elle m'attend...

Cette phrase que j'ai rêvé d'entendre pendant cinq ans. Je ferme brièvement les yeux sous le coup de l'émotion et lui emboîte le pas.

Cette fois, c'est le point de non-retour.

Le cœur battant, je me demande si l'on peut mourir de stress. Vu mon état, je dirais que oui, et que d'une seconde à l'autre mon palpitant va lâcher.

Quelques mètres me séparent d'elle. Quelques malheureux mètres et cinq longues années.

Autant dire une éternité…

La pièce dans laquelle nous nous trouvons est grande, lumineuse et en son centre, une pysché me renvoie *son* reflet.

Aussitôt que je l'aperçois, je manque de m'effondrer, bouleversé.

– Jenna…

CHAPITRE 37

OLLIS

– Bonjour, Shannon.

– Bonjour, Jenna, me contenté-je de murmurer, la gorge serrée.

Je n'arrive pas à croire que c'est elle, qu'elle est bien là, devant moi. Pareille que dans mes souvenirs. La même bouche mutine qui me sourit. Les mêmes cheveux d'or coiffés dans un chignon bas élégant d'où s'échappent quelques mèches. Les mêmes yeux bleus expressifs, mais qui n'affichent plus autant de tristesse que lorsque nous nous sommes séparés.

Et moi, ai-je toujours l'air du mec paumé qu'elle a quitté ?

– Tu es venu.

J'acquiesce.

Être ici a quelque chose d'étrange, une saveur douloureusement familière. Combien de fois me suis-je imaginé cette rencontre depuis que j'ai reçu son invitation ? Des centaines, au moins. Pourtant, à présent qu'elle se tient à quelques mètres de moi, je perds mes mots, et quelques neurones aussi, j'imagine.

J'opte pour l'honnêteté. Ça a toujours été comme ça entre nous, même après l'accident, même lorsqu'il n'y avait plus d'espoir.

– Jenna… Je ne… Je ne sais pas quoi dire, balbutié-je, l'esprit embrumé par les tonnes de souvenirs qui émergent les uns après les autres. J'ai beau tenter de les refouler, c'est comme si j'avais libéré un raz-de-marée.

De ma vision périphérique, j'aperçois la silhouette de Rosie quitter la pièce.

La voix de Jenna me rappelle notre petit appartement, les matins d'hiver au lit. Nous deux.

Je revois ce jeune couple auquel personne ne croyait, mais qui s'aimait assez pour se marier alors que son entourage le priait de prendre son temps. Un peu comme si nous savions avant tout le monde qu'il y avait une date de péremption à notre amour. Nous étions fougueux, un peu fous aussi peut-être…

Mais que reste-t-il de nous ?

Nous ne sommes plus que deux inconnus qui ne savent plus quoi se dire… ni comment se parler.

– Je comprends que ce ne soit pas simple pour toi, Shannon. Viens, approche, s'il te plaît.

À mesure que j'avance, je remarque un berceau près d'elle que je n'avais pas vu en entrant. À l'intérieur, un bébé est profondément endormi – l'enfant de Jenna. Comment suis-je censé réagir ? Dois-je la féliciter ? Faire comme si de rien n'était ?

Un océan d'émotions me renvoie immanquablement à notre petite fille.

La perte de Faith a été si douloureuse qu'il n'était plus question pour nous d'avoir un autre enfant. Pendant des semaines après l'accident, Jenna s'est renfermée sur elle-même, passant par des phases mutiques avant de se laisser submerger par la colère, m'accusant d'être responsable de notre malheur.

Ces moments-là étaient les pires, parce que je n'avais pas besoin de ses reproches pour me sentir coupable.

– C'est un petit garçon, dit-elle en m'offrant un regard chaleureux.

Un regard qui réchauffe mon âme.

– Comment est-ce qu'il s'appelle ?

Ma voix est rauque.

– Noah. C'est mon petit miracle.

– Toutes mes félicitations, Jenna, murmuré-je… Je suis heureux pour toi.

Et je le pense sincèrement.

– Merci, Shannon.

– Est-ce que… tu es heureuse ?

Elle lance un bref regard en direction du berceau et acquiesce.

– Je le suis.

Silence.

– Pour être honnête avec toi, j'ai longtemps cru que je ne le serais plus jamais. Tu sais, ce jour-là, une partie de moi est partie avec Faith.

Je sais…

– Et puis, mon cœur était beaucoup trop brisé pour ressentir autre chose que de la peine. Alors ça a pris du temps. Beaucoup de temps, mais je me rappelle qu'un matin, il y a peut-être deux ou trois ans, j'ai eu un peu moins mal. Les jours suivants, la douleur a été plus supportable. Et mon cœur a appris à aimer de nouveau. En fait, il n'était pas totalement brisé, seulement abîmé.

Je l'écoute sans l'interrompre me confier sa rencontre avec l'homme qu'elle s'apprête à épouser. Ce qui m'aurait tué il y a quelques années ne me procure plus que de la joie. Je suis heureux pour elle.

– Le chemin a été long, mais aujourd'hui, je suis comblée, conclut-elle.

– C'est ce que j'ai toujours voulu, que tu sois heureuse… avec ou sans moi.

– Je le sais. Shannon, tu es quelqu'un de bon. Et c'est pour cette raison que je tenais à te présenter mes excuses. Je suis désolée pour ce qui s'est passé, pour tout ce que je t'ai reproché, pour t'avoir accusé du pire. Je n'étais pas moi-même à l'époque. Il m'a fallu du temps, des mois de thérapie pour me ressaisir et comprendre. Et je tiens à ce que tu saches que ce n'était pas ta faute. Je le sais, maintenant, mais en vérité, je l'ai toujours su. J'étais trop malheureuse pour me l'avouer, et je t'ai dit des choses horribles.

Ses beaux yeux bleus brillent.

J'ai rêvé cinq ans d'entendre ces mots-là…

– J'étais moi aussi en colère contre moi-même. Je ne me suis jamais pardonné ce qui s'est passé. Après l'accident, lorsque nous avons perdu Faith, j'ai cru mourir.

– Tu n'étais pas responsable, mais tout en toi me rappelait ce que je n'avais plus. J'ai essayé, tu sais… Je suis désolée d'avoir laissé entendre que c'était ta faute. C'était faux, et je n'en pensais pas un mot.

J'avais besoin de l'entendre. Je crois que sans ça, jamais je n'aurais été tout à fait heureux.

Je cherche en moi la force de ne pas craquer, mais c'est un échec. Accablé, je tombe à genoux à même le marbre, et lorsque Jenna s'approche et vient essuyer mes yeux de ses pouces, je me rends compte que mes larmes ont rejoint les siennes.

– Je n'ai jamais voulu te faire de mal. Je t'aimais du plus profond de mon cœur, Shannon, et je pense qu'une petite partie de moi t'aimera toujours, mais désormais nos vies sont ailleurs. Et tu mérites de vivre la tienne, pleinement.

Dans la seconde qui suit, c'est le visage de Sawyer qui s'impose à moi.

Sawyer…

Je dois aller la retrouver.

Jenna se penche sur moi, ses lèvres effleurant les miennes dans un dernier baiser.

Un baiser d'adieu, mais surtout un baiser qui veut dire : sois heureux.

Je ne m'écarte pas, ne me dérobe pas. Mon cœur bat lentement, je retrouve une sérénité que je ne ressens qu'en présence de Sawyer.

C'est étonnant, la vie. J'ai aimé Jenna de tout mon cœur, de toute mon âme, imaginant ne jamais me remettre de… nous. Pourtant, à présent que Jenna et moi avons refermé les pages de notre passé, je vais bien.

Notre histoire avait besoin d'une fin. C'est chose faite. Je sais que j'éprouverai toujours quelque chose pour Jenna : de la tendresse et une profonde affection.

Mais quand je pense à mon avenir, c'est Sawyer que je vois. Elle prend désormais toute la place.

Lorsque je m'écarte, Jenna a un sourire chaleureux aux lèvres.

Et je crois que je lui retourne son sourire.

– Au revoir, Jenna. Je te souhaite le meilleur et encore tous mes vœux pour ton union.

Elle a deviné que je ne reste pas pour assister à la cérémonie. Si je suis venu, c'est pour elle, mais à présent j'ai besoin de retrouver Sawyer. De la voir, de la prendre dans mes bras.

– Au revoir, Shannon.

Elle ne me retient pas non plus. Elle a compris.

Je quitte la pièce, impatient de rejoindre Sawyer.

Le silence est remplacé progressivement par le bruit des discussions animées et des verres qui tintent à mesure que je m'approche du barnum.

Je scanne la foule à recherche d'une paire d'yeux noisette. Mais Sawyer n'est nulle part en vue.

Aussitôt, je me rappelle qu'elle voulait voir la fontaine. Je m'y rends au plus vite, mais une fois sur place, elle n'est pas là. Je récupère mon téléphone, compose son numéro et tombe immédiatement sur le répondeur.

Je suppose que j'ai dû la rater, alors je rebrousse chemin et sonde chaque visage à la recherche de ma petite amie.

Au bout de plusieurs minutes, toujours aucune trace de Sawyer. Un léger sentiment de panique me submerge.

Elle ne serait pas partie sans moi, tout de même ?

Alors que les invités sont priés de rejoindre le lieu de la cérémonie, j'évite le mouvement de foule qui me pousse vers le bâtiment principal, contourne les serveurs et m'éloigne du tumulte afin de pouvoir envoyer un message à Sawyer.

Frodon Sacquet : Où es-tu ?

Mais elle n'est pas connectée non plus. Légèrement inquiet, je lui envoie un nouveau message qui demeure sans réponse également.

Puis quand l'appareil vibre dans ma main, je suis rassuré. Du moins, jusqu'à ce que je découvre le prénom de ma sœur affiché sur l'écran d'accueil.

– Allô Olivia, écoute… ce n'est pas le moment, je peux te rappeler ?

– Non, attends avant de raccrocher. C'est à propos de Sawyer.

Je me fige, mon téléphone en main.

– Je t'écoute ?

– Elle t'a vu, Ollis.

– Elle m'a vu ?

Alors là, je n'y comprends plus rien.

– Embrasser Jenna.

Quoi ? Merde, non !

– Mais on ne s'embrassait pas !

– Tu es sûr ?

Je repense à ce baiser qui n'en était pas vraiment un.

– Non, enfin ce n'est pas ce que tu crois. C'est un malentendu. Nous n'étions pas en train de nous embrasser, Liv, c'était un baiser d'adieu.

– Ce n'est pas à moi qu'il faut dire ça, grand frère.

Si Sawyer nous a vus, elle doit s'imaginer mille scénarios et une chose est sûre, je n'aime aucun d'entre eux. Je presse le pas en direction du parking pour récupérer ma voiture et quitter le domaine, tout en écoutant ma sœur me raconter les derniers événements.

– Ollis, je dois t'avouer un truc, je crois que j'ai merdé…

– Qu'est-ce que tu racontes ?

– Elle sait. Sawyer sait pour l'accident…

CHAPITRE 38

SAWYER

La volière est effectivement exceptionnelle, et je ne regrette pas d'y être allée, même si voir tous ces superbes oiseaux enfermés dans leurs cages m'a donné envie de crocheter la serrure pour les libérer. Bien sûr, je m'en garde et me contente de les admirer. Sur le chemin de retour, je m'arrête devant la grande fontaine qui trône au cœur du domaine.

Elle est majestueuse, et bien plus grande que celle qui se trouve sur l'esplanade, devant la bibliothèque. Je pourrais passer des heures à admirer l'eau scintiller. Je regrette de ne pas avoir de monnaie sur moi, j'aurais volontiers fait un souhait pour suivre la tradition de mon père.

Vraiment, et quel serait ton vœu ?

J'aimerais qu'Ollis me rejoigne.

Je voudrais qu'il me dise qu'il s'est enfin expliqué avec son ex-femme, et qu'ils se sont dit adieu afin que, peut-être, lui et moi puissions commencer quelque chose ensemble sans cette ombre du passé qui plane toujours au-dessus de lui.

Une fois de retour sous le barnum, je contourne un serveur, me faufile parmi les invités et me tords le cou à la recherche d'Ollis.

La musique, qui auparavant était agréable à mes oreilles, me paraît trop forte, les discussions sont trop animées et être seule au milieu d'inconnus me met soudain mal à l'aise.

D'autant que je ne vois Ollis nulle part.

Le quatuor s'arrête de jouer quand quelqu'un monte sur la scène. Je la reconnais immédiatement puisque nous avons été présentées il y a moins d'une heure. C'est la sœur de Jenna.

Elle prend le micro, se racle légèrement la gorge avant d'annoncer que la cérémonie va bientôt commencer et nous invite à monter les marches qui conduisent au bâtiment principal, là où aura lieu l'échange de vœux.

Aussitôt, les convives se déplacent, mais évidemment, il est hors de question pour moi d'aller m'installer sans Ollis.

D'ailleurs, à présent que la majeure partie des invités a quitté le barnum, ce dernier demeure toujours introuvable.

Et bientôt, je me retrouve seule, en compagnie des serveurs qui s'affairent autour du buffet. Je n'ose pas écrire à Ollis de peur de le déranger, alors en attendant, je danse d'un pied sur l'autre, sans penser à combien je dois avoir l'air gourde dans cette robe longue, au mariage de l'ex de mon mec.

Bon sang, Ollis, où es-tu ?

Je comprends que ça lui prenne du temps, après tout son ex-femme et lui ont des tonnes de choses à mettre à plat. Ils ont eu une histoire forte.

Toutefois, si Ollis pouvait arriver rapidement, ça m'arrangerait...

– Madame, est-ce que tout va bien ? m'interroge un serveur.

Je me contente d'opiner du chef.

– Tout va bien, merci. J'attends mon petit ami. Il ne devrait plus tarder à me rejoindre.

En réalité, je n'en sais rien. Est-ce qu'Ollis va bien ?

L'espace d'une seconde, le doute m'envahit. Je crains que sa rencontre avec Jenna ne se soit pas passée comme il l'espérait.

Je sais à quel point il appréhendait leurs retrouvailles.

Il ne m'en faut pas plus pour m'inquiéter. Je ne réfléchis pas et décide donc de partir à sa recherche, au cas où il aurait besoin de moi.

Je me faufile à l'arrière du bâtiment, grimpe quelques marches, puis traverse les couloirs en scrutant chacune des pièces que je dépasse.

Finalement, je n'ai pas besoin de chercher bien loin Ollis, car je l'aperçois dans l'entrebâillement de la troisième porte laissée légèrement ouverte.

Je les trouve, lui et elle.

Ollis et Jenna.

Enfin, je suppose que c'est Jenna, vu qu'elle porte une robe de mariée et qu'elle est toute seule avec lui.

La curiosité me pousse à un bref examen.

Malgré la distance, il saute aux yeux que son ex est une femme magnifique. Grande, des yeux d'un bleu très clair et une crinière blonde ramassée en un chignon bas élégant.

Physiquement, Jenna et moi sommes très différentes.

Donc si *elle* est son genre de femme, je ne peux m'empêcher de m'interroger sur ce qui a attiré Ollis chez moi.

Alors que je me note mentalement de lui poser la question, je remarque un détail : Jenna et lui se sont rapprochés. Tellement que leur discussion se poursuit de très près.

En fait, non, ils ne discutent pas, ils s'embrassent.

Je ne vois pas d'autre nom à cet échange de fluide auquel j'assiste.

Mais… sont-ils en train de tourner la page ou d'en écrire une nouvelle ?

À ce stade, autant de questions que de doutes se bousculent dans ma tête. Mais dans la mesure où Ollis semble aller pour le mieux, je fais volte-face et me précipite vers la sortie.

Une fois à l'extérieur du bâtiment, je me retrouve seule au milieu du jardin. Bien sûr, il reste encore les serveurs qui s'occupent de ravitailler le buffet pour le vin d'honneur, et bien que je sois tentée d'avaler une coupe de champagne cul sec – ou toute une bouteille –, je poursuis ma route, le cerveau embrumé.

L'espace d'une minute, je crois avoir imaginé toute la scène. Pourtant, ma douleur n'a rien d'imaginaire.

Arrivée au niveau du parking, je tourne sur moi-même, me rappelant que c'est Ollis qui m'a conduite ici. Aucun bus ne me ramènera chez moi.

Au même moment, mon téléphone vibre dans mon sac. Je parie que c'est lui et je suis déjà prête à lui raccrocher au nez, mais c'est le nom d'Olivia qui apparaît à l'écran.

– Allô ?

– Sawyer, c'est Olivia.

– Olivia, tu tombes bien, est-ce que tu es libre ? la coupé-je, immédiatement. Tu penses que tu peux venir me chercher ?

Olivia accepte sans me poser de question et je l'en remercie infiniment.

– Envoie-moi l'adresse et j'arrive.

Puis, avant de raccrocher, elle ajoute :

– Attends, Sawyer, Ollis n'est pas avec toi ? Vous n'étiez pas censés être au mariage ?

Si… justement.

– Si ça ne te fait rien, je n'ai pas envie d'en parler.

Olivia est compréhensive et ne me pose pas de questions. Pendant qu'elle arrive, je compte à rebours à partir de cent. Puis recommence, tout en m'efforçant de chasser l'image d'Ollis embrassant son ex avec ces mêmes lèvres qui me murmuraient des mots doux ce matin.

Quelque chose se fissure à l'intérieur de moi. Mon cœur ?

J'avais confiance en lui, et lui…

Heureusement, je n'ai pas à attendre très longtemps, car Olivia apparaît au volant de son cabriolet et se gare devant moi.

Je pense seulement maintenant que j'aurais pu éviter de la déranger et tout simplement commander un Uber.

J'ouvre la portière et me glisse sur le siège passager. Elle a la bienveillance de ne pas me demander où est son frère.

– Où allons-nous ?

N'importe où, tant que c'est loin d'Ollis.

– Chez moi.

Je lui donne mon adresse et la remercie. Ensuite, mon regard s'égare par la fenêtre, mais je ne distingue rien d'autre qu'un paysage brouillé par mes larmes.

Je suis tellement stupide ! J'aurais dû rester sur ma première intuition concernant Ollis. Peut-être alors aurais-je pu préserver mon cœur.

Par moments, je sens la paume réconfortante d'Olivia sur mon épaule, mais je ne réagis pas. Je suis là, mais mon esprit est ailleurs, déconnecté de la réalité afin de moins souffrir. Une sorte de mécanisme de défense que j'ignorais posséder.

Lorsque je me hasarde à nouveau à jeter un regard vers l'extérieur, je reconnais immédiatement l'endroit : le carrefour Jefferson. Je n'y tiens plus et éclate en sanglots.

– Olivia, arrête-toi ! S'il te plaît.

– Quoi, ici ? En plein milieu du carrefour ?

– S'il te plaît…

Elle donne un coup de volant, chevauche le trottoir alors que je suis tétanisée à l'idée qu'un chauffard arrive en sens inverse et nous percute.

Mes dents claquent et je croise les bras pour m'empêcher de frissonner malgré les températures douces.

– Sawyer, parle-moi… Tu me fais peur, dis-moi ce qui se passe… Je meurs d'inquiétude. Sortons prendre l'air.

– Je ne peux pas… murmuré-je en indiquant ce carrefour de malheur du doigt.

Olivia fronce les sourcils.

– Attends, tu es au courant pour l'accident d'Ollis ? me demande-t-elle, surprise. Il n'en parle jamais à personne…

Je bats frénétiquement des paupières, perdue dans un maelström d'émotion.

– L'accident d'Ollis ? Je ne suis pas sûre de comprendre.

– Il y a quelques années, Ollis a eu un grave accident de la route, ici même. Je croyais que tu étais au courant…

Je secoue la tête.

– Olivia, j'ai perdu mon père dans ce carrefour il y a cinq ans. Un chauffard qui avait trop bu a fauché notre voiture, ne laissant aucune chance à mon père. Il est mort sur le coup.

Malgré mes larmes, je ne rate pas l'expression d'Olivia.

– Non… Olivia, ce n'est pas possible…

Face à son silence, je perds pied.

– C'était lui, c'est ça ? C'était lui qui était au volant de cette voiture ?

Silence.

– Oh, Seigneur… si c'est un cauchemar, faites que je me réveille ! dis-je en prenant ma tête entre mes mains.

Avant qu'elle puisse me retenir, j'ouvre la portière et bondis hors de la voiture.

***

Trois jours.

Il m'aura fallu trois jours complets pour cesser enfin de pleurer à chaudes larmes, puis une journée supplémentaire afin de retrouver une contenance.

À J + 4 après Ollis, je retourne finalement à la fac. C'est étrange de retrouver un semblant de normalité après m'être enfermée dans ma bulle pendant si longtemps.

J'ai l'impression que tout est foncièrement comme avant, seulement voilà, je ne suis plus du tout la même. Je mange peu, si bien que je dois avoir perdu un ou deux kilos. L'ancienne Sawyer trop ronde aurait sauté de joie à cette nouvelle.

Mais il n'est pas question que je foute ma dernière année en l'air parce que j'ai le cœur brisé. Me pencher sur les cours me demande un effort de concentration insurmontable. J'ai mal au crâne et je dois lutter heure après heure pour ne pas rentrer chez moi.

Après mes journées à la fac, j'enchaîne avec le travail, ce qui me permet d'éteindre mon cerveau. Ne plus penser pour ne plus souffrir, telle est ma devise.

Quand il n'est pas trop tard, je me rends à la fontaine qui se trouve à Eaton, à deux pas du cimetière, pour me recueillir.

Le grand parc compte des arbres centenaires, de belles statues et on y ressent une atmosphère de quiétude unique.

C'est ici que nous avons dispersé les cendres de mon père. Alors dès que je le peux, je lui rends visite et lui raconte mes journées. Dans cet endroit, je me sens au plus proche de mon père. Si seulement il était là… Il saurait me conseiller.

CHAPITRE 39

OLLIS

Ollis : Sawyer, je peux tout t'expliquer.
S'il te plaît, réponds-moi.
Ollis : Ce n'est pas ce que tu crois…
Je le jure, jamais je ne te ferais souffrir.
Ollis : S'il te plaît, dis-moi seulement
comment tu vas…
Ollis : Prends le temps qu'il te faut,
mais sache que je suis là, et que tu es
tout pour moi.

Je fais défiler notre conversation, le vague à l'âme. Tous mes messages sont restés sans réponse et mes appels sont renvoyés directement vers son répondeur. Pour faire simple, depuis le mariage de Jenna, je n'ai pas de nouvelles de Sawyer et plus les jours passent et plus je flippe qu'elle ne me laisse jamais une chance de m'expliquer. Je sais ce qu'elle a vu, mais ce n'était rien. Rien d'autre qu'un baiser d'adieu entre deux personnes qui ont partagé un passé.

Pour que Sawyer comprenne, je dois tout lui raconter. Elle doit savoir ce qui s'est passé, et la vérité sur l'accident

– Mec, je viens de recevoir un e-mail de ta cliente. Elle veut savoir si c'est toujours bon pour demain ? Tu penses finir son projet ?

– Bien sûr, qu'est-ce que tu crois ? réponds-je à Tristan. Dis-lui que c'est OK.

Je range mon téléphone dans ma poche arrière et reprends ma tablette en main afin de peaufiner les derniers détails de son *chest* sur lequel je travaille depuis deux jours. Il s'agit d'une grande pièce de dentelle fine, dans un style gothique, destinée à la poitrine de ma cliente. D'habitude, j'ai besoin d'une demi-journée tout au plus pour boucler un tatouage, mais en ce moment je n'arrive pas à me concentrer. Mon esprit est rempli de Sawyer, son absence prend toute la place.

Évidemment, je ne laisse rien transparaître et parviens à donner le change en public, éludant toutes les questions concernant Sawyer et notre couple, donc les mecs ne se doutent de rien.

Question d'habitude.

Il est plus aisé pour moi de faire comme si tout allait bien plutôt que de me dévoiler.

Ollis, le boute-en-train, pour vous servir.

Je sais que le mensonge est le premier pas qui me conduit vers mon pire travers : ma meilleure ennemie, la dépression. Elle est là, jamais loin, tapie dans l'ombre.

Cette semaine, Heaven est passée deux fois au salon et, par deux fois, j'ai réussi à garder la face.

– Je n'arrive pas à croire que le célibataire le plus convoité de Pasadena se soit fait mettre le grappin dessus ! a-t-elle plaisanté.

Puis, quand elle m'a demandé des nouvelles de ma petite amie, j'ai souri, avant de bomber le torse et de lui raconter des craques.

J'ai également prié Olivia de ne rien dire à notre famille. Ils risquent d'être ébranlés par la nouvelle et je suis incapable de gérer à la fois mes émotions et leur désarroi. J'entends déjà Orion ricaner et me rappeler à quel point j'excelle dans l'art de gâcher mes relations.

À chaque jour suffit sa peine.

Aussitôt que j'apporte la touche finale au futur tatouage de ma cliente, j'enregistre le projet et lui envoie un e-mail afin de la rassurer.

Pendant ce temps, j'entends d'une oreille distraite les mecs organiser une sortie au pub.

– J'en suis, annonce Tristan.

Je lève le nez de mon spot, surpris. Depuis qu'il est maqué, il a pour habitude de décliner toutes les propositions.

– Et toi, Ollis ? m'interroge Moses.

Ça m'embête de ne pas me joindre à eux, mais je serais de mauvaise compagnie.

– Désolé les gars, ce sera sans moi. J'ai un empêchement.

Je chope ma veste, leur adresse une révérence et une fois dans ma caisse, j'envoie un message à Olivia.

Je sais que Sawyer a beaucoup d'affection pour ma sœur, et ce depuis le jour de leur rencontre. De fait, le feeling est tellement bien passé entre elles qu'elles sont devenues amies.

Les yeux rivés sur les points de suspension qui apparaissent à l'écran, c'est plein d'espoir que j'attends sa réponse.

L'espoir, c'est tout ce qu'il me reste.

Olivia : Aucune nouvelle… Désolée, frangin.

Je ferme brièvement les yeux. La déception que je ressens est indescriptible. Je me sens démuni.

Sans elle…

Avant que les mecs me surprennent à me morfondre, je me dépêche de démarrer. Je roule sans but tandis que la voix vibrante de Sara Bareilles emplit l'habitacle avec *Gravity* et m'arrache une larme.

Chialer sur la playlist que j'ai préparée pour Sawyer et qui porte son nom, c'est d'un pitoyable… À moins que ce ne soit le fait qu'elle n'écoutera peut-être jamais aucun de ces titres que j'ai sélectionnés spécialement pour elle qui me rend si triste. Je pousse le volume au maximum.

Je roule et roule encore. Lorsque la musique cesse, je me gare sur le bas-côté et, hagard, je jette un regard autour de moi. Non seulement je reconnais le quartier, mais je constate que le hasard m'a conduit jusque chez elle. Peut-on parler de hasard alors que je parcours le même chemin tous les jours depuis notre rupture ? Pourtant, au lieu de redémarrer et de m'éloigner comme les autres fois, un élan de hardiesse me pousse à descendre de ma caisse.

Je pense que je lui ai suffisamment laissé d'espace, à présent, j'ai besoin de tout lui expliquer.

J'hésite une seconde avant de frapper à la porte, puis me décide. C'est sa mère qui m'ouvre.

Je dépasse la déception et m'éclaircis la voix.

– Bonsoir madame Bennett. Sawyer est-elle là, s'il vous plaît ?

– Non, lâche-t-elle avant de refermer la porte.

S'il y a bien une chose qui demeure immuable, c'est le ton empreint de douceur qu'elle me réserve.

Au moins, je peux me raccrocher à cette constante.

Je frappe à nouveau à la porte, qui s'ouvre pour la seconde fois.

– S'il vous plaît, je souhaite seulement lui parler. Pourriez-vous lui faire savoir que je suis là ?

La mère de Sawyer m'adresse un regard noir. D'accord, en fait, elle ne m'apprécie pas du tout.

– Je peux vous donner un conseil ? Ne perdez pas votre temps, et évitez à ma fille de perdre le sien.

Même si j'y étais préparé, sa réponse me fait l'effet d'une gifle cuisante. Je tâche de garder un air impassible.

– Écoutez, vous ne m'aimez pas, ça, je l'ai très bien compris. Et c'est OK, vous pouvez penser ce que vous voulez de moi, mais j'aimerais savoir ce que j'ai fait pour susciter autant d'animosité de votre part.

– Je connais les hommes comme vous, et ce n'est pas parce que ma fille s'est laissée aveugler par votre… votre…

Elle me désigne de haut en bas.

– … votre apparence agréable… Mais moi, je suis loin d'être dupe ! Il faut que vous partiez, maintenant.

– Je ne vois pas ce que vous voulez dire, et sauf votre respect, madame Bennett, vous n'avez pas l'air de comprendre que j'aime votre fille. Je l'aime sincèrement et je n'ai pas l'intention de dégager du paysage uniquement parce que, pour une raison que j'ignore, vous ne me portez pas dans votre cœur. Alors pourriez-vous, je vous prie, lui dire que je suis là et que je l'attends ?

La mère de Sawyer semble accuser le coup. Visiblement, elle ne s'attendait pas à ça.

– Merci de votre honnêteté, Ollis, finit-elle par dire, décontenancée. Mais comme je vous l'ai dit, elle n'est pas là.

OK, je laisse tomber. Elle ne veut absolument pas m'aider, je suis en train de me ridiculiser inutilement. Je m'apprête à partir lorsqu'elle me retient, à ma grande surprise.

– Attendez… Sawyer est partie voir son père. Si vous êtes suffisamment proche d'elle pour qu'elle se confie à vous, je suppose que vous saurez la trouver.

Je réfléchis rapidement et soudain, ça me revient.

– Je sais où elle est ! Merci madame Bennett, conclus-je avant de me retourner et de rebrousser chemin à grandes enjambées.

Je me rappelle une discussion au cours de laquelle elle m'a confié qu'il y avait un seul lieu dans toute la ville où elle se sentait bien, et surtout proche de son père : la fontaine qui se trouve en plein cœur d'Eaton.

Je me gare à proximité du cimetière et pénètre dans la réserve naturelle qui s'étend sur plusieurs kilomètres en bordure de ville et au pied des montagnes.

Le plan à l'entrée m'indique le chemin que je dois emprunter afin de rejoindre la fontaine centrale.

Autour de moi, la végétation est luxuriante. Je n'étais jamais venu jusqu'ici et à présent que je découvre la beauté du parc, je le regrette.

Je suis sur le bon chemin et au bout d'une dizaine de minutes, j'entends le bruit chantant de l'eau se déversant en cascade.

Je sais donc que je suis au bon endroit. Et effectivement, c'est là que je trouve Sawyer.

Elle est assise sur la margelle en pierre blanche, un livre à la main. Nous ne nous sommes pas vus depuis une semaine, mais j'ai l'impression que ça fait une éternité. Elle semble tellement concentrée que je regrette presque de la déranger. *Presque*...

Lorsqu'elle lève vers moi ses splendides iris, la terre s'arrête de tourner.

La revoir me met dans un état pas possible. Difficile en revanche de décrypter les émotions qui la traversent.

J'approche encore et désormais, quelques regrettables mètres nous séparent.

– Qu'est-ce que tu fais là, Ollis ? demande-t-elle, de l'émotion dans la voix.

– Je suis venu te voir.

Elle lance un regard circulaire autour de nous.

– Comment as-tu su où me trouver ?

– Ta mère.

– Génial... soupire-t-elle en levant les yeux au ciel, pas franchement ravie de me voir. Qu'est-ce que tu veux ?

J'ai conscience que je suis directement responsable de sa mauvaise humeur.

– Te parler.

– Alors tu es venu pour rien.

– Sawyer, laisse-moi t'expliquer, c'est tout ce que je te demande, ensuite tu pourras décider si tu veux toujours me rayer de ta vie.

CHAPITRE 40

OLLIS

Cinq ans plus tôt.

– Ta famille avait l'air ravie d'apprendre le sexe du bébé, me lance Jenna, assise sur le siège passager.

– Tu m'étonnes, on a placé la barre haut, mon ange, plaisanté-je. Difficile de leur faire une plus jolie surprise !

Peu à peu, le ciel se couvre et la pluie qui tombait jusqu'alors en *plocs* sonores contre le pare-brise, s'intensifie.

Je tourne la tête vers ma passagère. Bon Dieu, qu'elle est belle. J'ai tellement de chance de l'avoir, de les avoir toutes les deux.

Jenna me sourit, et ça suffit à faire gonfler mon cœur d'amour. Dans le bleu immense de ses yeux, il y a tellement d'adoration. Chaque fois qu'elle me regarde comme ça, j'ai l'impression d'être un superhéros.

Pour un peu, je pourrais voler.

Je repense à cette journée, concentré sur la route. Nous revenons de chez mes parents, après avoir passé la journée de Thanksgiving en compagnie de ma famille au grand complet.

À la fin du dîner, nous leur avons annoncé que Jenna et moi allions accueillir une petite Faith dans quelques mois, pour notre plus grand bonheur.

Ma mère a sauté de joie, mon père a versé une larme : c'est un peu normal, ce sera son premier petit-enfant. Quant à mes deux frères et ma sœur, ils sont impatients de rencontrer leur future nièce.

– Shannon ?

– Oui, mon ange ?

– Je ne pouvais rêver meilleur Thanksgiving que celui-ci, et c'est grâce à toi.

Je tends la main vers elle, trace délicatement du doigt la ligne de sa mâchoire.

– Grâce à moi ?

– Tu m'as offert le plus beau cadeau qui soit, notre fille, murmure-t-elle, de l'émotion dans la voix.

Ses mains caressent amoureusement son ventre rond. Jenna est enceinte de sept mois et un peu plus d'une semaine. À ce stade, Faith pèse un kilo et demi et mesure trente-huit centimètres. Elle commence à se sentir à l'étroit, mais ça ne l'empêche pas de beaucoup bouger. Si tout va bien, dans quelques jours, elle devrait changer de position pour se retrouver tête en bas.

Nous sommes impatients de la rencontrer. En attendant, sa chambre est déjà prête et j'y ai peint une fresque dans les tons vert d'eau, gris et blanc.

– C'est plutôt à moi de te remercier, c'est toi qui fais tout le boulot !

Quatre ans que nous attendions ce moment. Peu de temps après que nous nous sommes mis en couple, Jenna m'a annoncé son désir d'être mère jeune. Bien sûr, j'étais d'accord, et nous avons attendu la fin du lycée pour nous lancer.

Mais à ce moment-là, j'ignorais combien ce serait compliqué, surtout pour Jenna qui vivait mal cette attente. Plus le temps passait et plus le parcours était semé d'espoirs, puis de déceptions.

Jenna prenait sa température tous les jours, les courbes avaient pris le pouvoir sur notre couple. Fini les câlins improvisés et la nourriture épicée. Tous nos rapports étaient soigneusement organisés en fonction des courbes.

Une longue et douloureuse période, jusqu'à ce qu'un test, enfin, soit positif.

Et bientôt, Faith sera là, parmi nous.

Les mains contractées sur le volant, je me concentre sur la route, la pluie s'abattant désormais en torrents.

Je n'ai pas fait attention à la météo, sinon nous serions restés dormir chez mes parents et j'aurais épargné à Jenna un trajet stressant.

Malgré les essuie-glaces enclenchés à la vitesse maximale, mon champ de vision reste terriblement réduit, si bien que je discerne à peine ce qui se trouve à plus de trois mètres devant moi.

Derrière nous, quelqu'un klaxonne, mais je n'en ai rien à battre. Qu'il me dépasse si ça lui chante, la route est à lui !

– Chéri, je crois que tu peux rouler un peu plus vite, non ? Tout le monde s'impatiente derrière nous. Tu sais, je suis enceinte, pas mourante.

– Je ne veux prendre aucun risque.

Je lance un regard à la femme de ma vie, puis un autre dans le rétroviseur. En effet, une petite file commence à se former derrière moi.

À présent, on dirait que le ciel s'est ouvert en deux, des trombes d'eau se déversent sur nos têtes.

Jenna allume la radio. Ils annoncent que la Californie n'a jamais vu une telle précipitation en soixante ans. Et bien sûr, il fallait que ça tombe ce soir ! Ma jauge de concentration crève le plafond tandis que je fais en sorte de laisser suffisamment de distance entre ma voiture et celles des autres.

Au carrefour Jefferson, la visibilité se réduit encore, et c'est à peine si je discerne les voitures qui arrivent en face.

Quelle plaie ! J'ai hâte que nous soyons à la maison !

Ce sera ma dernière pensée avant qu'un crissement de pneus sinistre résonne dans la nuit, puis le choc.

Plus tard, j'apprendrai que le type à la voiture de sport avait deux grammes dans le sang. Le chauffeur a perdu le contrôle et le véhicule a été projeté sur une dizaine de mètres, fauchant deux voitures arrêtées au feu dans sa trajectoire.

CHAPITRE 41

SAWYER

– Je m'en suis sorti avec quelques contusions et une côte cassée. Mais je m'en foutais, tant que Jenna allait bien. C'était tout ce qui comptait pour moi.

Je l'écoute, les yeux brouillés de larmes.

Son récit ne me touche pas seulement au cœur, il transperce mon âme. Je revis avec lui cette nuit tragique. Celle qui me hante depuis cinq longues années maintenant.

– Jenna allait relativement bien, alors pendant qu'elle appelait les secours, je suis sorti de la voiture pour voir si quelqu'un d'autre avait besoin d'aide. Ce n'est que plus tard, une fois à l'hôpital que nous avons appris que Faith n'a pas survécu. En fait, son petit cœur a arrêté de battre.

Ollis ne retient pas ses larmes, et à présent, moi non plus.

J'ai si mal pour lui, pour Jenna et leur bébé qui aurait eu cinq ans, j'ai mal pour mon père que j'ai perdu, pour nos deux familles endeuillées à jamais.

Mais plus que tout, je m'en veux.

Je m'en veux d'avoir cru qu'il était responsable, alors qu'il était une victime, tout comme moi.

Je pose ma main sur la sienne. Elle est glacée, mais je ne me dérobe pas, pas cette fois. Je prends ses doigts dans les miens, les rapproche de mon cœur afin de lui apporter ma chaleur.

– Quand nous nous sommes rencontrés, j'ignorais que c'était toi, Sawyer. Je savais seulement que je me sentais bien quand tu étais près de moi. Plus nous passions de temps ensemble, et plus mes sentiments étaient difficiles à nier. Ce n'est que l'autre soir que j'ai compris qui tu étais. Quand tu m'as raconté comment tu as perdu ton père, j'avais l'impression que tu décrivais mon propre accident. Les détails étaient les mêmes, les sensations aussi. C'était impossible que ce soit la même nuit et au même moment. Pourtant, quand j'ai fait le rapprochement avec ta crise de panique au carrefour Jefferson, j'ai compris. Ce soir-là, j'aurais dû te dire la vérité. Mais j'étais trop lâche, et je n'ai pas eu le courage d'affronter à nouveau mes propres souvenirs.

C'est à mon tour de prendre son visage entre mes mains et d'effacer délicatement ses larmes.

Ollis prend une profonde inspiration et continue.

– Après la naissance sans vie de notre fille, j'étais anéanti. Mais je ne pouvais pas me plaindre, je n'avais pas le droit de me laisser submerger par ma peine, parce que je savais que pour Jenna, c'était cent fois, mille fois pire. C'est elle qui l'avait portée, qui la sentait bouger. Ma douleur, aussi forte soit-elle, n'était pas comparable avec celle d'une mère.

Ollis reprend son souffle et poursuit, le regard habité par le chagrin.

– Après les funérailles, Jenna s'est renfermée. Elle ne me regardait plus, était incapable de m'adresser la parole sans pleurer. J'ai lu des tonnes d'articles et de témoignages, c'est ainsi que j'ai découvert que le décès d'un enfant peut soit rapprocher le couple qui va se soutenir et devenir plus fort, soit le briser à jamais. J'ai compris que notre couple ne survivrait pas à la perte de notre fille. Pendant toutes ces années, il n'y a pas un instant où je ne m'en suis pas voulu à mort pour ce qui s'est passé. Si seulement j'avais emprunté un autre trajet ou encore, si nous étions restés dormir chez mes parents… Des centaines de « et si » qui n'ont cessé de me hanter nuit et jour.

Bon sang, je m'en veux. Je m'en veux tellement d'avoir été aussi centrée sur ma propre peine et de ne pas avoir vu combien Ollis avait besoin de moi. Je savais qu'il cachait un pan tout entier de sa vie, je l'ai su presque à la seconde où je l'ai rencontré.

– J'aurais dû tout te raconter, mais je n'en avais jamais parlé à personne en dehors de ma famille, c'est difficile pour moi de m'ouvrir aux autres.

– Tu veux dire que tes meilleurs amis…

– Ne sont au courant de rien.

J'accuse la révélation, puis toutes les pièces s'imbriquent d'elles-mêmes.

– Ce que tu as vu au mariage, Sawyer, c'était un adieu entre deux personnes qui ont vécu la même tragédie, mais qui n'en gardent plus aucune rancune. Jenna me souhaitait tout simplement d'être heureux… Et je le suis, quand je suis avec toi.

– Je suis désolée…

– Ne le sois pas. C'est ma faute, j'aurais dû être honnête avec toi depuis le début. Si seulement j'avais su… Si j'avais su tout ce qui nous liait.

Ollis glisse son bras autour de ma taille et me ramène sur ses genoux.

– Sawyer, je ne voudrais être nulle part ailleurs. Tu ne devines toujours pas ? Au-delà du fait que je t'aime à en crever, c'était écrit. Quelque part, toi et moi, nous étions amenés à nous retrouver et à faire en sorte que quelque chose de beau émerge de notre passé tragique. Le destin t'a choisie pour moi.

– Et il t'a choisi pour moi, murmuré-je avant que la bouche d'Ollis ne se pose sur la mienne.

Notre baiser a un goût d'avenir.

Mes mains se joignent à l'arrière de sa nuque tandis que ses lèvres parcourent mon cou.

Les sentiments qui m'envahissent font exploser mon cœur qui tambourine violemment contre mes côtes.

– Ollis, Ollis… répété-je, telle une supplique.

Son prénom est une prière. Son souffle, mon oxygène.

– Je sais… C'est pareil pour moi.

J'ignore comment, mais quelques minutes plus tard, nous sommes dans sa voiture, direction son appartement. Nous avons désespérément besoin de nous retrouver de façon plus intime.

Ollis déverrouille son téléphone et le dépose sur mes genoux.

– Pourquoi tu ne te chargerais pas de la musique ?

J'ai terriblement envie de lui, mais il a raison, la musique me fera patienter. J'attrape l'appareil, glisse l'écran vers le haut et par réflexe, je cherche le prénom de sa sœur dans la liste. Deux détails attirent immédiatement mon attention.

Premièrement, je ne vois nulle part celle de Jenna. *Il l'a supprimée...*

Et deuxièmement, il a créé une playlist qui porte désormais mon prénom.

Je ferme brièvement les yeux. Quand je crois que je ne peux pas l'aimer davantage, Ollis me prouve le contraire.

– Est-ce qu'il y a un problème ?

Je secoue la tête, le cœur empli de tout l'amour que je ressens pour cet homme.

– Non, aucun problème.

Je sélectionne ma playlist et me laisse porter par la voix de Taylor Swift et de sa chanson *Lover*, impatiente de découvrir les morceaux qu'Ollis m'a attribués.

Et ce que l'avenir nous réserve.

CHAPITRE 42

OLLIS

Sawyer est de nouveau dans mes bras, et alors qu'elle est allongée sur moi, nos corps recouverts d'un voile de sueur, je jure que mon monde a retrouvé son centre de gravité.

Je l'écarte légèrement de moi de sorte à pouvoir l'admirer tout en lui faisant l'amour.

– Les draps défaits te vont bien. Tu devrais ne porter que ça désormais.

– Embrasse-moi au lieu de dire n'importe quoi, murmure Sawyer.

– Vos désirs sont des ordres, princesse de mon cœur.

Elle glousse contre mes lèvres, et bon sang, j'adore l'entendre rire et la voir heureuse. Ça signifie que je le suis aussi.

Dépendre du bonheur de l'autre, le sentiment est terrifiant, mais je n'échangerais ma place pour rien au monde. Je ne veux plus jamais être loin d'elle. Je peux me remettre de tout, mais pas de son absence.

– Sawyer, redis-le-moi.

– Je t'aime, Frodon Sacquet, dit-elle dans un halètement.

Je me retire lentement et la pénètre d'un coup, qui nous arrache à tous les deux un cri d'extase.

– Mauvaise réponse, mon ange.

– Je t'aime, Ollister MacDonnell, répète-t-elle tandis que nos souffles se mêlent.

– Ah, elle a retrouvé la raison.

Et alors que nos hanches ondulent à l'unisson, je prends conscience que le silence de mon appartement ne m'a jamais paru aussi agréable que lorsque Sawyer le brise en hurlant mon nom.

Plus tard, alors que nous sommes allongés sur le canapé, le petit corps de Sawyer blotti contre le mien, Olivia m'appelle.

Je décroche à la première sonnerie.

– Allô, frangin ? Bon sang, j'étais morte d'inquiétude, tu ne me répondais plus et…

J'active le haut-parleur afin que Sawyer puisse répondre et rassurer ma sœur.

– Olivia, je suis là, avec Ollis et nous allons bien.

Ça a le don de couper la chique à ma sœur.

Aussitôt, un cri de joie retentit à l'autre bout du fil.

– Oh mon Dieu ! Oh mon Dieu ! Oh mon Dieu ! Vous êtes ensemble ? Je veux dire, ensemble comme avant ?

– Et fous l'un de l'autre, ajouté-je.

– Sawyer, je veux tout savoir ! Quand est-ce qu'on se voit ? Demain ? Pitié, dis oui ! J'ai un milliard de choses à te raconter au moins, et j'imagine que toi aussi. Et puis, tu m'as manqué !

Sawyer éclate de rire, puis, les larmes aux yeux, elle lui répond :

– Toi aussi, Olivia. Tu m'as terriblement manqué.

Quant à moi, je suis incroyablement heureux. Je sais qu'Olivia a toujours rêvé d'avoir une sœur… Et moi, de trouver la femme de ma vie, j'ai l'impression que le destin nous a exaucés tous les deux.

Aussitôt qu'elle raccroche, ma petite amie se tourne vers moi et mordille le coin de sa lèvre. Il ne m'en faut pas plus pour la porter dans mes bras et l'emmener dans la chambre.

Le lendemain de nos retrouvailles, je dépose Sawyer près de Rose Bowl afin qu'elle retrouve Olivia, et fais demi-tour pour rejoindre mes meilleurs amis. À mesure que j'approche de notre salon de tatouage, mon stress atteint des sommets. J'appréhende à mort leur réaction, parce que je ne sais pas moi-même comment je réagirais dans pareille situation.

Alors que j'arrive enfin, j'aperçois le rideau métallique ouvert et la lumière allumée, signe que les mecs sont déjà là. Je prends une profonde inspiration, et pénètre à l'intérieur du salon. Ils sont tous les deux assis à leur spot respectif et tournent la tête dans ma direction à la seconde où je débarque dans l'entrée.

– Mec, te voilà ! Tu vas nous dire ce qui se passe ? lance Moses.

– T'as intérêt à avoir une bonne raison de m'avoir fait quitter ma famille aussi tôt pour rappliquer ici, menace Tristan. Les filles étaient en train de me mettre la pâtée au Scrabble. La grande passion de Heaven et de Briar Rose est d'inventer des mots improbables afin de rafler un maximum de points.

Je les rejoins, rapproche mon fauteuil de sorte à me retrouver face à eux et, encore plein de ce courage insufflé par Sawyer, je prends une profonde inspiration.

– Les gars, j'ai eu une fille. Elle s'appelait Faith et elle est venue brutalement au monde, sans vie. C'était peu de temps avant que tu m'engages, Tristan. En fait, je ne vous ai jamais parlé de ça, mais j'ai été marié…

Et ainsi, je raconte à mes meilleurs amis le type que je suis, ce que je garde au fond de moi, mes états d'âme, mon divorce, la profonde dépression que je suis parvenu à planquer en public sous des tonnes de blagues, le nombre de fois où j'ai failli me foutre en l'air, les phases descendantes, la solitude accablante, les silences écrasants, mon besoin viscéral d'être entouré.

Je déballe tout, et petit à petit, Tristan et Moses découvrent celui que je suis vraiment.

Quand j'ai terminé, je suis à bout de souffle et au bord des larmes, mais surtout, complètement flippé de ce que mes meilleurs potes peuvent penser de moi.

La dépression restera toujours une épée de Damoclès au-dessus de mon bonheur. J'ai confiance en l'avenir. J'ai confiance en ma famille et en la femme que j'aime. Puis, quand Tristan et Moses se lèvent et me tapent sur l'épaule, je sais que je peux compter sur eux également.

– Merci les mecs.

Je ne sais pas si c'est une coïncidence, mais alors que mes meilleurs potes m'offrent une accolade, c'est le titre *Stairway to Heaven* qui passe dans les basses.

J'y vois immédiatement un signe, le signe que je m'en sortirai et que tout ira bien.

Je veux dire, comment peut-il en être autrement quand on a trouvé son chemin vers le paradis ?

ÉPILOGUE

SAWYER

Un an plus tard.

Assise en tailleur sur le lit défait, un chignon flou sur le sommet de la tête, et portant pour tout vêtement un vieux tee-shirt appartenant à Ollis, je regarde une des meilleures séries du moment, à savoir *Stranger Things*, quand mon Frodon personnel prend la parole :

– Sawyer, je peux te poser une question ?

– Euh, tout de suite ? demandé-je, sans quitter l'écran des yeux. Je veux dire, Vecna vient de faire son apparition et… tu vois, le suspense, tout ça…

Face à son silence, je comprends que c'est important alors je me résous à mettre l'épisode sur pause, puis ne résiste pas et plonge la main dans le saladier de pop-corn entre nous. J'engloutis une grosse poignée d'un seul coup, et pivote vers lui tout en mâchant bruyamment.

Pour l'élégance, on repassera…

– Je suis tout ouïe.

Torse nu, une barbe de plusieurs jours recouvrant sa mâchoire, il rive son regard métallique au mien.

– Tu peux être prête en combien de temps ?

Je fronce les sourcils.

– Ça dépend, prête pour quoi ?

J'imagine tout de suite qu'il pense à nos deux corps emboîtés et ondulant lascivement à l'unisson. Si nous adorons sortir, il nous arrive certains week-ends de ne rien faire d'autre que l'amour et dévorer des plats gastronomiques livrés à domicile devant Netflix.

Mais au lieu de m'ôter mon tee-shirt, Ollis trace la courbe de mon épaule dénudée de la pulpe de son pouce.

– Pour aller à Vegas, m'épouser.

J'éclate de rire, avant de comprendre qu'il ne plaisante pas.

– Quoi, tu parles sérieusement ?

Il hoche la tête avant de se pencher vers sa table de nuit. Là, il récupère du tiroir une petite boîte aux couleurs de Tiffany's and Co et ouvre l'écrin.

Je déglutis difficilement, sous le choc. Permettez-moi d'être impressionnée par ce que j'ai sous les yeux : un anneau en or blanc orné d'un diamant carré.

– Ollis, qu'est-ce que tu fais ?

– Sawyer Maree Bennett, veux-tu passer les soixante-dix prochaines années avec moi ?

– Donc tu as prévu de vivre jusqu'à cent ans ? Chéri, bien que je t'appelle Frodon, tu as conscience que tu n'es pas vraiment un Hobbit, n'est-ce pas ?

Ollis part dans un grand éclat de rire avant de fondre sur moi pour embrasser mes lèvres dans un baiser qui fait virevolter des papillons dans mon ventre.

Nous nous sommes installés ensemble après que j'ai décroché mon diplôme, il y a six mois, mais pas un jour ne passe sans que je sente mon cœur bondir dans ma poitrine pour lui.

La Sawyer d'avant serait complètement flippée par ma situation. Je n'ai pas de job en ce moment, vivant sur mes économies parce qu'Ollis m'a convaincue de prendre une année sabbatique afin de me consacrer au dessin. Désormais, je n'ai plus d'emploi du temps serré, plus de plan de carrière et je n'ai jamais été aussi heureuse que depuis qu'Ollis est entré dans ma vie.

– Tu n'as toujours pas répondu à ma question…

Évidemment, je hoche frénétiquement la tête.

– Oui ! Cent fois oui, murmuré-je contre sa bouche.

Ollis glisse l'anneau à mon doigt et je me jette dans ses bras.

– J'étais sérieux, Sawyer. Tu peux être prête dans combien de temps ?

Il regarde sa montre, puis ajoute :

– Si l'on démarre d'ici quinze minutes, on peut être à Vegas et se marier dans quatre heures.

Je m'écarte pour l'observer à travers mes cils, méfiante, attendant le moment où il va me lâcher qu'il me fait marcher.

Bien au contraire, il se rend dans le dressing, attrape un sac de sport et y fourre des vêtements à la hâte.

– Bébé, plus que treize minutes…

– Ollis, t'es dingue !

– C'est seulement maintenant que tu t'en rends compte ?

– Tu as conscience que l'on ne peut quand même pas se marier sans nos proches, si ? Je suis prête à parier que ta sœur nous tuerait sans hésiter !

– Tu as raison.

Je ne suis pas contre une petite cérémonie éclair, mais entre ça et se tirer sans avertir personne pour se marier en douce, il y a un monde.

– Prépare-toi, je m'occupe de prévenir nos familles.

– Merde, t'es vraiment sérieux ? Il ne sera plus possible de faire machine arrière ensuite, tu le sais ?

Oh, bon sang, il le fait vraiment.

Alors je m'exécute, bondis du lit et attrape une valise pour y fourrer quelques vêtements ainsi qu'une robe crème vaporeuse qu'Olivia m'a obligée à acheter l'autre jour.

Finalement, elle aura eu raison de me forcer la main.

Pendant ce temps, son téléphone en main, Ollis appelle ma mère avec qui il entretient désormais une bonne relation. Je crois que le fait qu'il ait lui aussi traversé une dépression leur a permis de mieux se comprendre.

Il enclenche le haut-parleur et je lui confirme la nouvelle.

Elle éclate de rire.

– Quoi, vous êtes sérieux ?

– Je suis désolée, maman, mais tu connais Ollis. Dès qu'il a une idée en tête…

– Mais vous vous rendez compte que mon téléfilm commence dans moins d'une heure ?

– Vive le replay ! déclare Ollis.

– Je n'ai même pas de tenue !

– Ne t'inquiète pas pour ça, maman. Nous trouverons tout ce qu'il faut sur place.

– Si je comprends bien, les félicitations sont de rigueur, alors ? Eh bien, mes vœux de bonheur à tous les deux, ma chérie, s'exclame-t-elle.

Depuis qu'elle suit une thérapie et se rend à des réunions pour acheteurs compulsifs, ma mère a beaucoup changé. Elle sort un peu, a renoué des liens avec ses anciennes amies et récemment, s'est mise à la peinture.

J'ai conscience que le chemin pour guérir de son addiction est long et semé d'embûches. Il lui arrive même de craquer parfois pour un appareil à la mode, toutefois, elle est sur la bonne voie. Ses efforts finiront par payer, et c'est tout ce qui compte.

Puis j'entends Ollis échanger en italien, signe qu'il discute avec sa mère. J'adore l'écouter parler avec cet accent qui lui donne un côté sexy à souhait.

Les cris de joie de Mme MacDonnell me parviennent aussitôt depuis l'appareil.

Elle est visiblement heureuse d'apprendre que son fils se marie. À croire qu'elle attendait ce moment avec impatience…

Ollis se charge ensuite de l'annoncer à ses meilleurs, amis en commençant par Tristan.

– Allô, Tris ? Ça va mec, et toi ? Désolé de te prévenir au dernier moment, mais tu fais quoi aujourd'hui ?

Ollis affiche un sourire fier quand il ajoute :

– Sawyer et moi allons nous marier et tu es cordialement invité à la cérémonie avec ta famille.

Je devine plus que j'entends les félicitations de son meilleur ami.

– Ouais… Merci. Elle m'a dit oui il y a littéralement cinq minutes. On est super heureux. Et donc pour en revenir au mariage, il aura lieu à Vegas dans quatre heures. Moses n'est pas encore au courant. En fait, non, on ne peut pas retarder la cérémonie. Je comprends, mais mec, c'est simple : soit tu fais en sorte de ramener tes fesses à Vegas, soit Elvis sera mon témoin.

Quand il finit par raccrocher, je m'approche et l'enlace.

– Qu'est-ce qu'il a dit ?

– Il était en colère, mais c'est son état normal.

– Tu sais, Ollis, si tu préfères qu'on reporte le mariage, ça ne me dérange pas. Je comprends que tu souhaites que ton meilleur ami soit là aussi…

– Ah, mais il sera là ! Il m'a passé un savon parce que Heaven était au parc avec Briar Rose. Donc il passe les prendre et prévient Mo, puis ils nous rejoignent tous à Vegas.

Je crois que je ne réalise toujours pas.

– Donc, on va vraiment faire cette folie ?

– Absolument, future madame MacDonnell.

– Sawyer MacDonnell, répété-je, ça sonne drôlement bien, je trouve.

Ses bras m'étreignent et il m'embrasse.

– Je trouve aussi.

OLLIS

Trois heures plus tard.

Entourés de nos familles et de nos proches, nous sommes tous installés au Bellagio pour assister au spectacle des fontaines de l'hôtel. J'ai l'air calme en apparence, mais dans ma tête, c'est un feu d'artifice. Autour de nous, les applaudissements retentissent dès les premières notes de *Viva Las Vegas* du King, tandis que les jets d'eau s'élèvent.

J'avais promis à Sawyer de l'emmener voir l'une de ces représentations après le mariage, parce que je sais à quel point elle aime les fontaines.

Ma femme est assise à mes côtés, nos doigts entrelacés. Ses grands yeux noisette brillent d'admiration face à la scène.

Lorsqu'elle lève son regard vers moi et m'offre un sourire lumineux tout en articulant « je t'aime », mon cœur explose. Je prends sa main, ornée désormais d'un anneau en or blanc, et embrasse ses doigts.

Le sentiment de plénitude qui m'étreint est puissant, inédit.

Jamais je n'aurais cru un jour me sentir aussi comblé de bonheur.

Je veux dire, je reviens de loin…

Tandis que Sawyer reporte son attention sur le spectacle, je lance un regard circulaire à mes côtés. Tout le monde est là. Ils ont tous répondu « présent » pour nous soutenir.

D'abord mes parents. Je ne suis pas près d'oublier le sourire de fierté sur leur visage quand l'officiant nous a officiellement présentés, Sawyer et moi, en tant que mari et femme.

Je crois même que mon père a versé une petite larme. Il est un peu plus amaigri encore, et sa santé décline, mais il est en vie et c'est tout ce qui compte. Je ne veux plus gâcher le temps précieux qu'il nous reste à me morfondre. Je dois profiter de chaque instant avec lui.

Près d'eux, il y a Owen, Sacha et leurs enfants. Des jumeaux qui auront bientôt neuf mois, qu'ils ont adoptés.

À leurs côtés est assis Orion. Après son divorce l'an dernier, il a eu énormément de mal à faire le deuil de son mariage, et pendant des semaines, il était encore plus con que d'habitude, jusqu'à ce qu'il finisse par accepter qu'être célibataire n'était pas un échec et que l'on peut trouver le bonheur là où l'on s'y attend le moins, comme dans l'allée d'un *diner* miteux.

Derrière eux, il y a Lisbeth ainsi que Li Ann avec sa famille et son dernier petit babillant dans ses bras. Bien que Sawyer ne travaille plus pour lui, Tomer était invité également à la cérémonie, mais d'après ce que j'ai compris, cette pince a refusé de fermer son boui-boui même pour quelques heures. Heureusement, il s'est rattrapé en accordant sa journée à Li Ann.

De l'autre côté, il y a la mère de Sawyer qui nous regarde les yeux emplis de larmes, des larmes de joie.

Tristan est assis près d'elle en compagnie de sa femme et de leurs deux filles, Briar Rose et Gracie, tout juste un mois.

Puis enfin, derrière eux, il y a Olivia, installée à côté de Moses. Leur complicité est inattendue, mais après que cet enfoiré l'a tatouée pas moins de trois fois, leur rapprochement s'est fait tout naturellement. Leur amitié rend ma sœur heureuse, alors je me garde de faire le moindre commentaire. En réalité, elle est encore plus rayonnante depuis qu'elle a annulé ses fiançailles éclair avec son mec de l'époque. Après nos retrouvailles avec Sawyer, elle a compris qu'elle envisageait de se marier pour les mauvaises raisons, et que, aussi gentil soit Peter, il ne méritait pas ça.

Sawyer se penche vers moi et m'interrompt dans ma réflexion.

– À quoi tu penses, Ollis ?

Je me détourne de ces deux-là et aussitôt que je rive mon regard dans celui de ma femme, le monde cesse d'exister.

Là, dans l'immensité de ses yeux, j'ai le sentiment d'avoir laissé l'enfer définitivement derrière moi.

– À nous.

– Quoi… alors tu vas me dire que tu n'as même pas une petite anecdote sous le coude à propos de Vegas ? Je suis déçue.

– Tu plaisantes ! Laisse-moi réfléchir une seconde… Tu savais que l'acteur anglais Michael Caine s'est lui aussi marié dans une chapelle de Las Vegas ?

Elle secoue la tête, amusée.

– Figure-toi que c'était en 1973 et qu'il est toujours uni à sa femme, aujourd'hui. Pourvu que ça nous porte chance… murmuré-je contre ses lèvres.

– Tu sais quoi ? Je mise sur nous.

REMERCIEMENTS

Il y a six ans, lorsque je me suis inscrite sur Wattpad, j'étais loin d'imaginer l'aventure qui m'attendait… Un peu comme Ollis, j'avais des rêves plein la tête sans jamais oser y croire, et pourtant, voilà que je mets le point final à un nouveau roman.

Et si cette aventure est si incroyable, c'est grâce à tous ceux et celles qui m'ont fait confiance et qui me soutiennent, c'est donc le moment de vous exprimer toute ma gratitude, à commencer par Alice, mon éditrice : merci pour ta patience et pour avoir cru en moi, ma reconnaissance est infinie.

Merci à Arthur et aux équipes Hugo New Romance et Fyctia pour faire de mes rêves une réalité.

Merci à toutes celles qui dans l'ombre travaillent d'arrache-pied (on en parle, de cette expression ?) pour offrir un si bel écrin à Ollis et Sawyer (correctrice, graphiste et maquettiste) et, bien sûr, merci aux attachées de presse de la mort qui tue, Élodie et Célia, et à notre Jiji nationale.

Merci à mon mari et à mes enfants, me supporter durant le processus d'écriture n'est pas toujours facile, et pourtant vous êtes mon plus grand soutien.

Merci à Jennifer, mon alpha, ma bêta et tout le reste de l'alphabet grec. Ton amitié et nos échanges me sont si précieux ! Merci à Sonia, ma Speedy Gonzales de la relecture, pour ton oreille attentive et tes conseils avisés. Merci à Imane pour tes encouragements et ta bonne humeur constante. Merci à Shai, j'ai glissé une petite réf à toi et à tes expressions que j'affectionne tant.

Merci à mes bichettes, certaines que j'ai rencontrées à Bandol, d'autres à Cannes ou encore plus tard, le temps qui passe n'enlève rien à l'importance que vous avez pour moi. Il n'y a pas de hasard… amicalement, affectueusement, amoureusement.

Merci à mes amies, Morgane, Dahlia, Lyly, Magali et Eugénie. Au-delà d'être des autrices en or, vous êtes si inspirantes au quotidien, gentilles, drôles et bienveillantes. Je ne sais pas si vous vous rendez compte du point auquel vous rendez cette aventure Hugo tellement plus belle.

Merci aux autrices de la #FrenchTeam, Nice risque d'être épique à vos côtés.

Merci à Dounia, Kentin, Anita, Mahira, Nounou, Sarah, Aly, le sang de la veine.

Une mention particulière à Éloise, j'espère de tout cœur que mon Ollis te plaira autant que Tristan.

Un immense merci à toute la communauté #Booksta & #Booktok, je ne citerai pas de noms car j'ai trop peur d'en oublier, mais on se sait <3. Vous êtes merveilleux/merveilleuses, ne l'oubliez jamais.

Et pour finir, merci infiniment à vous qui venez de refermer ce livre : c'est grâce à vous, à vos retours si précieux et à votre soutien au fil de mes romans que l'aventure se poursuit.

Merci d'être là, merci d'être vous.

DE LA MÊME AUTEURE

Stairway to Heaven, Hugo Roman, 2020
et Hugo Poche, 2021.
Scottish Rhapsody, Hugo Roman, 2021
et Hugo Poche, 2022.
Highway to Us, Hugo Roman, 2022.
Love, Charlie, Hugo Roman, 2023.

Composition et mise en pages
Nord Compo à Villeneuve-d'Ascq